CW01654173

Het dilemma

Van BA Paris verscheen eveneens
bij Ambo|Anthos *uitgevers*

Achter gesloten deuren
Gebroken
Breng me terug

Met Clare Mackintosh, Holly Brown
en Sophie Hannah
De understudy

BA Paris

Het dilemma

Vertaald door Ireen Niessen

Ambo|Anthos
Amsterdam

MIX
Papier van verantwoorde herkomst
FSC® C004472

Eerste druk april 2020
Tweede druk april 2020 (dwarsligger®)
Derde druk mei 2020

ISBN 978 90 263 5120 4

Oorspronkelijke titel *The Dilemma*
Oorspronkelijke uitgever HarperCollins
Omslagontwerp Janine Jansen
Omslagillustratie © Trevillion
Foto auteur © Philippe Matsas

Verspreiding voor België:
Veen Bosch & Keuning uitgevers nv, Antwerpen

Voor M, mijn inspiratiebron voor deze roman.
Ik heb je dan wel niet gekend, maar ik zal je nooit vergeten.

ZONDAG 9 JUNI

3.30 UUR

Livia

Ik word wakker in het afgekoelde badwater. Gedesoriënteerd ga ik snel rechtop zitten, waarbij het sop bij de rand omhoog klotst, en ik vraag me af hoelang ik heb geslapen. Ik haal de stop eruit en het afvoerputje gorgelt – een te luid geluid in een stil huis.

Terwijl ik me droogwrijf, trekt er een huivering over mijn huid. Vanuit mijn achterhoofd dient zich een herinnering aan. Ik was wakker geworden van een geluid: het gebrul van een motor buiten op straat. Ik sta even stil met de handdoek over mijn rug gestrekt. Het kan Adam niet geweest zijn, toch? Hij zou op dit nachtelijke tijdstip toch niet op de motor weggaan?

Met de handdoek om me heen gewikkeld haast ik me naar de slaapkamer en kijk uit het raam. Het schuldige kloppen van mijn hart vertraagt als ik achter de partytent een gele gloed uit zijn schuur zie komen. Hij is er gewoon; hij is niet bezig de rekening te vereffenen. Eigenlijk zou ik naar beneden willen gaan om te checken of het goed met hem gaat, maar iets, misschien een zesde zintuig, houdt me tegen, vertelt me dat hij naar me toe zal komen als hij er klaar voor is. Heel even heb ik het angstige gevoel dat ik in een afgrond kijk. Maar het zijn alleen maar de duisternis en de verlaten tuin.

Ik wend me af van het raam en ga op het bed liggen. Hij krijgt nog tien minuten van me en als hij dan nog niet terug is, ga ik hem zoeken.

Adam

Ik race door verlaten straten, verjaag een kat bij een vuilniszak, snijd een hoek te scherp af en verbrijzel de dodelijke stilte van de nacht met het gebrul van mijn motor. Voor mij doemt de invoegstrook van de M4 op. Ik draai de gashendel open, maak snelheid, scheur de snelweg op en haal met een zwaai een kruipende auto in. Mijn motor versnelt verder onder me als ik nog meer gas geef.

De kracht van de wind op mijn gezicht is bedwelmend en ik vecht tegen de overweldigende neiging om het stuur los te laten en een wisse dood tegemoet te buitelen. Is het heel vreselijk dat Livia en Josh niet genoeg reden voor me zijn om te willen blijven leven? Het schuldgevoel voegt zich bij de kwelling van de afgelopen veertien uur, en een withete woede voegt zich bij het lawaai van de motor terwijl ik over de snelweg jakker, uit op zelfvernietiging.

Dan zie ik in de spiegel, door het waas van vocht dat uit mijn ogen stroomt, een auto over de snelweg achter me aan jagen, met blauw flitslicht, en mijn gebrul van verdriet wordt een schreeuw van frustratie. Ik drijf de snelheid op tot honderdzestig kilometer per uur, wetend dat ik de motor zo nodig nog harder kan laten gaan, aangezien niets me nu nog kan stoppen.

Maar de politieauto verkleint de afstand tussen ons behoorlijk vlug en schuift vlot in de baan naast me. Vanuit mijn ooghoeken zie ik een agent vanaf de passagiersstoel wild naar me gebaren.

Ik verhoog mijn snelheid, maar de politieauto schiet voorbij en rijdt mijn baan op om me te blokkeren. Ik sta op het punt de gashendel verder open te draaien en hem in te halen op de hoogste snelheid die mijn motor in zich heeft, maar iets weerhoudt me daarvan. De auto gaat geleidelijk langzamer rijden om me staande te houden. Ik weet niet precies waarom ik het laat gebeuren. Misschien omdat ik niet wil dat Livia nog meer scherven zal moeten oprapen. Of misschien is het de smekende stem van Marnie: '*Niet doen, pap, niet doen!*' Ik zou zweren dat ik een moment lang haar armen om mijn middel voel klemmen, haar hoofd tegen mijn nek gedrukt.

Mijn ledematen trillen als ik de motor achter de politieauto stilzet. Er stappen twee agenten uit, een man en een vrouw. Eerstgenoemde beent naar me toe.

'Hebt u een doodswens of zo?' roept hij, terwijl hij zijn pet op zijn hoofd zet.

De tweede agent – de bestuurster – komt ook dichterbij. 'Meneer, stap van die motor af,' gebiedt ze streng. 'Meneer, hebt u me gehoord? Afstappen.'

Ik probeer mijn handen los te trekken van het stuur, mijn benen los te maken van de motor. Maar ik lijk eraan vastgeklonken te zijn.

'Meneer, als u weigert mee te werken, zal ik u moeten arresteren.'

'We moeten hem sowieso arresteren,' zegt de eerste agent. Hij doet een stap in mijn richting. Ik schrik zo van de handboeien die aan zijn riem bungelen dat het me lukt iets te zeggen.

Ik zet mijn helm af. 'Wacht!'

Er moet iets hoorbaar zijn in mijn stem, of misschien lezen ze iets af van mijn gezicht, want beide agenten staan stil.

'Ja?'

'Het gaat om Marnie.'

'Marnie?'

'Ja.'

'Wie is Marnie?'

'Mijn dochter.' Ik slik gekweld. 'Marnie is mijn dochter.'

Ze wisselen een blik. 'Waar is uw dochter, meneer?'

EEN DAG EERDER

ZATERDAG 8 JUNI

8.00 – 9.00 UUR

Adam

Ik stap uit bed en rek me stilletjes uit in de warme lucht die door het open raam komt. Livia ligt nog te slapen. Ik onderdruk een gaap en kijk naar de hemel: geen regenwolkje te bekennen. Daar zal Liv blij om zijn. Het weer is zo ongeveer het enige wat ze niet onder controle heeft gehad rondom haar feest van vanavond. Met al het andere is ze al maanden bezig, want ze wil dat het perfect wordt. Maar door de onophoudelijke regen van de afgelopen weekenden was ze zich langzamerhand zorgen gaan maken.

Ik zie het gelijkmatige rijzen en dalen van haar borst in haar slaap, het minieme knipperen van haar oogleden. Ze oogt zo vredig dat ik besluit haar pas wakker te maken als ik koffie heb gezet. Ik pak de kleren die ik gisteravond aanhad, stap in mijn jeans en duw mijn haar plat terwijl ik het T-shirt over mijn hoofd trek.

De trap kraakt als ik naar beneden loop. In de keuken tilt Murphy, onze red-merle Australische herder, zijn kop op vanaf zijn slaapplek in de mand naast de houtkachel. Ik hurk even bij hem neer, vraag hem hoe het met hem gaat en of hij lekker geslapen heeft. Ik vertel hem dat mijn nacht werd verstoord door een nachtmerrie. Hij geeft mijn hand een meelevend likje en legt zijn kop weer neer, klaar om de rest van de dag weg te slapen. Hij is vijftien en niet meer zo levendig als vroeger, wat maar goed is ook, want hetzelfde geldt voor mij. Hij is gek op zijn dagelijkse wandeling, maar de dagen van onze lange hardloopsessies liggen achter ons.

Mimi, de rode poes van Marnie, die zich altijd – geheel onterecht – gedraagt alsof ze een dure raskat is, ontrolt zich en komt tegen mijn been aan strijken om me aan haar bestaan te herinneren. Ik vul de bakjes van beide dieren en dan de waterkoker. Als ik die aanzet, wordt de stilte doorbroken door het geborrel van water dat in contact komt met hitte. Ik kijk uit het raam en zie de enorme witte partytent, op het gazon ineengedoken als een boosaardig beest dat zich klaarmaakt om het terras op te springen en het huis op te slokken. Ik denk aan de nachtmerrie waar ik vanochtend wakker van ben geworden. Ik droomde dat de partytent was weggeblazen. Ik haal het tafereel tevoorschijn uit mijn geheugen: ik stond met Josh en Marnie op het gazon toen de wind begon aan te zwellen en het rustige ruisen van de bomen overging in een sinister gesis, gevolgd door een oorverdovend gebrul dat de bladeren van de takken rukte en ze de lucht in zwiepte, de feestverlichting met zich meesleurend. 'De tent!' had Josh geschreeuwd toen de wind zich daar als een razende op wierp. En voordat ik haar kon tegenhouden, was Marnie ernaartoe gerend en had ze een van de flappen vastgegrepen.

'Marnie, laat los!' had ik geroepen. Maar de wind ving mijn woorden op en sloeg ze weg zodat ze ze niet kon horen, waarna de tent haar hoog de lucht in had gedragen tot we haar niet meer konden zien.

Liv zal erom lachen als ik het haar vertel – kennelijk is zij niet de enige die de druk van het feest voelt. Ik loop rusteloos weg van het raam en rek me nog eens uit. Mijn vingertoppen raken het plafond van onze oude cottage als ik mijn amen boven mijn hoofd omhoog strek. Ik weet niet precies wanneer Josh langer werd dan ik, maar hij kan zijn handpalmen nu al een tijdje plat tegen het plafond leggen.

Zijn rugzak ligt waar hij hem heeft achtergelaten, neergegooid op het uiteinde van de tafel, samen met twee plastic zakken. Ik zet ze op de vloer en onderwerp de tafel, een van mijn eerste meubelstukken, aan een kritische blik. Het is een simpele constructie van gelakt grenen die ik anders heb geprobeerd te maken door de poten te versterken met een brugstructuur, een knipoog naar de droom die ik ooit had: civiel ingenieur worden. Aanvankelijk was Livia niet blij met het gebrek aan ruimte eronder. Nu zit ze graag op het beklede bankje ernaast, haar voeten rustend op een van de smalle balken, haar rug tegen de muur geleund.

De waterkoker gaat uit met een klikje. Ik vul de cafetière, laat de koffie trekken en doe de deur naar de tuin open. Het geluid verstoort een merel die in een struik vlakbij zit. Er klinkt een paniekerig gefladder van vleugels, en terwijl ik de vogel de lucht in zie schieten, denk ik aan Marnie, die op weg naar huis is.

Met een glimlach bij de gedachte aan het weerzien, want negen maanden is een lange tijd, loop ik over het terras en beklim de vijf rotsige treden, genietend van het gevoel van ruw steen tegen mijn voetzolen, gevolgd door bedauwd gras als ik het gazon oversteek. De ochtendlucht ruikt naar vochtige mulch, een geur die ik niet goed kan plaatsen, maar Livia's rozen hebben er ongetwijfeld wat mee te maken. Er zijn er heel veel van, in de border aan de rechterkant van de tuin, voor de houten schutting, en als ik erlangs loop, vang ik de verrukkelijke geur van Sweet Juliet op. Of misschien Lady Emma Hamilton. Ik vergeet altijd welke het is, hoewel Livia me dat vaak genoeg vertelt.

Ik loop om de partytent heen en check of hij echt goed is verankerd, voor het geval mijn nachtmerrie een of ander voorteken was, en ik zie dat hij zo ver naar achteren is gezet dat hij mijn schuur bijna raakt, zodat er aan de achterkant maar een smalle doorgang voor me overblijft. Ik weet waarom: er moest ruimte zijn voor de tafels en stoelen die aan de voorkant zullen worden geplaatst. Maar als het mogelijk is om een hekel te hebben aan een tent, bekruipt dat gevoel me nu.

Ik ga op het stenen muurtje aan de andere kant van het gazon zitten, tegenover de schutting, en probeer me voor te stellen hoe de tuin er vanavond uit zal zien met honderd mensen die er rondlopen, met lichtjes door de takken van de appel- en kersenbomen geweven, en overal ballonnen. Ik heb altijd geweten dat Livia een groot feest wilde geven voor haar veertigste verjaardag, maar hóé groot realiseerde ik me pas een paar maanden geleden, toen ze begon over cateraars, partytenten en champagne. Het klonk allemaal zo over-the-top dat ik erom had gelachen.

'Serieus, Adam!' had ze verontwaardigd gezegd. 'Ik wil dat het heel speciaal wordt.'

'Ik weet het, en dat wordt het ook. Maar het klinkt wel een beetje duur.'

'Verknal het alsjeblieft niet voordat ik de kans heb gekregen om het allemaal uit te werken,' zei ze smekend. 'Trouwens, het geld doet er niet toe.'

'Liv, het geld doet er wél toe,' zei ik, hoewel ik het liever niet had hoeven zeggen. 'Josh gaat deze zomer weg en Marnie is in Hongkong, dus we moeten een tijdje voorzichtig zijn met onze uitgaven. Dat weet je.'

Ze keek me aan, en ik kende die blik. Schuldgevoel.

'Wat is er?' vroeg ik.

'Ik heb gespaard,' gaf ze toe. 'Voor het feest. Ik heb jarenlang geld opzijgezet, geen grote bedragen, maar een klein beetje per maand. Het spijt me, dat had ik je moeten vertellen.'

'Het is oké,' zei ik, me afvragend of ze het me niet had verteld vanwege die keer dat ik haar spaargeld aan een motor had uitgegeven. Ik krimp er nog van ineen als ik eraan denk, hoewel het jaren geleden is gebeurd, nog voor de geboorte van Marnie.

De gedachte aan Marnie herinnert me ergens aan. Ik loop terug naar het huis, stap over Mimi heen, die me altijd voor de voeten weet te lopen, en pak mijn mobiele telefoon, die nog naast de broodtrommel ligt, waar ik hem gisteravond aan de oplader heb gelegd. Zoals ik al hoopte, is er een bericht van haar.

Pap, je zult het niet geloven – mijn vlucht is vertraagd, dus ik haal mijn overstap in Caïro niet. En dus ben ik te laat in Amsterdam om het vliegtuig naar Londen te halen. Dat is balen, maar geen zorgen, het lukt me wel om er te komen. Misschien zetten ze me op een directe vlucht en dan ben ik er eerder dan we dachten! Ik stuur wel een berichtje als ik op Heathrow ben. Liefs en xxx

Verdomme. Het optimisme van Marnie is hartverwarmend, maar ik betwijfel of ze haar echt direct naar Londen laten vliegen. Ze laten haar in Caïro waarschijnlijk wachten op de eerstvolgende vlucht naar Amsterdam. Niet voor het eerst vraag ik me af waarom ik het goed heb gevonden dat ze zo'n omslachtige route hiernaartoe zou nemen.

Toen ze haar feest begon te plannen, was de mogelijkheid dat Marnie er niet bij zou zijn het enige waar Livia nooit rekening mee had gehouden. De datum van het feest stond vast, dus het eerste wat Marnie deed toen ze hoorde dat ze dit jaar in Hongkong zou studeren, was checken wanneer ze tentamens had. Maar die data waren gewijzigd.

'Ik heb nu tentamens op 3, 4 en 5 juni, en dan weer op de dertiende en veertiende,' had ze gezegd, haar gezicht rood van frustratie toen ze in januari via FaceTime met ons sprak. 'Ongelooflijk dat ik het feest nu zal missen.'

'En als ik het op de vijftiende houd?' vroeg Liv.

'Dan kan ik er toch niet op tijd zijn, niet met het tijdverschil.'

'Of de tweeëntwintigste?'

'Nee, want dan kan Josh er niet bij zijn. Dat is de dag dat hij naar New York vertrekt, weet je nog? Hij heeft rekening gehouden met je feest. Hij heeft zijn ticket al en zal niet kunnen omboeken. Het spijt me heel erg, mam, ik wou dat ik er iets aan kon veranderen, maar dat gaat niet.'

We hebben uren hardop nagedacht over een manier om het probleem te omzeilen, maar uiteindelijk moesten we accepteren dat Marnie niet op het feest zou zijn. Het was een grote klap voor Liv. Ze wilde het feest cancelen en het geld gebruiken om samen naar Hongkong te vliegen en daar haar verjaardag te vieren. Maar dat wilde Marnie niet.

'Ik wil niet dat je je droomfeest opgeeft, mam. Bovendien zou Josh niet mee kunnen komen vanwege zijn tentamens. Ik zou moeten studeren, dus niet veel tijd met jullie kunnen doorbrengen. En pap heeft het te druk om langer dan een week vrij te nemen. En voor minder dan tien dagen zou de reis de moeite niet waard zijn, nog afgezien van de prijs voor de tickets.'

Drie weken geleden stuurde ze me een berichtje.

Pap, wat ga je mama voor haar verjaardag geven?

Een ring, antwoordde ik. *Met diamantjes. Maar niet vertellen, het is een verrassing.*

Wil je haar nog een verrassing bezorgen?

Zoals?

Kan ik met je facetimen? Of is mama in de buurt?

Nee, ze is op zoek naar een jurk voor het feest.

O, goed zo. Ik hoop dat ze een mooie vindt. Over haar feest gesproken…

Daarna ging mijn telefoon en vertelde ze me over de goedkope vlucht die ze had gevonden, van Hongkong naar Caïro, van Caïro naar Amsterdam, van Amsterdam naar Londen.

'Ik heb het uitgezocht en als ik na mijn tentamen op donderdag vertrek, kom ik zaterdagavond in Londen aan en kan ik rond negen uur thuis zijn. Wat dacht je ervan, pap? Als verrassing voor mama?'

Ze zat aan een wit bureau in de studentenkamer die ze deelde met Nadia, haar kamergenote uit Roemenië, en achter haar zag ik de dekbedhoes die ze van thuis had meegenomen, half op de vloer. Ze droeg een oud T-shirt van mij, en haar mahoniekleurige haar zat in een knot op haar hoofd, dat daar, vermoedde ik, was vastgemaakt met het gebruikelijke potlood. Het verwonderde me altijd, hoe ze dat deed.

'Ik denk dat ze dolblij zal zijn,' zei ik, en ik tilde Mimi met een zwaai op mijn knie, zodat ze elkaar konden zien. 'Wanneer zou je dan terug moeten?'

Marnie boog haar hoofd naar het scherm om liefhebbende en kussende geluidjes naar Mimi te maken. 'Pas de woensdag erop, wat betekent dat ik bijna vier dagen met jullie kan doorbrengen. Op de terugweg hoef ik niet via Amsterdam te reizen, waardoor ik op tijd terug in Hongkong kan zijn voor mijn volgende tentamen.'

'Dat is een hoop gereis voor slechts een paar dagen hier,' zei ik fronsend.

'Zakenlieden doen niet anders,' wierp ze tegen. Af en toe schoten haar ogen naar beneden, waar vermoedelijk haar mobiel lag, om te checken of ze berichtjes had terwijl ze met mij sprak. Voor haar was het laat in de avond en plotseling voelde het vreemd dat ze een heel leven in Hongkong had waar Liv en ik maar kleine stukjes van kenden.

'Heb je ook naar directe vluchten gekeken?' vroeg ik.

'Jawel, maar die kosten honderden ponden meer. Deze via Caïro en Amsterdam kost zeshonderdvijftig. Ik kan de helft betalen van mijn spaargeld, en als jij me de andere helft kunt lenen, betaal ik je zo snel mogelijk terug.'

'Ik wil niet dat jij zelf je ticket betaalt. Dit wordt onderdeel van mijn cadeau voor mama.'

Ze schonk me een stralende glimlach en trok aan een gouden kettinkje dat ik nog niet eerder had gezien.

'Dank je, pap, je bent geweldig! Zal ik dan maar gaan boeken voordat de prijs gaat stijgen?'

Ik stond in dubio, echt waar. Ik wilde haar zeggen dat ze een directe vlucht kon boeken om het gedoe van twee keer overstappen te vermijden. Maar ik had kortgeleden Josh nog zijn vlucht naar New York via Amsterdam laten boeken, niet alleen omdat het goedkoper was dan een directe vliegreis, maar ook omdat ik vond dat hij het allemaal niet te gemakkelijk in de schoot geworpen moest krijgen. Ik kon het tegenover Josh niet rechtvaardigen om honderden ponden extra aan Marnie uit te geven. Verder vroeg ik me af of haar thuiskomst wel echt al dat geld waard was als ze vier dagen later alweer moest vertrekken. Ik keek naar haar knappe gezicht, verlicht door de bureaulamp naast haar computer, en de bezwaren die ik had smolten weg als sneeuw voor de zon. Ten eerste leek ze heel sterk op haar moeder en ten tweede wist ik hoe opgetogen Liv zou zijn als Marnie onverwacht voor haar zou staan.

'Op één voorwaarde,' had ik gezegd, me bewust van Mimi's groene ogen, die me aanstaarden. 'Je mag niemand vertellen – Josh niet, Cleo niet, je andere vrienden of vriendinnen niet, en zéker tante Izzy niet – dat je thuiskomt. Ik wil dat het voor iedereen een verrassing wordt.'

'Ik hou mijn mond. Beloofd. Dank je, pap, heb ik je al verteld dat je geweldig bent?'

Er staan Livia vandaag verschillende verrassingen te wachten, maar dat Marnie op het feest zal komen, wordt de fijnste verrassing ooit.

Livia

Ik word wakker van gekraak op de trap, strek mijn arm uit en voel dat de plek naast me leeg is.

'Adam?' roep ik zacht, voor het geval hij in de badkamer is. Er komt geen antwoord, en aangetrokken door de warmte van de plek waar hij heeft gelegen, rol ik op zijn kant van het bed en ga op mijn zij liggen, met mijn hoofd op zijn kussen. Mijn hand glijdt als vanzelf naar mijn buik om die te controleren op strakheid, blij dat ik de afgelopen week op mijn eetpatroon heb gelet; dat heeft geloond. Maar wie houd ik nu eigenlijk voor de gek? Ik let al zes maanden op wat ik eet. En ik sport veel. En gebruik veel te dure oogcrème. Allemaal voor het feest van vanavond.

Even blijf ik stilliggen, luisterend of ik regen op de ramen hoor kletteren, zoals de vorige zaterdag en de drie zaterdagen daarvoor. Maar ik hoor slechts het geluid van vogels die kwinkeleren en tjilpen in de appelboom. Ik ontspan. Het is zover. De dag waarop ik zo lang heb gewacht is eindelijk aangebroken. En het is ongelooflijk maar waar: het regent niet.

Ik duw harder op mijn gespierde buik, druk het dunne laagje vet naar binnen. Er wervelen veel verschillende emoties door me heen. Ik probeer opwinding en blijdschap uit de mix omhoog te halen, maar het schuldgevoel overvleugelt al het andere – over de hoeveelheid geld die dit feest kost, en omdat het alleen voor mij is, terwijl het, als ik nog een paar jaar had gewacht, om ons had kunnen draaien, om ons vijfentwintigjarig huwelijk. Ik heb het Adam voorgesteld – tenminste, dat geloof ik wel. In feite weet ik het zeker, want ik herinner me dat ik stiekem opgelucht was toen hij er niets van wilde weten.

Ik draai me rusteloos op mijn rug en staar naar het plafond. Is het nou echt zo erg dat ik wilde dat dit feestje voor mij alleen zou zijn? Ik lijk er de laatste tijd een haat-liefdeverhouding mee te hebben ontwikkeld. Ik heb het weliswaar altijd gewild, al heel lang geleden gepland en ervoor gespaard, maar ik zal blij zijn als het voorbij is. Het heeft te veel plaats in mijn hoofd ingenomen, niet alleen de afgelopen zes maanden, maar de afgelopen twintig jaar.

Wat ik het ergste vind, is dat mijn behoefte aan dit feest is ontstaan door mijn ouders. Als ik de bruiloft had gehad die ze me hadden beloofd, zou ik niet geobsedeerd zijn geraakt door het idee van een eigen speciale dag.

Juist vandaag wil ik niet aan ze denken, maar ik kan het niet helpen. Ik heb ze al meer dan twintig jaar niet gezien. Ze waren afstandelijke ouders; ik kan me geen enkel diepgaand gesprek met mijn vader herinneren, en mijn moeder liet me alleen dichtbij komen als ze bruidsmagazines had gekocht en ze me, onder het kijken naar de jurken en taarten en bloemstukken, vertelde over de weelderige bruiloft die zij en mijn vader me zouden geven. Maar toen ik zwanger werd, kort na mijn zeventiende verjaardag, wilden ze niets meer met me te maken hebben. En de weelderige bruiloft werd een haastige ceremonie van een kwartier op het bureau van de burgerlijke stand, met alleen de familie van Adam en onze beste vrienden, Jess en Nelson, als gasten.

Destijds maakte ik mezelf wijs dat het niet uitmaakte dat het geen grote bruiloft was. Maar het maakte wel uit, al verfoeide ik mezelf erom dat het me zoveel kon schelen. Een paar jaar later nodigde een van de ouders op Josh' kinderdagverblijf ons uit voor het feest ter gelegenheid van haar dertigste verjaardag, en dat was geweldig geweest. Adam en ik waren nog maar begin twintig en we hadden heel weinig geld, dus dat feest was iets uit een andere wereld. Ik was helemaal overdonderd en beloofde mezelf dat ik op een dag een van mijn verjaardagen groots zou vieren.

Toen ik zwanger was van Marnie en amper kon slapen door de voortdurende misselijkheid, leunde ik vaak tegen het aanrecht van onze piepkleine kitchenette, waar ik op de achterkant van een rekening uitrekende hoeveel ik elke maand zou moeten sparen voor een feest als dat van Chrissie. Ik had al besloten dat ik het voor mijn veertigste verjaardag zou geven, omdat die op een zaterdag viel. In die tijd kon ik me niet voorstellen dat ik ooit veertig zou zijn. Maar nu is het zover.

Ik draai mijn hoofd naar het raam, mijn aandacht gevangen door de wind die de laatste bloesem van de boom waait. Veertig. Hoe kan ik nu al veertig zijn? Mijn dertigste verjaardag ging voorbij in de drukte van de zorg voor twee kinderen, dus toen stond ik er nauwelijks bij stil dat ik een mijlpaal had bereikt. Deze keer komt het harder aan, misschien omdat ik in een heel andere levensfase zit dan de meeste van mijn vriendinnen. Zij hebben nog thuiswonende kinderen, terwijl Josh en Marnie, respectievelijk tweeëntwintig en negentien jaar oud, al aan hun eigen leven zijn begonnen. Daardoor voel ik me vaak ouder dan ik ben. Godzijdank heb ik Jess; haar dochter Cleo is van dezelfde leeftijd als Marnie, dus konden we samen hun tienerjaren beleven.

Ik hoor het schuiven van de achterdeur die opengaat en dan het gedempte geluid van Adams voeten over het terras. Ik ken hem zo goed dat ik me kan voorstellen welk gezicht hij trekt als hij ziet hoe dicht de partytent bij zijn schuur staat. Hij is een engel geweest met betrekking tot dit feest, waardoor ik me nog slechter voel over het geheim dat ik al zes lange weken met me meedraag. Het schuldgevoel komt terug. Ik draai me om en begraaf mijn gezicht in zijn kussen, in een poging het te onderdrukken. Maar het gaat niet weg.

Om mezelf af te leiden pak ik mijn telefoon. Hoewel het schermpje me vertelt dat het nog maar 8.17 uur is, zijn er al felicitaties binnengekomen. Die van Marnie was er als eerste; haar appje is een paar seconden na middernacht verstuurd en ik zie haar voor me, zittend op haar bed in Hongkong, met haar blik op de klok terwijl ze wachtte tot ze op 'verzenden' zou tikken, haar boodschap al geschreven, klaar om eruit te gaan.

Voor de beste moeder van de wereld: van harte gefeliciteerd! Geniet van elke minuut van jouw speciale dag. Kan niet wachten tot ik je over een paar weken zie. Hou superveel van je. Marnie xxx
PS Ik ga dit weekend weg om rustig te kunnen studeren. Ik heb waarschijnlijk geen bereik, dus maak je geen zorgen als je niets van me hoort, ik bel je zondagavond.

Het bericht wordt gevolgd door emoji's van champagneflessen, verjaardagstaarten en hartjes, en ik voel de vertrouwde steek van liefde. Maar hoewel ik Marnie ontzettend mis, ben ik blij dat ze er vanavond niet bij zal zijn. Het is een verschrikkelijk gevoel, want ik zou het erg moeten vinden dat ze mijn feest mist, en dat vond ik eerst ook. Nu wil ik haar aan het eind van de maand nog niet eens thuis hebben.

Ze zou tot eind augustus wegblijven en na haar tentamens met vrienden door Azië reizen. Maar ze is van gedachten veranderd en over drie weken zal ze hier weer zijn, terug in Windsor. Ik doe tegenover iedereen alsof ik dolblij ben dat ze eerder terugkomt dan verwacht, maar ik voel alleen maar wanhoop. Als ze terug is, zal alles veranderen en zullen we het mooie leven dat we leiden niet kunnen voortzetten.

Ik hoor Adams voetstappen op de trap – en met elke stap die hij zet, groeit de zwaarte van datgene wat ik hem niet heb verteld. Maar ik kan het hem niet vertellen, vandaag niet. Hij tuurt om de deur en barst uit in 'Happy Birthday'. Het is niets voor hem, dus ik begin te lachen, waardoor de druk een beetje verlicht wordt.

'Sst, je maakt Josh nog wakker!' fluister ik.

'Nee joh, je kunt een kanon naast hem afschieten.' Hij loopt de kamer in met twee mokken koffie en Mimi op zijn hielen. Hij buigt voorover om me een kus te geven. Mimi springt op het bed en geeft me een jaloers duwtje met haar kop. Ze is stapelgek op Adam en dringt zich altijd tussen ons in als we samen op de bank een film zitten te kijken.

'Gefeliciteerd, lieverd,' zegt hij.

'Dank je.' Ik breng mijn hand naar zijn wang, en eventjes vergeet ik alles omdat ik alleen maar vreugde voel. Ik houd zielsveel van hem.

'Komt goed, ik zal me scheren.' Hij draait met zijn gezicht om een kus op mijn handpalm te geven.

'Dat weet ik toch.' Hij heeft een hekel aan scheren, hij vindt het maar niks om iets anders te dragen dan een jeans en T-shirt, maar hij vertelt me nu al weken dat hij voor vanavond zijn best zal doen. 'Koffie op bed – wat heerlijk!'

Ik neem de mok van hem aan en schuif mijn voeten opzij zodat hij kan gaan zitten. De matras beweegt onder zijn gewicht, waardoor ik bijna met mijn koffie mors.

'En, hoe voel je je?' vraagt hij.

'Verwend,' zeg ik. 'Wat vind je van de partytent?'

'Hij staat nogal dicht bij mijn schuur.' Hij trekt een donkere wenkbrauw op. 'Hij staat,' verbetert hij zichzelf. 'Je zult het vast grappig vinden dat ik heb gedroomd dat de tent wegwaaide en Marnie meesleurde.'

'Dan is het maar goed dat ze er niet is,' zeg ik. En meteen voel ik me schuldig.

Hij zet zijn koffie op de vloer en haalt een kaart uit zijn achterzak.

'Voor jou.' Hij pakt mijn mok en zet hem naast de zijne.

'Dank je wel.'

Hij klimt over me heen naar zijn kant van het bed, leunt op zijn elleboog en kijkt toe terwijl ik de kaart openmaak. Mijn naam staat in prachtige 3D-letters op de envelop, gearceerd met verschillende blauwtinten, een kenmerkende touch van Adam. Ik trek de kaart eruit. Op de voorkant staat het zilveren getal 40 en als ik hem openvouw, zie ik wat Adam erin heeft geschreven: *Ik hoop dat vandaag net zo fijn wordt als je altijd hebt gewild – fijner nog. Je verdient het. Ik hou van je, Adam.* PS *Samen staan we sterk.*

Ik lach om die laatste regel, want we zeggen dat heel vaak tegen elkaar, maar dan wellen er tranen op. Hij moest eens weten. Ik had het hem zes weken geleden moeten vertellen, toen ik het ontdekte van Marnie, maar er waren heel veel redenen om dat niet te doen, deels goede en deels minder goede. Maar als mijn feest voorbij is, heb ik geen excuus meer om het voor hem te verzwijgen. Ik heb de woorden al duizend keren in mijn hoofd geoefend – *Adam, ik moet je iets vertellen* – maar ik kom nooit verder, want ik heb nog niet de beste manier bedacht om verder te gaan. Ik weet niet of een langzaam en moeizaam relaas, stap voor stap, minder pijnlijk zal zijn dan wrede, plompverloren directheid. Hoe dan ook zal hij er kapot van zijn.

'Hé,' zegt hij, me bezorgd aankijkend.

Ik knipper mijn tranen snel weg. 'Niks aan de hand. Ik voel me alleen een beetje overweldigd.'

Hij strijkt een verdwaalde haarlok achter mijn oor. 'Dat begrijp ik. Je hebt heel lang op vandaag gewacht.' Hij laat een stilte vallen. 'Je weet nooit, misschien komen je ouders wel,' voegt hij er voorzichtig aan toe.

Ik schud mijn hoofd, dankbaar dat hij denkt dat mijn verlangen naar een verzoening met mijn ouders de reden is voor mijn kortstondige uiting van emotie. Het is niet de belangrijkste reden, maar het speelt wel mee. Zes maanden nadat Josh was geboren, verhuisden ze naar Norfolk omdat, zoals mijn vader me vertelde, ze zich voor me schaamden tegenover hun kerk en hun vrienden, en omdat ze zich niet langer met opgeheven hoofd binnen hun gemeenschap konden bewegen. Toen ik vroeg of ik ze mocht bezoeken, zeiden ze dat ik alleen zou moeten komen. Ik ging niet. Het was al erg genoeg dat ze Adam niet wilden accepteren, maar hun afwijzing van Josh deed de deur dicht.

Ik schreef ze opnieuw toen Marnie was geboren, om ze te laten weten dat ze een tweede kleinkind hadden gekregen, een meisje. Tot mijn verbazing antwoordde mijn vader dat ze haar graag wilden zien. Ik schreef om te vragen wanneer wij vieren hen konden komen bezoeken en kreeg te horen dat de uitnodiging alleen bedoeld was voor mij en Marnie: hij was bereid, aldus mijn vader, om Marnie te zien, aangezien zij binnen het huwelijk was geboren. Opnieuw ging ik niet.

Sinds die tijd heb ik geprobeerd contact met ze te houden, heb ik ze verjaardags- en kerstkaarten gestuurd, ook al hoor ik nooit wat van hen, en heb ik ze voor elke feestelijke familiegelegenheid uitgenodigd. Maar ze hebben nooit gereageerd, laat staan dat ze ooit zijn gekomen. En ik denk dat het vanavond niet anders zal zijn.

'Ze komen niet,' zeg ik treurig. 'Trouwens, het maakt niet meer uit. Ik ben veertig. Het wordt tijd het los te laten.'

Adam draait zijn gezicht naar het raam. 'Heb je gezien wat voor weer het is?' vraagt hij, want hij weet dat ik graag van onderwerp wil veranderen.

'Ja, ongelooflijk hè.' Ik leun achterover tegen de kussens, mijn gedachten alweer in beslag genomen door een andere zorg. 'Ik geloof dat ik heb overdreven met mijn jurk.'

'Hoe bedoel je?'

'Hij is lang, tot op de vloer. En roomkleurig.'

'Wat is daar mis mee?'

'Ik ben bang dat hij te veel op een bruidsjurk lijkt.'

'Zitten er veel tierlantijntjes en kant en zo aan?'

'Nee.'

'En ben je van plan er een sluier bij te dragen?'

Ik barst in lachen uit. 'Nee!'

'Dan,' zegt hij, zijn arm omhoogstekend zodat ik me eronder kan nestelen, 'is het gewoon een roomkleurige jurk die toevallig lang is.'

Ik kijk hem aan. 'Hoe lukt het je toch altijd om me een beter gevoel over mezelf te geven?'

'Ik maak alleen maar de jaren goed waarin ik dat niet heb gedaan,' zegt hij luchtig.

Ik zoek zijn hand en weef mijn vingers door de zijne. 'Niet doen. Je bent toch met me getrouwd? Je bent niet voor je verantwoordelijkheid weggelopen.'

'Nee – maar ik heb de eerste twee jaar veel tijd in Bristol doorgebracht met Nelson in plaats van met jou en Josh.'

'Tot Marnie kwam en je een reden gaf om thuis te blijven.'

Hij laat mijn hand los, en als ik de gesloten blik in zijn ogen zie, wil ik de woorden terugnemen. Hij heeft de afgelopen twintig jaar geprobeerd die eerste tijd goed te maken, zowel tegenover mij als naar Josh toe. Maar het raakt hem nog steeds.

'Ik heb een lief bericht van haar gekregen,' zeg ik, omdat zijn stemming altijd verbetert als we over Marnie praten. 'Ze kan vandaag misschien niet bellen. Ze wil studeren voor haar tentamen zonder afgeleid te worden, dus gaat ze dit weekend naar een plek zonder wifi.'

'Hoe komen wij toch aan zo'n verstandig kind?' zegt hij schertsend, alweer in een goed humeur.

'Geen idee.'

Ik schenk hem een zwak glimlachje en hij geeft me een kus, in de veronderstelling dat ik nerveus ben om het feest.

'Maak je niet druk. Alles komt goed. Hoe laat komt Kirin je halen?'

'Pas om elf uur.'

'Dan kun je nog even blijven liggen.' Hij staat op. 'Drink je koffie maar terwijl ik onder de douche ga, dan maak ik een ontbijt voor je als je beneden komt.'

9.00 – 10.00 UUR

Adam

Ik duw met mijn schouder tegen het canvas van de partytent en dat geeft een beetje mee voordat het terugveert. Ik duw er weer tegenaan, harder nu, en het lukt me om de deur van mijn schuur net ver genoeg open te krijgen om naar binnen te kunnen.

Ik ben dol op mijn schuur, met zijn gronderige geur van het zaagsel op de vloer. Er liggen grote blokken hout – eiken, grenen en walnoot – op verschillende hoogte onder de voorste muur, waar het raam uitzicht op de tuin heeft. Er staat een zes meter lange werkbank tegen de achterste muur, met keurig opgestelde klemmen en divers elektrisch gereedschap. Het kleinere gereedschap dat ik gebruik, bewaar ik op twee planken. In de hoek staan een televisie en dvd-speler en twee oude leunstoelen. Nelson en ik kijken hier weleens naar sportprogramma's of een zwart-witfilm. Hij neemt dan bier mee voor de koelkast en geeft toe dat hij Kirin en de kinderen even wil ontvluchten.

Maar ik ben hier voor de andere kant van de schuur. Ik bewaar hier een kist sinds Marnie met haar idee kwam om Livia te verrassen. Het is een meter lang houten krat waarin een groot stuk walnotenhout heeft gezeten. Ik ben van plan het naar de tuin te brengen en onder de tafel te verbergen zodra Liv vertrekt.

Ik sleep de kist naar de deuropening. En dan zie ik dat hij er niet doorheen past omdat de partytent te dicht bij de deur staat.

'Verdomme!'

Ik kijk of ik de kist kan demonteren en in de tuin weer in elkaar kan zetten, maar hij is stevig in elkaar gespijkerd. Ik ga in een van de leunstoelen zitten en vraag me af waar ik in godsnaam een andere kist of doos kan vinden die groot genoeg is om Marnie in te verstoppen. De geur van hout en lak werkt kalmerend en ik leg mijn voeten op de werkbank. Even laat ik mijn gedachten de vrije loop. Ik heb nooit de intentie gehad om meubelmaker te worden. Sinds mijn vader me toen ik zeven jaar was meenam naar de Clifton Suspension Bridge, wilde ik alleen nog maar bruggen bouwen, dus toen ik in Edinburgh civiele techniek mocht gaan studeren, verheugde ik me daar enorm op. De komst van Josh gooide roet in het eten – althans, zo zag ik het destijds.

Ik probeer mijn gedrag van toen niet goed te praten, maar het was moeilijk om te zien dat Nelson en mijn andere vrienden de tijd van hun leven hadden op de universiteit terwijl ik in de leer ging voor een vak waar ik niet echt in geïnteresseerd was. Livia en meneer Wentworth, de enige die me wilde aannemen, hadden heel wat met me te stellen. Ik verdween geregeld om Nelson op te zoeken in Bristol, en liet Liv dan soms dagen achter elkaar alleen met Josh. Ik sliep dan in zijn kamer en glipte bij zijn colleges naar binnen, waarna ik dronk tot laat in de avond en het studentenleven leidde waar ik zo naar verlangde. Daarom begrijp ik waarom dit feest voor Livia zo belangrijk is. Als iets waar je altijd al van droomde je wordt afgenomen, gaat dat gevoel nooit meer helemaal weg.

Mijn grootboek ligt open op de tafel en ik hijs mezelf uit de leunstoel om het door te bladeren. Ik voer alles in op mijn computer, maar houd ook een geschreven versie bij, iets waar meneer Wentworth altijd op stond. Ik heb al zijn grootboeken bewaard. Hij vond het een prettig idee dat iemand op een dag zou lezen over de stukken die hij had gemaakt: het gebruikte hout, het geschatte aantal uren werk dat ermee gemoeid was, het bedrag dat hij ervoor in rekening had gebracht. Hij is vijf jaar geleden overleden en hoewel ik al in geen tien jaar met hem had gewerkt, mis ik hem nog steeds.

Het meeste hout in mijn schuur heeft al een bestemming – het grootste stuk, een prachtig blok gepolitoerd eiken, zal uiteindelijk een tafel worden voor een rijke bankier uit Knightsbridge – maar het zwarte walnotenhout, mijn favoriet, is gereserveerd voor Marnie. Ik ga een sculptuur maken voor haar twintigste verjaardag in juli.

Ik had totaal geen verwachtingen voordat ze werd geboren. Josh' komst drie jaar daarvoor had me zo in verwarring gebracht dat ik nog steeds moeite had met het idee dat ik überhaupt vader was. Maar zodra ik Marnie zag, smolt ik. Waar Josh' geboorte het slechtste in me naar boven haalde, deed de komst van Marnie het tegenovergestelde. Zij leerde me om vader te zijn, gewoon door te bestaan.

Naarmate ze ouder werd, bouwden we een hechte band op, op een manier waarvan ik niet wist of ik die ooit met Josh zou delen. Na schooltijd kwam ze naar me toe in de schuur en zat ze op een leunstoel te kletsen over haar dag terwijl ik werkte. Ik kocht mijn eerste motor toen zij twaalf was, en zij was er al net zo dol op als ik. Livia stond er altijd op dat de kinderen de twintig minuten naar school liepen, maar toen Marnie ouder werd, begon ze de tijd te nemen om zich 's ochtends klaar te maken, waarna ze me dan vroeg of ik haar op de motor wilde brengen omdat ze anders te laat zou komen.

'En er is niets cooler dan aankomen op een Triumph Bonneville T120,' fluisterde ze dan als Livia eenmaal buiten gehoorsafstand was.

Livia keurde het af dat ik zo toegeeflijk was. Ik zou hetzelfde voor Josh hebben gedaan als hij het me had gevraagd, maar hij zou nog liever nablijven vanwege te laat komen dan dat hij mij om een lift had gevraagd. Later, toen Marnie naar feestjes begon te gaan, bracht en haalde ik haar op de motor. Ze maakte zich nooit zorgen over haar haar, dat geplet werd onder de helm, of over haar jurk, die kreukte onder het leer dat ze van mij moest dragen. Ik was er trots op dat ze mijn liefde voor motoren deelde. Stom genoeg stond ik er nooit bij stil dat ze op een dag een eigen motor zou willen hebben.

'Ik heb iets besloten,' verklaarde ze een maand geleden tegenover mij en Liv tijdens een van onze FaceTime-gesprekken. Ze zat op haar bed met haar telefoon tussen haar knieën. Op de muur achter haar had ze, naast een poster met KEEP CALM AND CARRY ON, foto's van mij, Livia en Josh, en haar vrienden en vriendinnen van thuis geplakt. Er hing ook een groepsfoto van haar en Cleo met mij en Rob – Cleo's vader – achter hen. We hadden ze meegenomen naar een pizzeria in Windsor, kort nadat ze examen hadden gedaan.

'Ik ga niet reizen als ik hier in juni klaar ben,' zei Marnie. 'Ik kom meteen thuis.'

'Waarom? Waarom zo'n haast?' zei Liv voordat ik kon reageren. Ze klonk scherper tegenover Marnie dan ze in jaren had gedaan, en ik wist dat ze bang was dat Marnie weer heimwee had.

'Omdat ik op mijn verjaardag de Long Walk wil doen.'

We wisten geen van beiden wat we moesten zeggen. De afgelopen tien jaar hadden we met Marnie op haar verjaardag steeds de Long Walk in Windsor Great Park gelopen, maar dat ze haar kans om te reizen wilde opgeven alleen om thuis te komen voor een wandeling die ze op elk moment zou kunnen maken, was zorgwekkend. Maar toen kon ze zich niet meer inhouden en barstte ze in lachen uit.

'Grapje!' zei ze. 'Ik kom thuis om motorrijles te nemen.'

'Oké,' zei ik opgelucht. 'Maar daar is toch geen haast bij?'

'Jawel, want ik wil een motor kopen.'

'Die kun je je de komende twee jaar niet veroorloven,' merkte Liv op. 'Is het niet beter om te gaan reizen? Je krijgt misschien nooit meer de kans om Vietnam en Cambodja te bezoeken.'

'Mam,' zei Marnie geduldig. 'Jawel – op de motor!'

We konden haar niet op andere gedachten brengen. Ik was minder bezorgd dan Liv. Ik miste Marnie en ik vond het wel fijn dat ze sneller thuis zou zijn dan verwacht. Ik was ook blij met haar vastbeslotenheid om te doen wat ze zelf wilde. Zoals vorig jaar, toen we haar probeerden over te halen geen motor op haar rug te laten tatoeëren, van schouder tot schouder.

'En, wil je hem zien?' vroeg ze toen ze een weekend thuis was van de universiteit. 'Mijn tattoo?'

'Je hebt het toch niet echt gedaan,' zei ik, lichtelijk ontdaan omdat ze het had doorgezet.

'Jawel. Maar maak je geen zorgen, jullie vinden hem vast mooi.'

'Daar ben ik niet zo zeker van,' waarschuwde ik.

'Laat maar zien,' zei Livia, hoewel ze, wist ik, de gedachte aan Marnie met een tatoeage vreselijk vond.

Lachend trok Marnie haar trui uit en ze stak haar arm naar voren. 'Ik durfde niet,' zei ze. 'Deze leek me geschikter.'

Livia knikte instemmend. 'Helemaal mee eens.'

'Wat vind jij, pap?'

Ik keek naar de woorden die in prachtig schuinschrift over de lengte van haar onderarm waren getatoeëerd: *AN ANGEL WALKING TO THE DEVIL'S BEAT.*

'Interessant,' zei ik met een zucht van verlichting omdat het relatief kleine letters waren.

De tatoeage had me op het idee voor haar sculptuur gebracht.

Ik ga een engel uit hout snijden, geen traditionele, maar een engel in een leren pak op een motorfiets. Ik zou er graag nu mee beginnen, maar ik moet nog even naar Liv voor ze weggaat, om aan te bieden Josh te helpen met de ballonnen en versiering die hij heeft meegebracht. En om een andere kist of doos te vinden, misschien op zolder. Het plan is als volgt: Marnie stuurt me een paar minuten voor ze aankomt een berichtje, dan haal ik de kist onder de tafel vandaan en duw hem naar het midden van het terras. Zij glipt dan naar binnen via het zijhek en klimt erin, hopelijk zonder gezien te worden. Als ik het deksel er weer op heb gelegd, roep ik iedereen naar het terras om erbij te zijn als Liv haar cadeau openmaakt.

Het was slim van Marnie om Livia te vertellen dat ze het weekend weg zou gaan en onbereikbaar zou zijn. Nu is Livia niet teleurgesteld als ze vandaag geen telefoontje van haar krijgt. Ik kan niet wachten tot ik haar gezicht zie als Marnie tevoorschijn komt. Het zal het mooiste cadeau zijn dat we haar kunnen geven.

Livia

Ik heb mijn rode sandalen in mijn hand, zodat ik Josh niet wakker maak met geklak op de trap. Ik sta even stil voor zijn deur, de houten vloer warm onder mijn voeten. Er is geen enkel teken van activiteit te horen. Dat verbaast me niets. Hij is gisteravond laat aangekomen en heeft in de trein zitten studeren. Hij heeft me gevraagd of ik hem vanochtend vroeg wilde wakker maken, maar ik laat hem liever slapen.

Me vasthoudend aan de trapleuning sla ik de krakende treden over, en als ik beneden ben, ga ik zitten om mijn sandalen aan te trekken. Er ligt een stapeltje kaarten op de mat. Ik pak het op en neem het mee naar de keuken. Ik kijk de enveloppen vluchtig door, enorm teleurgesteld dat er geen kaart van mijn ouders bij zit. Ondanks wat ik eerder tegen Adam heb gezegd, wil ik heel graag dat ze vanavond komen, want als het vandaag, op mijn veertigste verjaardag, niet lukt, zal ik ze nooit meer zien. Dan moet ik ze loslaten, al was het maar voor mijn geestelijk welzijn, want ze hebben tweeëntwintig jaar de tijd gehad om hun kind te vergeven… Dat is lang genoeg.

Het gevoel van opwinding dat ik heb vastgehouden sinds Adam vanochtend 'Happy Birthday' voor me zong, begint te verdwijnen. Ik ben een klein beetje misselijk, iets wat ik vaak heb als ik aan mijn ouders denk. Er is nog geen ontbijt te zien, dus ik ga ervan uit dat Adam buiten is. Ik voelde me gisteren bezwaard toen ik zag hoe ver de partytent naar achteren geplaatst moest worden, maar als ik eerlijk ben, ben ik stiekem blij dat Nelson waarschijnlijk niet door de smalle doorgang past. Hij en Adam hebben de gewoonte om naar de schuur te sluipen voor een biertje en ik wil heel graag dat Adam er vanavond de hele tijd bij is.

Ik geef Murphy zijn ochtendknuffel. De keuken ruikt vaag naar de steak die we gisteren hebben gegeten, dus ik doe het raam open. De warme lucht komt naar binnen. Ongelooflijk dat het zulk mooi weer is. Ik had mezelf honderden ponden kunnen besparen, want de partytent is helemaal niet nodig. Aan de andere kant is het goed een overdekt gedeelte te hebben waar de cateringmedewerkers het eten kunnen neerzetten. Ze komen om vijf uur, dus het duurt nog uren voordat er echt iets te gebeuren staat.

Ik ga aan de tafel zitten, zoek de balk waar ik mijn voeten altijd op zet en begin de kaarten open te maken. Er wordt aangebeld en als ik opendoe, staat er een man op de stoep met een schitterend boeket gele rozen.

'Mevrouw Harman?'

'Dat ben ik.'

Hij steekt de bloemen naar voren. 'Dan zijn deze voor u.'

'Jeetje, wat prachtig!'

'Snijd nog even een paar centimeter van de stelen af voor u ze in het water zet,' adviseert hij. 'Maar laat het boeket bijeengebonden.'

'Dat zal ik doen. Dank u...' Hij loopt het pad alweer af voor ik mijn zin heb afgemaakt.

Ik begraaf mijn neus in het boeket en snuif de bedwelmende rozengeur op, me afvragend wie ze heeft gestuurd. Even denk ik dat ze misschien van mijn ouders komen. Maar Adam lijkt me een waarschijnlijker optie.

Ik neem de rozen mee naar de keuken, leg ze op de tafel en pak het kaartje dat aan het boeket is bevestigd.

Een superleuke dag gewenst, mam. Het spijt me dat ik er niet bij kan zijn, maar ik denk aan je. Hou van je. Marnie. PS *Dit is het boeket dat je nooit gehad hebt.*

De tranen springen me in de ogen. Ik kan me niet herinneren dat ik Marnie ooit heb verteld dat ik op mijn bruiloft een boeket gele rozen had gewild, maar dat zal dan wel. En als ik denk aan ons laatste gesprek van ruim een week geleden, voel ik me verschrikkelijk.

Adam was weg om wat te gaan drinken met Nelson, en omdat ik wist dat hij pas laat thuis zou zijn, zag ik mijn kans schoon om haar te bellen. Ik wachtte tot tien uur; het was in Hongkong zes uur in de ochtend, maar het kon me niet schelen dat ze waarschijnlijk nog lag te slapen.

'Mam?' De schrik verjoeg de slaap uit haar stem. 'Is alles goed?'

'Ja, ja, alles in orde,' stelde ik haar snel gerust. 'Ik had gewoon zin om je te bellen.'

Ik hoorde haar naar iets zoeken, haar horloge misschien. 'Het is nog maar zes uur.'

'Ja, dat weet ik, maar ik wilde je graag even spreken. En ik dacht dat je misschien al op zou zijn. Sorry.'

'Geen probleem. Waarom ben je niet in beeld?'

'O... Geen idee. Ik zal wel op een verkeerd icoontje hebben geklikt. Maarre... hoe gaat het met je?'

'Ik heb het druk met studeren. Als ik thuis ben, slaap ik waarschijnlijk een maand lang aan één stuk door.'

'Daar wilde ik het eigenlijk met je over hebben.'

'O?'

'Ik begrijp gewoon niet zo goed waarom je je kans om te gaan reizen opgeeft,' zei ik, meteen met de deur in huis vallend, bang dat Adam thuis zou komen en zou horen hoe ik zijn dochter ervan probeerde te overtuigen om pas eind augustus terug te keren, volgens haar oorspronkelijke plan.

'Omdat ik mijn motorrijbewijs wil halen. Dat heb ik al uitgelegd!'

'Maar dat kun je altijd nog doen,' zei ik, in de wetenschap dat de reden waarom ze thuis wilde komen niets te maken had met een rijbewijs. 'Je kunt je toch nog lang geen motor veroorloven.'

'Zit papa hierachter?'

'Nee, het is mijn idee.'

'Ik dacht je blij zou zijn dat ik eerder terugkwam,' zei ze met iets verstikte stem.

'Ik vind het zo zonde als je de kans niet grijpt om meer van Azië te zien. En ik begrijp niet waarom je zo'n haast hebt om iets te halen waar je voorlopig niets aan hebt.'

'Nou, ik heb mijn ticket al, dus het is te laat.'

'Je kunt het toch omboeken?'

Er viel een stilte. 'Wil je niet dat ik thuiskom, mam?'

'Natuurlijk wel!' zei ik snel.

'Nou ja, het gaat niet alleen om het halen van mijn rijbewijs. Er zijn ook wat andere dingen die ik moet doen.'

'Zoals?' Met moeite hield ik mijn stem neutraal.

'Gewoon, dingen. Sorry, mam, maar als je me belt om te zeggen dat ik eind juni niet moet terugkomen, heb je pech. Ik wil dan gewoon thuis zijn.'

De scherpte in haar stem vertelde me dat het tijd was om het op te geven. En ik kon het gesprek dat ik met haar moest hebben nu toch niet voeren. Niet via deze weg.

'Ik weet het. En het zal heerlijk zijn je te zien.' Ik zweeg even, want ik wilde dat het weer goed zou voelen tussen ons. 'Ik dacht dat jij je misschien min of meer verplicht voelde om thuis te komen en de zomer met ons door te brengen, omdat je, nou ja, ons een jaar lang niet hebt gezien.'

'Ik voel me niet verplicht, ik wíl graag naar huis.' Ze lachte even. 'Ik ben kennelijk meer aan thuis gehecht dan ik dacht.'

We praatten nog even door, waarbij ik vroeg naar de dag die voor haar lag, en Marnie mij vroeg hoe het ging met de voorbereidingen voor het feest. Maar allebei met een bezwaard hart: dat van mij vanwege een gevoel van naderend onheil; dat van haar wellicht omdat ze het idee had dat haar moeder haar nog niet thuis wilde hebben, ook al had ik dat ontkend.

'Ik heb een verjaardagskaart voor je,' zei ze plotseling. 'Ik doe hem vandaag op de post. Misschien is hij er niet op tijd voor je verjaardag, maar ik stuur hem sowieso.'

'Ik zal er verguld mee zijn als hij aankomt,' zei ik. En toen hingen we op.

Misschien had ze daarom besloten om bloemen te sturen, voor het geval haar kaart te laat zou aankomen, die overigens nog niet is gearriveerd. Net als ik me bezorgd afvraag hoeveel de rozen haar hebben gekost, hoor ik getokkel op een gitaar en zie ik Josh onderaan de trap staan, zijn donkere haar nog niet omhooggewerkt met water of gel. Als hij uitbarst in een rapversie van 'Happy Birthday' besef ik dat ik het hem en Adam, en iedereen die me heeft geholpen dit feest te organiseren, verschuldigd ben te stoppen me over bijna alles schuldig te voelen. Ik ga gewoon van de dag genieten.

'Dank je wel!' roep ik uit, en ik geef Josh een hartelijk applaus. Er klinkt een hol geluid van hout op hout als hij zijn gitaar op de trap neerzet.

'En hoe voelt dat nou, om veertig te zijn?' Hij loopt de keuken binnen en tilt me op.

'Fantastisch!' zeg ik lachend. 'Hoewel de nieuwigheid er morgen waarschijnlijk alweer af is.'

Hij zet me neer, doet een stap naar achteren en bekijkt me. 'Mooie jurk.'

Ik strijk de rok van mijn witte zomerjurk glad. 'Dank je. Ik heb hem speciaal gekocht voor de lunch met Kirin vandaag.'

Hij buigt voorover om Murphy te aaien. 'Hoe gaat het, ouwe?' mompelt hij. 'Jij bent tenminste blij me te zien, anders dan Mimi. Zij komt me niet eens even begroeten. Waar is ze eigenlijk?'

'Ze ligt te slapen op ons bed.'

'En papa?'

'In zijn kantoor.'

Hij komt overeind. 'Zijn kantoor? Kom op, mam, je mag het een schuur noemen, hoor, dat doet pap zelf ook.'

Ik haal mijn schouders op en vul de waterkoker. De spanning tussen Adam en Josh drukt zwaar op mijn gemoed, maar de sneren van Josh aan het adres van Adam zitten me het meest dwars – over zijn haarstijl, het cliché dat hij de middelbare leeftijd tegemoet gaat, het feit dat hij in een schuur werkt. Adam doet altijd zijn best. Misschien is dat het wel. Hij doet te hard zijn best.

Josh knikt naar de tafel. 'Van wie komen die bloemen?'

'Marnie. Mooi hè?'

'Ik heb haar gisteren nog even gesproken,' zegt hij, terwijl hij de koelkast opentrekt en er een pak sap uit haalt. 'Ze baalt er enorm van dat ze er vanavond niet bij is.'

'Ik weet het, en ik ook.' Ik neem de rozen mee naar de gootsteen en negeer de wijze woorden van de man die ze heeft gebracht door slechts een paar millimeter van de stengels te knippen, want een paar centimeter lijkt me te veel. 'Zou je even een vaas uit de eetkamer willen pakken?'

'Tuurlijk.'

'Vertel eens,' zeg ik als hij terug is. 'Hoe gaat het met je tentamens?'

‘Tot nu toe niet slecht.’

‘Weet je zeker dat je vandaag niet hoeft te studeren?’

Hij tilt zijn armen boven zijn hoofd en rekt zich uit, waarbij zijn handen het plafond raken. Grappig dat gewoonten instinctief van generatie op generatie worden overgedragen, want Adam doet dat ook altijd. Josh’ T-shirt kruipt omhoog, zodat zijn blote buik te zien is. Hij is te dun, constateer ik, en ik vraag me af of hij wel goed eet.

‘Nee, alles onder controle,’ zegt hij, en hij onderdrukt een gaap. ‘Ik heb gisteravond in de trein zitten studeren en morgen op de terugweg ga ik er weer een paar uur aan besteden. Vandaag kan ik doen wat nodig is voor het feest.’

Ik schenk hem een dankbare glimlach. ‘Heb je de muziek al uitgezocht – je weet wel, met voor ieder wat wils?’

‘Ja, Max heeft me geholpen een playlist te maken.’

Max. Josh’ vriend vanaf zijn kindertijd, wiens moeder is overleden toen hij nog maar vijf was en die sindsdien deel heeft uitgemaakt van ons gezin, als tweede zoon van mij en Adam, als broer van Josh en Marnie. Max, die ik de afgelopen zes maanden heb ontweken.

‘Er zijn vast diverse rare en prachtige verzoeknummers binnengekomen.’

‘Dat kun je wel zeggen. Het kan ook niet anders dan een vreemde mix zijn met zoveel leeftijdscategorieën,’ zegt hij, met een zachte por tegen mijn arm om me te laten weten dat hij een grapje maakt. Hij pakt de vaas met bloemen van me aan. ‘Waar wil je deze hebben?’

‘Voorlopig op de bijzettafel. Thee of koffie?’

‘Thee. Laat mij maar.’

Ik ga aan de tafel zitten. Josh heeft gelijk, er komen vanavond verschillende generaties, van Cleo, de negentienjarige dochter van Nelson en Jess, tot de ouders van Adam, die in de zeventig zijn. Ik wil dat er voor iedereen wat leuks te horen valt, dus heb ik alle genodigden gevraagd om Josh hun lievelingsliedjes te laten weten, die hij dan in de loop van de avond zal draaien. Het zal leuk zijn om vanavond te raden welk liedje bij welke gast hoort.

'Hoe gaat het met Amy?'

Josh leunt achterover tegen het aanrecht. 'Goed.'

'Kan ze echt niet vanavond?'

Hij krabt even over zijn borst. 'Nee. Maar ik begrijp wel dat de tachtigste verjaardag van haar opa in de ogen van haar ouders belangrijker is dan jouw veertigste.'

'Natuurlijk.'

Hij geeft me een mok thee. 'Wil je ook iets eten?'

'Nee, dank je. Ik wacht tot je vader er weer is. Hij heeft gezegd dat hij een ontbijt voor me zou maken.'

'Vind je het niet erg als ik alvast begin?' Josh loopt naar de kast, pakt de cornflakes, schudt er wat van in een kom, voegt melk toe, haalt een lepel uit de la en begint met zijn rug tegen de koelkast te eten. Hij lijkt altijd ergens tegenaan te leunen, alsof zijn lichaam niet uit zichzelf overeind kan blijven. De licht peinzende blik op zijn gezicht om het feit dat Amy vanavond niet kan komen, maakt hem niet minder knap. Hij lijkt heel veel op de Adam van vroeger.

Ik onderdruk een zucht. Dat Amy er vanavond niet bij kan zijn, is niet het enige wat hem dwarszit.

'Wanneer ga je met papa praten?' vraag ik.

'Binnenkort.'

'Je moet het hem vertellen,' zeg ik, me vreselijk bewust van de onderliggende hypocrisie in mijn woorden.

Hij veegt zijn mond af met de rug van zijn hand. 'Dat weet ik.'

'Hij zal het wel begrijpen.'

Josh schudt zijn hoofd. 'Nee,' zegt hij somber. 'Dat denk ik niet.'

10.00 – 11.00 UUR

Adam

Als ik van mijn schuur terug naar het huis loop, zie ik door het raam dat Liv met Josh aan het praten is. Ze staan niet dicht bij elkaar – Livia zit aan de tafel en Josh leunt tegen de koelkast – maar ik voel me een buitenstaander. Misschien voelt Josh wel hetzelfde als hij mij en Marnie samen ziet, bedenk ik. Ik heb altijd gedacht dat hij ervoor koos om zich afzijdig te houden omdat hij me niet het genoegen gunde van de gedachte dat hij me had vergeven. Maar wie weet, voelde hij zich telkens zoals ik me nu voel: alsof zijn aanwezigheid een inbreuk zou zijn.

Ongemakkelijk vanwege het merkwaardige voyeurisme, maar niet in staat me van het tafereel los te rukken, kijk ik hoe Liv haar hoofd achterover gooit, lachend om iets wat Josh heeft gezegd. Ik glimlach. Ik zie Livia graag gelukkig, vooral omdat ik weet hoeveel pijn het haar deed toen haar ouders, op de dag dat ze hun vertelde dat wij gingen trouwen, zeiden dat ze nooit gelukkig zou worden. Ik zal hun afwijzing nooit begrijpen. Elke keer dat ze niet komen opdagen als zij ze ergens voor heeft uitgenodigd, breekt mijn hart, want hoewel ze zichzelf vertelt dat ze toch niet komen, blijft ze altijd hopen. Ik heb vaak op mijn motor willen springen om ze op te zoeken in Norfolk en ze te vertellen wat ze missen, niet alleen met betrekking tot Liv, maar ook met betrekking tot Josh en Marnie, de kleinkinderen die ze nooit hebben willen ontmoeten. Ik zou ze willen zeggen hoe geweldig Liv is, hoe gelukkig we zijn, hoeveel ik van haar houd. Maar ik ben altijd bang geweest dat de situatie daardoor zou verergeren.

Ik besefte onlangs dat het niet erger kon, niet voor Livia, wat voor mij reden was om haar ouders te schrijven en ze te vragen met hun hand over hun hart te strijken en vanavond naar haar feest te komen. Ik heb geschreven dat ik begreep hoe teleurgesteld ze moeten zijn geweest toen Livia zwanger bleek, maar dat het na meer dan twintig jaar tijd was voor vergeving. Ik heb Josh en Marnie als lokmiddel gebruikt door ze te vertellen dat we het altijd jammer hebben gevonden dat zij hun grootouders nooit hebben leren kennen. Ik heb een foto gestuurd van hen beiden, zittend op het muurtje in de tuin, die ik heb genomen vlak voordat Marnie naar Hongkong vertrok, en ik heb een paar lange alinea's aan ze gewijd, aan hun leven en wat ze doen – zelfs dat Marnie speciaal terug zou vliegen vanuit Hongkong om als verrassing voor Livia op het feest te zijn, in de hoop dat ze daardoor zouden worden overgehaald om te komen. Ik verwachtte dat Livia's vader meteen terug zou schrijven om me te vragen nooit meer contact met ze op te nemen. Dat hij dat niet heeft gedaan, geeft me enige hoop dat ze vanavond misschien wel hun opwachting maken.

Mijn telefoon trilt in mijn zak en verstoort het moment. Ik werp een blik door het raam om te checken of Liv en Josh me hebben zien staan kijken, maar ze zijn nog steeds diep in gesprek. Ik haal mijn telefoon tevoorschijn, me afvragend of het een update van Marnie is. Maar het is Nelson.

Zeker weten dat je vandaag geen hulp nodig hebt? Alsjeblieft… ik word gek van de kinderen!

Vorig weekend, toen we bij ze op bezoek waren, probeerde Nelson met me over zijn werk te praten terwijl zijn vier jaar oude zoontjes, een tweeling, over hem heen klauterden en zijn dochtertje zijn baard versierde met speldjes en lintjes. Ik mag Nelson heel graag, maar het heeft iets uiterst plezierigs dat de rollen zijn omgedraaid.

Jij en ik weten allebei dat jij vandaag oppasplicht hebt. Kirin zou me vermoorden. Sorry! bericht ik terug.

Ik loop verder naar het huis en zet me al schrap voor het gevoel van 'verlies' – zoals ik het zou kunnen noemen – dat ik heb als ik bij Josh in de buurt ben. Op het eerste gezicht kunnen we best met elkaar opschieten. Maar er ontbreekt iets, een hechtheid die we hoogstwaarschijnlijk nooit zullen hebben, niet meer.

Ik ben me altijd al bewust geweest van de afstand tussen ons, maar de eerste keer dat die echt hard aankwam, was de dag dat hij naar de universiteit vertrok – in Bristol, waar ik me achttien jaar daarvoor voor hem had verstopt. Geloof me, de ironie ervan dringt wel degelijk tot me door. Nelson en Kirin waren bij ons, en toen het moment van Josh' afscheid aanbrak, schudde hij mij de hand en liep hij naar Nelson, die hem omhelsde. Wat me aangreep, was de manier waarop Josh hem terug omarmde, alsof het de gewoonste zaak van de wereld was. Het voelde bijna alsof Nelson zijn vader was, niet ik.

Ik weet dat ik me in de eerste jaren te veel op Marnie heb gericht, en sindsdien heb ik geprobeerd het goed te maken tegenover Josh, maar dat is lastig. Daarom ben ik zo trots op het feit dat ik voor hem een stageplek in New York heb weten te regelen. Als je meubelmaker bent, zijn er niet veel kruiwagens die je voor je kinderen kunt gebruiken. Niet dat ik zélf echt een kruiwagen had, maar ik kwam toevallig in gesprek met een Amerikaanse vriend van Oliver, een van mijn klanten, die naar mijn werkplaats was gekomen om te vragen of ik een stuk op maat kon maken voor zijn huis op Martha's Vineyard. Hij had een meubel gezien dat ik voor Oliver had gemaakt, en hij wilde iets vergelijkbaars maar dan drie keer zo groot. We hadden het over ons leven en onze kinderen, en ik merkte op dat Josh voor het laatste jaar van zijn master op zoek was naar een stage, bij voorkeur in digitale marketing.

'Heeft hij weleens overwogen om naar de Verenigde Staten te gaan?' informeerde hij, waarna hij vertelde dat hij CEO was van Digimax, een groot New Yorks bedrijf op het gebied van digitale marketing dat stageplekken voor masterstudenten beschikbaar had. Om een lang verhaal kort te maken: Josh heeft zijn cv gestuurd, heeft een paar telefoongesprekken gevoerd met iemand van het kantoor in New York en kreeg uiteindelijk een stage aangeboden. Hij is er heel enthousiast over en het is geweldig om te zien dat hij de kansen die ik nooit heb gekregen optimaal benut.

Livia

Adam komt binnen vanuit de tuin en laat een spoor van zaagsel achter op de keukenvloer. Ik ben er zo aan gewend dat het me niet meer stoort.

'Hi, Josh,' zegt hij. 'Goed geslapen?'

'Ja, prima, zoals altijd als ik weer thuis ben. En jij?'

'Niet echt. Ik heb gedroomd dat de partytent wegwaaide en Marnie meesleurde.' Hij wendt zich tot mij. 'Mooie rozen – van wie heb je die?'

'Marnie,' zeg ik, en ik steek hem mijn bord met beboterde toast toe, want ik had te veel trek gehad om nog langer te wachten. Met een verontschuldigende glimlach pakt hij een sneetje, zich te laat zijn belofte herinnerend.

'Zou jij geen ontbijt voor mama maken?'

Josh' toon is niet echt beschuldigend, maar de boodschap is duidelijk. Adam zegt niets terug, dat doet hij nooit.

'Ik heb ook mooie kaarten gekregen,' zeg ik, wijzend naar het stapeltje op de tafel. Hij loopt ernaartoe en laat ze door zijn ene hand glijden terwijl hij zijn toast eet met de andere.

'Je zou ze moeten uitstallen,' zegt hij. 'Er een tijdje van genieten.'

'Papa heeft gelijk.' Josh pakt de kaarten van Adam aan en zet ze op een rijtje op het aanrecht. 'De cadeaus krijg je vanavond, is dat oké, mam?'

'Natuurlijk.'

De gedachte aan cadeaus maakt Adam rusteloos. Gisteren heeft hij gezegd dat hij vanochtend nog Windsor in moest, en ik vermoed dat hij nog niets voor me heeft gekocht. Ik heb een paar weken geleden wel gehint op een prachtige leren handtas, maar die was behoorlijk duur, dus ik hoop dat hij mijn wenk niet heeft opgepikt. Ik zou me schuldig voelen als hij zo'n hoog bedrag aan een tas uitgeeft.

Ik kijk hoe hij tegen het aanrecht leunt en een tweede mok koffie drinkt terwijl hij met Josh overlegt over waar ze de tafels het beste kunnen neerzetten – hun taak voor de ochtend – en waar hij de lichtjes wil ophangen. Als ik zie hoe moe hij oogt, voel ik een plotselinge golf van liefde door me heen gaan. Hij heeft de afgelopen vier jaar – nou, het grootste deel van zijn leven eigenlijk – heel hard gewerkt, en ik weet dat hij zich erop verheugt dat het allemaal wat gemakkelijker wordt als Josh eenmaal is afgestudeerd. Met nog maar één keer studiegeld en huisvesting te betalen zal een deel van de druk wegvallen.

Toen we net waren getrouwd, beloofden we onszelf dat we zodra we konden verder zouden gaan met de opleiding die we hadden gemist. Adam zou civiele techniek gaan studeren en ik zou advocaat worden. Het was niet het gebrek aan tijd, geld of ambitie dat Adam tegenhield, alleen maar het besef dat hij het heerlijk vond om meubelmaker en houtsnijder te zijn. Met hout werken heeft iets organisch, zegt hij, en het brengt een geheel eigen gevoel van rust en welzijn met zich mee.

In de loop der jaren heeft hij een bloeiend bedrijf opgebouwd. Soms is het financieel moeilijk omdat we niet altijd weten wanneer het geld binnenkomt en het weken kan duren voor een meubelstuk klaar is. Maar hij heeft naam gemaakt als ambachtsman en hij kan een goede prijs vragen. Er komen bestellingen van over de hele wereld. Het afgelopen jaar heeft hij al prachtige bureaus met houtsnijwerk gemaakt voor klanten in Noorwegen, Japan en de vs. Elk exemplaar is uniek en sommige verzoeken die hij krijgt, zijn ware uitdagingen, zoals dat van een klant die wilde dat hij een ladekast van bijna twee meter hoog en ruim een meter breed zou maken, waarin elke la een reeks kleinere geheime laatjes zou bevatten. Ook was er een klant die een houten koetsje wilde voor een van zijn kinderen, dat door hun pony getrokken kon worden. Die opdracht heeft betaald voor het grootste deel van de kosten voor levensonderhoud van Marnie in Hongkong.

Ik begon aan mijn rechtenstudie via de Open Universiteit toen Marnie tien was. Het heeft me zes jaar gekost voordat ik was afgestudeerd en het duurde nog eens twee jaar voor ik als advocaat aan de slag kon, precies op tijd, want in dat jaar ging Marnie naar de universiteit. Ik houd van mijn werk en het betekent dat we ons niet meer zoveel zorgen over geld hoeven te maken. Adam wilde niet dat Josh en Marnie zouden lenen voor hun studie, wat betekent dat onze uitgaven elke maand gigantisch zijn. Het betekent ook dat hij lange dagen maakt, zes dagen per week, maar onze financiële situatie is zo anders dan aan het begin van ons huwelijk dat ik mezelf soms even moet knijpen.

'Hoe laat komt Kirin, mam?' vraagt Josh, die zijn gesprek met Adam, over een doos of zoiets, afbreekt.

Ik kijk op mijn horloge. 'Dat duurt niet lang meer.'

'Nelson heeft me een berichtje gestuurd; hij wilde ook komen,' zegt Adam met een lachje in zijn stem. 'Ik denk dat hij probeerde onder het oppassen uit te komen.'

'Waarom verbaast me dat niet? Hij weet dat Kirin vandaag met me gaat lunchen.' Ik werp hem een geamuseerde blik toe.

'Je zou naar hem toe kunnen gaan om hem te helpen. Josh redt het vast wel in zijn eentje.'

Adams gezicht spreekt boekdelen. 'Nee, bedankt,' zegt hij. 'Ik heb jaren voor een paar kleintjes gezorgd, nu is het zijn beurt.'

'Zie je, pap,' zegt Josh, 'kinderen krijgen op jonge leeftijd heeft zo zijn positieve kanten.'

'Behalve dan dat het je hele leven in de wachtstand zet, bedoel je?'

Ik weet dat het als grapje bedoeld is, maar mijn lichaam verstijft als ik een schaduw over Josh' gezicht zie trekken, en ik zie aan de blik op Adams gezicht dat hij zijn woorden het liefst zou terugnemen.

'Je kunt je maar beter klaarmaken, mam,' zegt Josh, die naar de andere kant van de keuken loopt om fysiek afstand van zijn vader te nemen.

'Oké,' zeg ik, en ik geef ze allebei een vluchtige kus. 'Tot later.'

'Veel plezier!' roept Adam me na. Maar de woorden schuren met de sfeer en ik kan mezelf er niet toe brengen antwoord te geven.

Ik ren naar boven om mijn telefoon te halen en loop onderweg de badkamer in om mijn tanden te poetsen en lippenstift op te doen. Ik ben blij dat ik het huis een poosje kan verlaten, en het zal fijn zijn om Kirin te zien – een goede afleiding van alles wat er aan de hand is. Ik heb erover gedacht om vandaag een wellnessdagje te boeken, maar dat voelde overdreven; ik kan mijn nagels en haar prima zelf doen. En het is tenslotte niet mijn huwelijksdag.

Ik ben blij dat ik een cadeau heb gevonden om Adam vanavond te geven, een bedankje voor zijn niet-aflatende steun rondom dit feest, voor het feit dat hij me nooit heeft gevraagd het los te laten. Het was moeilijk om iets te bedenken: zijn passies zijn zwart-witfilms, motorrijden en bruggen, en daar kon ik niet veel mee. Maar een paar weken geleden, toen ik in mijn lunchpauze door Windsor liep, zag ik een display in de etalage van een reisbureau dat goedkope vluchten naar Bordeaux en Montpellier aanbood. Op een van de foto's zag ik het viaduct van Millau, dat ik me herinnerde van een documentaire die Adam en ik hadden gezien over buitengewone staaltjes techniek. Geboeid had hij gezegd dat hij het fantastisch zou hebben gevonden om bij zo'n project betrokken te zijn, en dat hij het viaduct graag eens in het echt zou zien. Ik realiseerde me dat ik het perfecte cadeau had gevonden en ging spontaan naar binnen, boekte twee vluchten naar Montpellier en vier nachten in een fraaie *auberge* in het centrum van Millau, met een geweldig uitzicht op het viaduct.

We gaan deze week, we vertrekken op dinsdag en komen zaterdag terug. Adam weet dat niet; het is een verrassing. Ik weet dat hij zich zorgen zal maken over al die tijd vrijaf terwijl zijn bestellingen zich opstapelen, maar hij verdient een vakantie. Dus vanavond op het feest, wanneer ik een kort praatje houd om alle aanwezigen te bedanken voor hun komst, ga ik hem het mapje met de vliegtickets geven, plus een foto van het viaduct. Hij leeft al jaren met het vooruitzicht op mijn feest, en als hij wist hoe vaak ik feiten heb verdraaid en dingen voor hem heb verborgen zodat het exact zo zou worden als ik voor ogen had, zou hij geschokt zijn.

Ik stop mijn lippenstift in mijn tas en loop naar buiten om op Kirin te wachten. Dat ik Adam heb overgehaald om dit huis te kopen in plaats van het grotere, modernere waar hij de voorkeur aan gaf, is slechts één voorbeeld van de manier waarop ik de dingen naar mijn hand heb gezet. Het enige wat het draaglijk maakt, is dat hij er net zoveel van is gaan houden als ik en dat hij nooit spijt heeft gehad van de koop.

We zagen het een jaar na de geboorte van Marnie voor het eerst. We huurden een klein appartement met twee slaapkamers en wisten dat we als ze uit haar wieg zou groeien – die in onze slaapkamer tussen de kledingkast en de muur ingeklemd stond – geen plaats zouden hebben om een bed voor haar neer te zetten. Een stapelbed in Josh' piepkleine kamer was geen optie. Toen we uitrekenden dat een hypotheek ons ongeveer hetzelfde zou gaan kosten als de huur voor een groter appartement, boden Adams ouders aan ons het geld te lenen voor de aanbetaling op een huis. Dat was de reddingsboei die we nodig hadden, en al helemaal toen ze eraan toevoegden dat we ze pas hoefden terug te betalen als onze financiële situatie zou verbeteren.

We bekeken heel veel huizen en eindigden met een shortlist van twee: een nieuwbouwwoning en dit huis. Het nieuwe huis, in een wijk buiten Windsor, was groter. Het had een extra slaapkamer en een grotere keuken, en het was onberispelijk. In contrast daarmee moest aan dit huis, een cottage van meer dan honderd jaar oud, heel veel gebeuren voordat we het konden betrekken. Ik werd er meteen verliefd op, vanwege de mooie tuin die al vol stond met bloemen en struiken. Het perfecte decor voor een bruiloft, dacht ik weemoedig, met een blik op de met clematis bedekte pergola in de hoek. En toen dacht ik aan het feest dat ik voor mijn veertigste verjaardag hoopte te geven, die zo ver weg leek dat het een belachelijk idee was. Maar ik kon het niet loslaten.

'Het is een prachtige tuin voor Marnies eerste stapjes,' zei ik tegen Adam, mikkend op zijn zwakke punt, omdat ik merkte dat hij neigde naar het gemak van de nieuwbouwwoning. 'Stel je voor hoe leuk ze hier verstoppertje kan spelen. Dat gaat niet in die rechthoekige tuin waar zelfs nog geen gras in ligt.'

Dat gaf de doorslag, zoals ik had voorzien. Het zou niet

hetzelfde effect hebben gehad als ik had gezegd dat Josh meer ruimte zou hebben om een balletje te schoppen. Ik voelde me schuldig omdat hij de extra slaapkamer in het nieuwbouwhuis als werkkamer had willen inrichten. Maar al heel snel trok de tuin ook hém over de streep.

We schilderden alles wit, repareerden de oude eikenhouten vloeren, en een paar jaar later bouwde Adam achter in de tuin een grote schuur om in te werken, waardoor ik me beter voelde over de studie waar hij niet aan toe was gekomen. En als de lichtjes vanavond in de bomen hangen, zal de tuin er precies uitzien zoals ik me al die jaren geleden voorstelde.

11.00 – 12.00 UUR

Adam

Ik geef een doos waar ooit iets in is bezorgd, ik weet niet meer wat, van bovenaf over aan Josh, die op de overloop staat.

'Waar is deze voor?' vraagt hij.

Ik klim de ladder af en duw hem terug naar de zolder. Ik kan hem niet de waarheid vertellen, dus ik heb mijn antwoord al klaar.

'Je weet dat ik je moeder een ring ga geven, toch?'

Hij knikt.

'Nou, dat zal ze meteen raden aan de grootte van het doosje. Daarom zet ik het doosje met de ring in deze doos, zodat het wat langer een verrassing blijft.'

'Waarom neem je dan niet een hele reeks in elkaar passende dozen? Er staan er boven nog veel meer van broodroosters en dat soort dingen, en ik heb een schoenendoos die we als een-na-laatste kunnen gebruiken.' Zijn enthousiasme groeit. 'Of we schuiven het ringdoosje in een lege toiletrol en leggen die in de schoenendoos. Dan raadt ze het nooit!'

'Nee, één doos lijkt me genoeg.'

'Maar je wilt toch dat het zo lang mogelijk een verrassing blijft?'

'Nee, ik leg het doosje van de ring in deze doos.' Ik pak de doos en draai hem op zijn kant, zodat hij door het trapgat past. 'Kun je me helpen hem te bedekken met pakpapier?'

'Maar zal het doosje dan niet heen en weer schuiven? Tenzij we hem volstoppen met krantenproppen.'

'Het komt wel goed zo.' Hij volgt me naar beneden en de keuken in, waar ik de doos op de vloer zet. 'Goed, laten we hem inpakken. We hebben ergens papier liggen.'

'Maar kun je dat niet beter doen als het doosje met de ring er eenmaal in zit?' zegt hij. 'Dan kunnen we hem rondom volledig inpakken en dichtmaken.'

'Ik wil hem niet dichtmaken.'

'Waarom niet?'

'Omdat het dan te lang duurt voor ze hem open heeft.'

Hij krabt zich op het hoofd. 'Ik dacht dat je de verrassing langer wilde laten duren?'

Ik begin er spijt van te krijgen dat ik hem heb gevraagd me te helpen. 'Dat is zo, maar ook weer niet té lang.'

'Ik begrijp er niets van.'

'Vanavond wel. Laat me dit nou maar gewoon op mijn manier doen.'

'Oké, omdat je nooit iets op je eigen manier hebt mogen doen.' Hij zegt het op zo'n zakelijke toon dat ik me realiseer dat hij echt denkt dat alles wat ik in mijn leven heb gedaan uit plichtsbesef is voortgekomen en geen eigen keuze was.

Ik schenk hem een snelle glimlach. 'Ik zou het allemaal zó weer zo doen.'

Zijn zwijgen vertelt me dat hij me niet gelooft. Ik strek me uit om een van de rollen papier van een kast te pakken, waar Liv ze bewaart, en we bedekken de doos ermee.

'Hoe gaat het met Amy?' vraag ik om de stilte die tussen ons is ontstaan te doorbreken.

'Goed. Ze baalt dat ze het feest mist. Wanneer ga je mama's ring halen?'

'Zodra we de tafels hebben klaargezet.'

Het is ongelooflijk hoelang het duurt voordat we de doos hebben ingepakt. Liv zou het zonder hulp in de helft van de tijd doen.

'Ik hoop dat de tafels minder moeite zullen kosten dan dit klusje,' zegt Josh. Hij kijkt rond. 'Waar wil je hem neerzetten?'

'Ik ga hem onder de tafel op het terras verstoppen. Maar ik moet ermee wachten tot de mensen van de catering de tafelkleden hebben gebracht, want je moeder mag hem niet zien.'

'Ze is terug voordat zij er zijn.' Hij denkt even na.

'Ik heb nog wat van die feestpakketten met ballonnen en vlaggetjes en zo, en daar zitten ook papieren tafelkleden in. Als we die aan elkaar plakken, kunnen we ze over de tafel leggen.'

'Klinkt goed,' zeg ik met een glimlach.

Hij haalt de papieren kleden en we plakken ze aan elkaar. Ze blijken precies de juiste grootte te hebben als we ze op de tafel leggen: ze reiken tot de grond. We schuiven de doos eronder.

'Perfect,' zeg ik, opgelucht dat dit nu geregeld is. Dat ik het houten krat niet kan gebruiken, lijkt nu lang niet meer zo erg. 'Goed, nu de tafels.'

We pakken de schraagtafels, twaalf in totaal, van de plek waar ze tegen de muur zijn gezet, en zetten er vier in de partytent en acht op het gazon.

'Doen we de stoelen nu of later?' vraagt Josh.

'Nu meteen maar.'

Tien stoelen bij elke tafel later zijn we klaar. Ik kijk op mijn horloge: het is twintig voor twaalf, te vroeg voor een biertje.

Ik kijk Josh aan. 'Biertje?'

'Ik vind dat we dat wel hebben verdiend. Wacht maar, ik haal wel.'

Hoewel ik dichter bij de keuken ben, weet ik dat het geen zin heeft mijn aanbod door te duwen. Als het aan Josh ligt, laat hij mij niets voor hem doen. Hij vindt het zelfs vervelend dat ik voor zijn studie betaal, en hij heeft me gezegd dat hij van plan is elke cent terug te betalen als hij een baan heeft. Daarom betekent het heel veel voor me dat hij die stageplek wel zag zitten. Ik dacht werkelijk dat hij die zou weigeren omdat ik degene was door wie het contact tot stand was gekomen.

Hij komt terug met twee flesjes en Murphy. We gaan op het muurtje zitten en drinken ons bier, met Murphy aan onze voeten. En plotseling ontstaat er een vreemde spanning en zoek ik met moeite iets om te zeggen.

'Binnenkort ga je naar New York. Ik zal je missen,' voeg ik eraan toe, mezelf verrassend omdat het de eerste keer ooit is dat ik een emotie tegenover hem uit. Ik zet me schrap voor zijn afwijzing, maar tot mijn verbazing lijkt iets van de spanning weg te ebben.

'Echt?'

'Ja, natuurlijk.'

Hij knikt langzaam, neemt de tijd om mijn woorden tot zich te laten doordringen. 'Wat je net zei: dat je het allemaal zo weer zo zou doen? Is dat waar?'

De lucht om ons heen verstilt, alsof alles en iedereen, van de vogels in de bomen tot de buren die hun gazon maaien, de draagwijdte van Josh' vraag begrijpen en hun adem inhouden, in de hoop dat ik deze unieke kans – want we hebben dit punt nooit eerder bereikt en misschien zullen we het hierna nooit weer bereiken – zal benutten om de dingen tussen ons recht te zetten. Wat is de reden, vraag ik me af, waarom zoekt Josh verbinding, als dat tenminste is wat er nu gebeurt? Omdat hij binnenkort naar de VS vertrekt en ons misschien wel een jaar niet zal zien?

Murphy tilt zijn hoofd op alsof hij wil zeggen: *Verknal het alsjeblieft niet.* Ik denk aan de opmerking die Josh vanochtend maakte over de voordelen van kinderen krijgen op jonge leeftijd, en hoe zijn gezicht was betrokken toen ik daar met een grap op reageerde.

'Nee,' zeg ik. 'Niet helemaal. Er zijn wel dingen die ik liever anders zou hebben gedaan.'

'Wat voor dingen? Was je liever niet met mama getrouwd? Had je me willen laten adopteren?' Hij strekt zijn benen voor zich uit, en hoewel er een schertsende ondertoon in zijn stem ligt, weet ik dat hij elk woord meent.

Ik kijk hem recht aan. Zijn haar heeft dezelfde kleur als dat van mij voordat er grijs doorheen kwam schemeren, en zijn gezicht heeft dezelfde hoeken, met het puntje van de neus een tikje gebogen. 'Nee, Josh,' zeg ik. 'Die dingen zou ik niet anders hebben gedaan.'

'Wat dan?'

'Ik zou wel met je moeder getrouwd zijn, maar later, als ik een studie had gedaan.'

'Je had op de universiteit iemand anders kunnen ontmoeten. Of misschien had zij dan wel een ander ontmoet.'

Ik neem een slok bier, want dit is iets waar ik vaak over heb nagedacht. Livia en ik kenden elkaar destijds een paar maanden, en als ze niet zwanger was geworden, zouden we misschien niet samen zijn gebleven. Ik geloof dat ik net zomin in Livia's langetermijnplannen paste als zij in die van mij, simpelweg omdat we niet zo ver vooruitdachten. En toch zijn we na die eerste paar lastige jaren gelukkig met elkaar geweest, heel gelukkig.

'Nou, je moeder is de liefde van mijn leven, dus ik ga ervan uit dat we op de een of andere manier uiteindelijk samen verder zouden zijn gegaan.'

'Maar je zou mij niet hebben gekregen.'

'Natuurlijk wel.'

'Nee. Als je later met mama getrouwd was, had je misschien

wel een zoon gekregen, maar niet mij. Ik ben wie ik ben omdat ik in mijn tijd ben verwekt en geboren.'

Het is zo'n moment dat ik mezelf in een spiegel lijk te bekijken. De pijn van de afwijzing is van zijn gezicht af te lezen – en ook van het mijne. We zuigen elkaar leeg, besef ik.

Mijn gedachten flitsen terug naar de dag dat hij een fort van Lego bouwde, en ik boos werd omdat hij me maar bleef vragen of ik hem wilde helpen. 'Papa, ik heb alleen nog hulp nodig met dit laatste stukje,' had hij voor de vijfde keer gezegd. 'De rest heb ik helemaal zelf gedaan, zoals jij zei.'

'Het is te moeilijk,' bleef Marnie zeggen toen ik hem negeerde. 'Hij kan het niet zelf.'

En Josh had volgehouden, maar in plaats van hem daarvoor te prijzen, verloor ik mijn zelfbeheersing en gooide het fort om.

'Waarom doet je dat?' vroeg Marnie, haar taalgebruik krom van schrik terwijl ze naar het ingestorte fort keek.

'Ik… Het ging per ongeluk,' loog ik.

De blik die ze me toewierp, van pure afkeer, deed me denken aan de blik waarmee Livia me begroette als ik weer verscheen nadat ik dagenlang in Bristol bij Nelson had gelogeerd.

'Nee, je deed het expres, dat zag ik best! Je liep ernaartoe en deed zo.' Ze maakte een zwaaiende beweging met haar arm. 'Je bent gemeen en ik vind je niet lief meer!' Ze keerde me haar rug toe, liep naar Josh, reikte omhoog en sloeg haar armen om zijn middel. 'Niet huilen. Ik help je het wel weer op te bouwen.'

Ik kwam naar ze toe en hurkte naast Josh neer, zei dat het me speet en bood aan het fort samen met hem opnieuw te bouwen. Maar hij negeerde me.

'Laat hem met rust, papa, nu hoeft het niet meer!' riep Marnie.

Toen ik opkeek, had ik Livia in de deuropening zien staan, met ogen die glinsterden van de tranen. Niet de tranen van frustratie die ik kende van het begin van ons huwelijk, maar tranen van wanhoop. En ik had me afgevraagd hoelang ze daar al stond en hoeveel ze had gezien.

'Zo kan het niet langer,' zei ze beverig. 'Echt niet.' En ik wist dat ze gelijk had.

Ik deed mijn best, maar Josh praatte amper nog met me. Hij bewaarde de afstand die ik inmiddels wilde overbruggen, en weigerde in alles mijn hulp. Onze gesprekken in de loop der jaren gingen ongeveer zo:

'Josh, zal ik je helpen met je dinosaurusproject?'

'Nee, dank je, pap.'

'Josh, zal ik je helpen je fiets te verven?'

'Nee, bedankt, pap.'

'Josh, kun je hulp gebruiken bij het verschuiven van dat bed?'

'Het gaat wel, dank je.'

'Josh, heb je hulp nodig bij je inschrijving voor de universiteit?'

'Nee, dat lukt wel.'

'Josh, wanneer zal ik je naar Bristol helpen verhuizen?'

'Hoeft niet, pap. Ik mag het busje van Nelson lenen.'

We hebben de barrière die zich tussen ons had gevormd nooit weten te doorbreken. Tot dit moment, als ik tenminste de juiste woorden kan vinden.

Ik buig voorover en aai Murphy over zijn vacht.

'Het spijt me heel erg dat ik je fort die dag heb omgegooid.'

'Dat is jaren geleden, pap.'

'Dat kan zijn. Maar het staat nog tussen ons in.'

'Alleen omdat jij dat laat gebeuren. Je hebt mijn fort omgegooid. Je hebt me niet geslagen of zo. Laat het los.'

Ik kan hem niet aankijken. 'Maar je hebt het me altijd kwalijk genomen.'

'Nee, ik neem je hooguit kwalijk dat je altijd op eieren loopt. Daarom plaag ik je vaak – om een reactie uit te lokken. Ik wil gewoon dat we normaal met elkaar omgaan.'

'Ik weet niet of ik wel weet wat normaal is.'

'Dit is normaal, pap. Een biertje drinken en een eerlijk gesprek voeren.'

Zou het echt zo simpel zijn, vraag ik me af.

'Hoe dan ook ben ik blij dat je mijn fort hebt omgegooid,' gaat hij verder.

Ik ga rechtop zitten. 'Waarom?'

'Anders hadden we Murphy niet gehad. Daarom heb je hem voor me gekocht, toch? Als goedmakertje?'

'Ja.'

'Alleen heb je me dat toen niet verteld. Ik dacht dat je gewoon een hondje voor me had gekocht, aangezien Marnie een week later Mimi kreeg.'

'Alleen omdat ze zeurde dat zij geen eigen huisdier had. Hoezo... Zou het wat hebben uitgemaakt als ik je had verteld dat ik je Murphy gaf om goed te maken dat ik je fort had omgegooid?'

'Misschien wel. Ik bedoel, dan hadden we misschien wel vrede gesloten, toch? Communicatie, pap, het draait allemaal om communicatie.'

We zitten een tijdje in stilte ons restje bier te drinken.

'Ik ben blij dat je die stageplek in New York hebt geaccepteerd,' zeg ik, omdat het me goed lijkt te communiceren hoeveel dat voor me betekent.

'Oké,' zegt hij. 'Zullen we nog een biertje nemen?'

'Goed idee.'

Ik blijf zitten wachten tot hij opstaat.

'Toe dan,' zegt hij met een por.

'Wat?'

'De biertjes halen. Jij bent aan de beurt.'

Zoiets kleins. Maar terwijl ik naar de keuken loop, voelt het groots.

Livia

Kirin slaat vanaf de hoofdweg een maar al te bekende straat in, en mijn hart begint meteen sneller te kloppen.

'Wat doen we hier?' Ik probeer mijn lichte paniek te verbergen.

Kirin lacht. 'We gaan Jess oppikken natuurlijk!'

'Gaat ze mee?'

'Ja! We wilden dat het een verrassing zou zijn.'

Ik neem het nieuws in me op en probeer mijn emoties te beheersen. Uiteraard ben ik blij dat Jess meegaat, ze is mijn oudste vriendin. Maar het is complex geworden.

'Heeft ze er wel puf voor?' vraag ik Kirin. 'Het wordt toch niet te veel voor haar?'

'Nee hoor. Maar ze wil niet zelf meer rijden, dus halen we haar op.'

Als we voor Jess' huis stoppen, pak ik mijn tas van de vloer en rommel er wat in, met een rotgevoel omdat ik niet wist dat Jess liever niet meer wilde rijden. Maar hoe had ze me dat moeten vertellen? Ik heb haar in geen weken gezien.

'Ik moet even een berichtje versturen,' zeg ik verontschuldigend, en ik vis mijn telefoon uit mijn tas.

Kirin klikt haar gordel los. 'Prima, ik haal haar wel.'

Ik houd mijn hoofd over mijn telefoon gebogen, luisterend naar haar voetstappen over het pad. Bij het klinken van de deurbel vergeet ik een ogenblik lang te ademen. Dan hoor ik Jess hoi zeggen, waarna de voordeur achter haar dichtslaat en ze met zijn tweeën enthousiast kletsend het pad af komen lopen. Pas dan stap ik de auto uit.

'Jess!' zeg ik als ze naar me toe loopt, zwaar op haar stok leunend. Ik omhels haar, voorzichtig om haar niet uit balans te brengen.

'Van harte gefeliciteerd!' zegt ze met haar armen om me heen.

'Dank je. Wat fijn je te zien!'

'Het is een poosje geleden,' zegt ze zacht.

'Ik weet het, en het spijt me. Ik heb het erg druk gehad, met het feest en alles. Kom, ik help je even.'

'Ik ga wel achterin zitten,' protesteert ze.

'Doe niet zo raar, jij gaat voorin.' Ik pak haar arm en help haar instappen. Ze lijkt brozer te zijn dan ik me herinner, en er gaat een steek van bezorgdheid door me heen.

Ik ken Jess al jaren. We zaten op dezelfde school en ik was samen met haar op het feestje van een vriendin, waar ik Adam ontmoette. Adam was daar met Nelson, en hoewel Nelson degene was die de grapjes maakte, voelde ik me meteen aangetrokken tot Adam, niet alleen omdat hij woest aantrekkelijk was op een manier die ongebruikelijk was voor jongens van zijn leeftijd, maar ook vanwege de manier waarop hij me recht in de ogen keek als hij met me sprak. Zijn ogen hebben me altijd weten te betoveren: ze zijn van een prachtige tint grijs, die Marnie tot haar geluk geërfd heeft.

Tegen het eind van de avond hadden we afgesproken de week daarop met zijn vieren uit te gaan, en ik kon niet wachten hem weer te zien – totdat Jess me vroeg of ik het erg vond als zij zich dan op Adam zou richten. Hij had ook haar in de ogen gekeken, realiseerde ik me mismoedig. Maar hem samen met Jess zien was beter dan hem helemaal niet zien, besloot ik, en Nelson was heel leuk gezelschap. Bovendien ging het om slechts één avond. We gingen naar een club – wat mijn ouders me zouden hebben verboden als ze het geweten hadden – en op zeker moment was ik alleen met Adam. Hij gaf later toe dat hij tegen Nelson had gezegd dat hij alleen mee wilde als Nelson zich die avond over Jess zou ontfermen, zodat hij met mij kon zijn.

Het kan soms raar lopen in het leven, want Jess is nu getrouwd met Rob, de jongere broer van Nelson. Hun dochter, Cleo, is Marnies beste vriendin, ik ben de peettante van Cleo en Jess die van Marnie, dus we zijn min of meer één grote, gezellige familie. Maar twee jaar geleden kreeg Jess helaas te horen dat ze multiple sclerose had.

'Iedereen klaar?' vraagt Kirin terwijl ze de motor start.

'Iedereen klaar,' antwoord ik, en ik klik mijn gordel vast. 'Wat een fijne verrassing is dit. Ik kan me geen betere manier voorstellen om mijn verjaardag door te brengen dan met mijn twee beste vriendinnen.'

Ik ken Kirin niet zo lang als ik Jess al ken, maar sinds de dag dat Nelson haar aan Adam en mij voorstelde, is ze een heel goede vriendin geworden. Er waren tijden dat Adam en ik ons afvroegen of Nelson ooit zou gaan trouwen. Dat deed hij uiteindelijk wel, op zijn vierendertigste, wat niet oud is, maar wel oud léék omdat wij toen al vijftien jaar getrouwd waren. Het gebeurde ook ineens heel vlug. De romance tussen hem en Kirin was als een wervelwind, maar dat verbaasde me niet. Kirin is niet alleen een schat van een vrouw, ze is ook nog eens bloedmooi, met lang, donker steil haar en een prachtige olijfkleurige huid, die ze te danken heeft aan haar Indiase voorouders.

Ik denk dat Adam opgelucht was dat Nelson niet langer single door het leven ging. Het was die eerste jaren moeilijk voor hem als hij Nelson op de Harley-Davidson met vrienden van de motorclub zag vertrekken terwijl hij zelf ging zwemmen met Josh en Marnie, of met ze ging wandelen in het park. Zelfs toen Nelson een relatie met Kirin kreeg, waren onze levens heel verschillend, omdat zij konden gaan en staan waar ze wilden zonder zich iets van iemand te hoeven aantrekken. Toen kwam de tweeling, en daarna Lily, en nu gaat Nelson nergens naartoe zonder de kinderen, behalve op zondagochtend als hij op zijn motor naar de kust rijdt.

'Rob vroeg zich af of Adam van plan is morgen met zijn motor op pad te gaan,' zegt Jess, die mijn gedachtestroom op griezelige wijze lijkt op te pikken. 'Aangezien jullie pas in de vroege ochtend in bed zullen liggen.'

'Ik denk niet dat een aantal uren minder slaap Adam ervan zal weerhouden zijn grootste liefhebberij uit te oefenen,' zeg ik kortweg. En dan kan ik mezelf wel voor de kop slaan omdat dat klonk alsof ik niet wil dat Adam een rit op zijn motor gaat maken, terwijl dat helemaal niet zo is.

Het is waar dat het onderwerp motoren een tijdlang een gevoelig punt is geweest tussen ons, maar alleen vanwege een gebeurtenis die heeft plaatsgevonden toen we nog niet lang getrouwd waren. Toen Josh een paar maanden oud was, verhuisden we van het huis van Adams ouders, waar we na onze bruiloft een tijdje hadden gewoond, naar ons eigen appartement. We hadden weinig geld, want alles wat Adam verdiende, werd besteed aan Josh, dus begon ik een strijkservice. Mensen brachten me op weg naar hun werk manden met gekreukte kleren en haalden ze op weg naar huis weer op – keurig gestreken. Ik deed slechts twee manden per dag, maar tien per week betekende dat we net konden rondkomen, want in een poging om Adam bij te brengen dat hij regelmatig op het werk moest komen, betaalde meneer Wentworth hem alleen voor de uren die hij daadwerkelijk werkte. Daarom varieerde zijn salaris van maand tot maand. Soms konden we de huur niet betalen.

Na een paar maanden begon ik, zonder het Adam te vertellen, tien pond van de honderd per week die ik verdiende in een schoenendoos te bewaren, die ik onder in de kast zette. Ik miste de vakanties die ik met mijn ouders had gehad, en ik wilde graag een cottage in Cornwall huren als verrassing voor hem en Josh.

Op een zaterdag, rond de tijd dat ik erover dacht de vakantie te gaan boeken – omdat ik na twee jaar eindelijk genoeg had gespaard – kwam ik terug van de supermarkt, hoogzwanger van Marnie, en zag ik een motor geparkeerd staan op de straat voor onze flat. Ik vermoedde dat Rob er was, omdat ik van Jess had gehoord dat die recentelijk een motorfiets had gekocht, en ik voelde dat de motor nog heet was. Ik was blij dat hij er nog maar net was; als hij vroeger was geweest, had hij Josh uit zijn middagslaapje gewekt. Maar toen ik ons appartement binnenliep, was alleen Adam er maar. Hij zat op de bank en aan de blik op zijn gezicht zag ik meteen dat er iets mis was.

'Waar is Rob?' Ik zette de boodschappentassen op de vloer.

'Die is al weg.'

Ik drukte beide handen tegen mijn rug om de pijn die ik voelde te verlichten. 'Is die motor buiten niet van hem?'

'Nee.' Hij zweeg even. 'Van mij.'

'Van jou?'

'Ja.'

Verwonderd ging ik tegenover hem zitten. 'Ik begrijp het niet. Hoe kun jij je een motor veroorloven?'

Hij zei niets en er ging een steek door mijn hart.

'Vertel me nou alsjeblieft niet dat je een lening hebt afgesloten. Ik dacht dat we het erover eens waren dat we niets zouden lenen, dat we alleen dingen kopen waar we geld voor hebben.'

Hij legde zijn hoofd achterover tegen de bank. 'O, maak je

geen zorgen, we kunnen het ons veroorloven.'

Ik keek hem aan, beduusd om de houding die hij aannam. Hadden mijn ouders een cheque gestuurd of zo? Toen bleek dat ik weer zwanger was, had ik ze geschreven om te vragen of ze de toelage die ze me sinds mijn zestiende verjaardag hadden gegeven – van geld dat mijn oma me had nagelaten – in ere wilden herstellen. Mijn vader had geweigerd en als reden opgegeven dat mijn oma zich net zo voor me geschaamd zou hebben als zij deden. Ik kon me niet voorstellen dat ze nu van gedachte waren veranderd, en zelfs als dat wel het geval was, zou het geld op mijn naam staan, dus kon Adam er helemaal niet bij. Zíjn ouders dan misschien?

'Hebben je ouders je het geld geleend?'

'Nee,' zei hij, zijn ogen op het plafond gericht.

'Een bonus van meneer Wentworth?'

Hij lachte spottend. 'Dat mocht ik willen.'

'Nou, misschien zou hij erover denken als je vaker kwam opdagen!' kaatste ik terug. 'Hou op spelletjes te spelen, Adam. Hoe ben je aan het geld gekomen?'

Hij liet zijn hoofd zakken en keek me recht aan. 'Dat weet je heel goed.'

Het duurde een ogenblik voordat ik besefte wat hij bedoelde. Ik rende naar de slaapkamer en trof de schoenendoos aan op het bed – leeg, op enkele munten van een en twee pond na. De laatste keer dat ik het geld had geteld, had er meer dan duizend pond in gezeten. Misselijk vanwege het feit dat hij zoiets kon doen, pakte ik de doos en stormde terug.

'Hoe dúrf je?' schreeuwde ik. 'Hoe durf je mijn geld te stelen?'

Hij kwam meteen overeind. 'Hoe durf je?' reageerde hij boos, zijn gezicht dicht bij het mijne. 'Hoe durf jíj geld voor mij te verbergen terwijl je wist hoe graag ik een motor wilde hebben.'

'Pas sinds Rob er een heeft gekocht! Voor die tijd heb je het er nooit over gehad!'

'Omdat ik dacht dat ik me er geen kon veroorloven, niet met een kind dat grootgebracht moet worden! Maar Rob heeft me ingelicht, hij heeft me verteld waarom ik er geen kon kopen, namelijk omdat jij geld voor me hebt verstopt. Zeg eens, wanneer had je me willen verlaten?'

Ik staarde hem aan. 'Waar heb je het over? Wanneer heb ik ooit gezegd dat ik bij je weg zou willen?'

'Waarom heb je anders geld opzijgelegd?'

'Niet om bij je te weg te gaan! Ik hou van je, Adam, hoewel ik soms niet snap waarom, met het gedrag dat je vertoont.'

'Waar was dat geld dan voor bedoeld?'

'Ik spaarde voor een vakantie met jou en Josh!'

In zijn slaapkamer begon Josh te huilen, wakker geworden van onze stemverheffing. Er ging een flits van angst door me heen.

'Wanneer? Wanneer heb je de motor gekocht?'

'Vanochtend, toen jij weg was.'

'Ik ben maar twee uur van huis geweest.'

'Dat was lang genoeg.'

'Was Rob hier? Is hij gebleven terwijl jij de motor ging kopen?'

'Nee, de motor was van een vriend van hem, dus hij is mee geweest.'

Ik staarde hem aan, vol ongeloof dat hij niet eens begreep wat mijn punt was. 'Hoe heb je die motor hier dan gekregen?'

'Hoe denk je zelf? Ik heb erop gereden!'

'Hoe?'

'Hoe bedoel je, hoe?'

'Ik bedoel: hoe heb je erop kunnen rijden terwijl je Josh bij je had?'

Ik zag hem tot inzicht komen, zag hem denken: Josh? Het bloed trok weg uit zijn gezicht.

'Je bent hem vergeten, hè?' Ik bewoog naar hem toe, zo woedend dat ik hem de ogen wel wilde uitkrabben. 'Je hebt niet aan Josh gedacht. Je zorgt zo zelden voor hem dat je vergat dat hij bestond. Je bent vertrokken om een motor voor jezelf te kopen en je hebt je zoon hier achtergelaten, je zoontje dat wakker had kunnen worden en dan alleen in het appartement zou zijn geweest.'

Ik keek naar het open raam achter hem. 'Josh is bijna drie, Adam, drie! Hij kan klimmen!'

'Ik wist het niet,' stamelde hij. 'Ik dacht er niet bij na.'

'Je denkt nooit na, dat is het probleem! Je denkt aan jezelf, maar niet aan mij of Josh. Dat heb je nooit gedaan en dat zul je nooit doen ook! Dus nu gaat het als volgt. Ik ga weg en als ik terugkom, wil ik dat jij bent vertrokken! Ga maar bij Nelson wonen – je bent toch meer met hem bezig dan met ons. Hier is het geld voor de bus!' En ik smeet de inhoud van de doos naar zijn gezicht.

Dagen later zag ik nog de plekjes waar de munten zijn voorhoofd hadden geraakt.

Hoewel Adam de motor die middag kon terugbrengen en het hem lukte het geld terug te krijgen, heeft hij het Rob nooit vergeven dat die hem zo had misleid. Ik ook niet, want ik weet dat Jess, toen ze hem vertelde wat ik haar in vertrouwen had verteld – dat ik stiekem spaarde – ook de reden moet hebben genoemd. Destijds vroeg ik me af wat Robs motief kon zijn geweest. Toen herinnerde ik me hoe vaak hij me mee uit had gevraagd, ook al had ik Adam al ontmoet, ook al had ik elke keer nee gezegd. Zelfs nu nog kan ik alleen maar concluderen dat het een wraakactie was. Zittend achter Kirin en Jess, kijkend naar het schitterende landschap dat achter het raam langs ons heen schiet, voel ik een huivering over mijn ruggengraat lopen.

12.00 – 13.00 UUR

Adam

Ik pak mijn leren jack uit de kast onder de trap en loop naar de garage. Al ga ik maar naar Windsor, ik voel toch de opwinding die ik altijd voel als ik op mijn motor stap. Ik zet mijn helm op, mijn muziek begint te spelen en het voelt alsof ik in mijn eigen geheime wereld ben.

Ik draai de sleutel om in het contact en de motor komt brullend tot leven. Wat een ongelooflijk goed gevoel geeft het gesprek dat ik met Josh heb gevoerd. Tijdens het drinken van ons tweede biertje begonnen we te praten als nooit tevoren, niet over belangrijke onderwerpen, maar over alledaagse dingen. Hij had me gevraagd naar de technieken die ik gebruikte bij het houtsnijden, dus vertelde ik hem over de engel die ik voor Marnie wilde maken. Hij gaat meekijken als ik er morgen mee begin.

Ik vind het jammer dat Livia niet iets speciaals voor zichzelf heeft, zoals ik mijn motor en mijn hout. Ik had me nooit gerealiseerd dat ze eigenlijk geen hobby's heeft tot ze er zelf een paar weken geleden over begon. Ze had tot laat aan de keukentafel zitten werken en toen ik binnenkwam om te vragen of ze zin had in een glas wijn, trof ik haar huilend aan, haar tranen druppend op het toetsenbord.

'Hé,' zei ik, haar computer opzijduwend. 'Wat is er gebeurd?'

Ze wreef in haar ogen en leunde tegen me aan terwijl ik vooroverboog om haar een knuffel te geven.

'Ik heb gewoon even het gevoel dat ik overal slecht in ben.'

Ik gaf een kus op haar haar en de vertrouwde geur van kokos en parfum kwam me tegemoet.

'Dat heb je dan mis,' zei ik. 'Niets is minder waar.'

'Zeg eens eerlijk,' zei ze, en ze keek me aan. 'Denk jij dat ik het met Josh en Marnie heb verprutst omdat mijn ouders het met mij verprutst hebben?'

De vraag kwam zo onverwacht dat ik moest lachen. 'Liv! Wat een nonsens! Je bent een fantastische moeder, de beste die ze zich kunnen wensen. Zonder jou zouden onze kinderen niet zijn geworden wat ze nu zijn. Je hebt ze voortreffelijk grootgebracht.'

Ze maakte zich los en begon weer verder te werken op haar laptop. Maar ik pakte haar handen en klapte de computer dicht.

'Je bent geweldig,' zei ik. 'Ik weet niet hoe het komt dat je je zo voelt, maar je bent echt geweldig.'

Ze staarde door het raam de donkere avond in.

'Het is gewoon – ik weet het niet – ik denk dat ik het gevoel heb mezelf onderweg kwijt te zijn geraakt. Ik ben een moeder, een echtgenote, een advocaat, een vriendin, maar soms zou ik willen dat ik nog iets extra's had, iets alleen voor mezelf, zoals jij het motorrijden en je houtsnijwerk hebt. Ik heb al jaren geen eigen passie, als ik die ooit al gehad heb. Ik heb zelfs nergens talent voor, niet zoals jij. Jij bent zo creatief en ik ben... niets.'

Het deed pijn dat ze niet inzag hoe fantastisch ze was. Ik pakte haar polsen en trok haar zachtjes overeind. Toen ze haar armen om me heen sloeg, voelde ik haar ribben door haar truitje heen. Ze was de laatste tijd afgevallen en ik vergat steeds haar ernaar te vragen. Was dat vanwege het feest? Of maakte ze zich zorgen om iets anders, iets groters? Maar dat zou ze me vertellen; ze heeft de dingen tussen ons nooit onuitgesproken kunnen laten.

'En je rozen dan?' zei ik, blij dat ik aan iets dacht wat helemaal van haar was. 'Ik ken niemand die zoveel rozen herkent en er zoveel van weet. Dat is een prachtig talent.'

Ze begon te glimlachen en daarna zo hard te lachen dat zich nieuwe tranen in haar ogen vormden.

'Wat?' zei ik. 'Ik meen het!'

'Adam, zoiets deprimerends heb ik nog nooit gehoord! Ik ben negenendertig! Rozen kunnen herkennen is geen talent. Dat klinkt alsof ik tachtig ben...' Ze zweeg en ik omhelsde haar weer.

'We gaan voor je veertigste een hartstikke leuke hobby voor je vinden,' beloofde ik. 'Wacht maar.'

Ik weet dat haar ouders het eigenlijke probleem vormen, niet het feit dat ze geen hobby heeft. Daarom wil ik ervoor zorgen dat ze vanavond gaat genieten van een heerlijk feest – met of zonder hen. Ze verdient het om verwend te worden, ze verdient een speciale dag vol verrassingen, waaronder de ring die ik aan het ophalen ben.

De juwelier zit in de doolhof van het voetgangersgebied, dus zet ik de motor op de gebruikelijke parkeerplaats en begin aan de korte wandeling ernaartoe. Het is warm, de zon schijnt feller nu het middaguur is aangebroken, en de gedachte aan Livia op haar verrassingsuitje naar het wellnesscenter voelt goed. Terwijl ik tussen het winkelende zaterdagpubliek zigzag, trek ik mijn motorhandschoenen uit en stop ze in de zak van mijn jack. Dan haal ik mijn telefoon tevoorschijn om te kijken hoe laat het is.

Het licht is te fel om iets te kunnen lezen, dus leg ik mijn hand rond het schermpje. Er staat een nieuwsbericht op de homepagina.

Breaking News

Vliegtuig van Pyramid Airways gecrasht bij Cairo International Airport.

Mijn ogen staren naar de woorden Pyramid Airways. Marnie vliegt met Pyramid Airways. Ik sta stil en de schrik slaat me om het hart. Ik weet dat het haar vlucht niet kan zijn, het is vast een ander toestel. Maar de vermelding van Cairo Airport voelt te dichtbij.

Ik tik op het schermpje en open de nieuwsapp van de BBC.

Er is een vliegtuig neergestort na vertrek van Cairo International Airport. Vlucht PA206 naar Amsterdam van Pyramid Airways is om 11.55 uur plaatselijke tijd gecrasht.

Mijn mond wordt droog. Is dat de vlucht die Marnie had moeten hebben, de vlucht die ze zou missen? Of een latere?

Een kind schreeuwt. Iets – een tas – slaat tegen mijn been. Ik kijk op, mijn ogen wazig. Ik probeer tot me door te laten dringen wat ik net heb gelezen. Ik moet Marnies vluchtnummer opzoeken, maar mijn handen werken niet mee. Ik loop naar de schaduw bij een etalage en zoek het WhatsApp-gesprek op waarin ze me de gegevens van haar vlucht heeft gestuurd. Mijn vingers bewegen onhandig over het schermpje terwijl ik naar beneden scrol.

HK – Cairo HK945 DEP 06.10 ARR 10.15
Cairo – Ams PA206 DEP 11.35 ARR 17.40
Ams – Ldn EK749 DEP 19.30 ARR 19.55
Ldn – thuis ETA 21.00!!!

Caïro naar Amsterdam PA206 DEP 11.35. Ik herhaal het twee keer: PA206, vertrek om 11.35, PA206, vertrek om 11.35. Het vluchtnummer in het nieuwsbericht is PA206. Het is Marnies vlucht, het toestel waar ze in zou hebben gezeten als haar vlucht vanuit Hongkong niet vertraagd was geweest.

De schok bezorgt me rillingen door mijn hele lijf. Het is niet alleen de schok, maar ook opluchting. Ik rits mijn jack open, het leer voelt plotseling te zwaar. Godzijdank heeft Marnie de vlucht gemist, godzijdank was haar vlucht vertraagd. Maar ik moet het zeker weten, ik moet checken of ze misschien toch op tijd in Caïro kan zijn aangekomen om het vliegtuig naar Amsterdam te halen.

Ik zoek de vluchtapp die ik op mijn mobiel heb geïnstalleerd toen Marnie vertrok en ga terug naar ons WhatsApp-gesprek om haar vluchtnummer vanuit Hongkong te achterhalen. Dat zet ik in de app: HK945. De gegevens verschijnen. Haar vliegtuig is om 11.25 uur plaatselijke tijd in Caïro geland, meer dan een uur te laat – en slechts tien minuten voordat het vliegtuig naar Amsterdam vertrok. Ik voel me slap van opluchting. Ze kan die vlucht niet gehaald hebben, met maar tien minuten om over te stappen. Ze is nog op de luchthaven van Caïro, tussen twee vluchten in. Daar baalt ze natuurlijk van, maar ze is in elk geval veilig.

Maar... waarom heeft ze geen contact opgenomen? Misschien heeft ze geprobeerd te bellen, misschien heb ik haar telefoontje gemist. Ik check de oproepinfo: niets te vinden. Ik tik op het logo van FaceTime en kijk naar het schermpje, wachtend tot haar gezicht tevoorschijn komt. Niets. Ik breek de oproep af en probeer audio, voor het geval het signaal niet sterk genoeg is voor de videolink. Nog niets. Ik stuur een berichtje: *Marnie, er is iets gebeurd met een vlucht vanuit Caïro. Bel me of stuur z.s.m. een bericht. Liefs xxx*

Ik stuur het ook via WhatsApp, om de kans te vergroten dat ze het snel ontvangt, en houd mijn adem in, wachtend op een teken dat Marnie het heeft gezien – de twee blauwe vinkjes, de woorden *aan het typen...* bovenaan het schermpje. Niets. Geen vinkjes die erop duiden dat de boodschap is ontvangen.

Ik check de status – niet aangekomen. Het netwerk in Caïro zal er wel uit liggen vanwege de crash. Het is daar op de luchthaven vast een grote chaos. Er zal waarschijnlijk geen mededeling over de crash zijn gedaan, maar iedereen zal weten dat er iets mis is, want alle vertrekborden voor volgende vluchten zullen plotseling DELAYED of CANCELLED aangeven. Die arme Marnie, ze zal het vreselijk vinden wat er is gebeurd.

Ik moet bedenken wat ik nu kan doen, hoe ik erachter kom waar Marnie zich bevindt en of ze inderdaad veilig is. Er is meestal een noodnummer dat mensen kunnen bellen om na te gaan of een familielid wel of niet in een vliegtuig zat. Ik weet dat Marnie er niet in kan hebben gezeten, maar het zou fijn zijn om een bevestiging te krijgen dat ze de vlucht heeft gemist.

Ik ga weer naar het nieuwsbericht op de BBC en ik zie een update: *Waarschijnlijk zijn alle 243 passagiers en bemanningsleden omgekomen.* De realiteit van de crash dringt weer tot me door. Livia, ik moet Livia op de hoogte stellen, ze moet het weten. De gedachte dat ik het haar moet vertellen is overweldigend. Hoe vertel ik haar wat er is gebeurd zonder haar in paniek te brengen? Ze is met Kirin en Jess in het wellnesscenter – ik kan haar niet zomaar bellen, niet met zo'n bericht.

Er loopt een groep tieners langs. Ze duwen en trekken aan elkaar en botsen tegen mijn arm terwijl ik de berichtpagina van de BBC ververs. Maar er is geen nieuws bijgekomen. Ik check WhatsApp, maar er staan nog steeds geen vinkjes naast het berichtje aan Marnie.

Een angstgevoel bekruipt me. Ik heb geen idee wat ik moet doen.

Livia

De auto mindert snelheid en Kirin stuurt naar links een lommerrijke oprit op, met aan weerskanten rododendrons, waarna ze voor een riant landhuis stopt.

'Wat is dit nou?' vraag ik, turend door het raam.

'Ons verjaardagscadeau voor jou,' zegt ze, met een glimlach via de achteruitkijkspiegel. 'Een wellnessmiddagje. De gezichtsbehandeling en massage al geboekt!'

Ik klik mijn gordel los en leun naar voren om mijn armen om hen beiden heen te slaan.

'O mijn god, wat lief van jullie! Dank jullie wel!' Dan komt er een gedachte in me op. 'Julie gaan wel mee, toch? Jullie zetten me niet alleen maar af?'

Jess lacht. 'Maak je geen zorgen, we gaan gezellig mee.'

'Ik deed zoiets een keer per maand voordat Nelson en de kinderen in mijn leven kwamen,' zegt Kirin terwijl we uitstappen. 'Onze eerste afspraak is om twee uur, dus we hebben tijd om eerst te lunchen.' Ze steekt haar armen door de onze, zodat ze Jess op discrete wijze ondersteunt.

'Kom, deze kant op.'

'Ik vind het heerlijk om een paar uurtjes van huis te zijn,' zegt Jess. We wandelen over een geplaveid pad waar geurige clematis zich aan een boog van houten trellis heeft gehecht. 'Rob is zijn motor aan het schoonmaken en in de keuken liggen onderdelen in de gootsteen.'

Kirin knikt instemmend. 'Ik ben ook blij dat ik even weg ben. Het is onvoorstelbaar hoeveel dingen Nelson van me wilde weten: hoe laat Lily precies haar middagslaapje moest doen en wat de jongens moesten eten bij de lunch. Nou, genoeg over de mannen. Hoe voel je je, Liv? Is het een raar idee dat het feest nu eindelijk staat te beginnen?'

'Ik geloof dat het nog niet helemaal tot me is doorgedrongen,' antwoord ik.

'Het zal wel vreemd voelen,' zegt Jess als we bij het stenen trapje komen dat naar de ingang leidt. Ze leunt zwaarder op me en verandert van houding om de treden zijwaarts te kunnen beklimmen. 'Ik bedoel, je hebt er zo lang naartoe geleefd.'

'Twintig jaar. Is dat niet gênant? Maar het wordt precies zoals ik het me had voorgesteld. Het is schitterend weer en er komen heel veel mensen, bijna honderd. Ik voel me gezegend.'

'Je hebt het verdiend,' zegt Kirin.

Ik sta stil voor de ingang. 'Is dat eigenlijk wel zo?'

'Ja, natuurlijk!' zegt Jess, die aan mijn arm trekt om me vooruit te dwingen. 'Waarom niet?'

'Nou ja... vind je ergens ook niet dat er moreel iets verkeerd aan is om zoveel geld aan één avond te besteden, aan één persoon?'

Kirin slaakt een verontwaardigde zucht terwijl ze naar de balie loopt. We hebben het hier eerder over gehad en zij vindt het een belachelijke gedachte van me. 'In het kort: nee. Ik heb heel wat meer aan mijn bruiloft besteed,' zegt ze lachend en ze drukt hard op de goudkleurige bel naast het bordje waarop staat: INDIEN NIEMAND AANWEZIG S.V.P. BELLEN.

'Ja, maar die duurde de hele dag. En het was je huwelijk, niet gewoon een verjaardag.'

'Maak je geen zorgen, ik ga ook een groot feest geven als ik veertig word!'

We worden naar een terras gebracht, waar tafels rond een zwembad gedekt zijn voor de lunch. Er liggen wat gasten op hun ligstoel naar hun telefoon te kijken. Het klinkt cliché, maar het water glinstert echt in het zonlicht.

'Ik had zwemkleding mee moeten nemen,' zeg ik met een verlangende blik op het zwembad.

Jess reikt in haar tas en haalt met een zwierig gebaar een fraai geschenktasje tevoorschijn. 'Tadaa!'

'Wat is dit voor moois?' vraag ik.

'Iets om je superblij te maken.'

'Dat ben ik al, met zulke fijne vriendinnen.' Ik maak het tasje open en haal er een beeldschoon rood badpak uit, compleet met glitterbandjes. Zoiets zou ik nooit voor mezelf hebben gekocht, maar ik ben er helemaal weg van.

Kirin bestelt champagne en terwijl we wachten tot die wordt gebracht, lopen we naar de kleedkamers om ons om te kleden.

'Het past perfect,' zeg ik als ik het badpak aanheb. 'Het is prachtig, dank jullie wel! Hebben we tijd om even te zwemmen?'

'Natuurlijk.'

Eenmaal in het zwembad realiseer ik me pas aan hoeveel stress ik de laatste weken heb blootgestaan. Ik ga op mijn rug liggen, sluit mijn ogen en laat de spanning van me af glijden. Alles komt goed, zeg ik tegen mezelf. Dat moet gewoon. Ik zou het niet kunnen verdragen als het anders was.

Onze champagne lokt ons het zwembad uit.

'Voor wie is dat?' vraagt Jess, wijzend naar het glas sinaasappelsap.

Kirin steekt haar hand op. 'Voor mij – hoewel ik een heel klein nipje van de champagne zal nemen,' voegt ze eraan toe.

Jess kijkt haar aan. 'Je bent toch niet...'

Ze glimlacht quasizielig. 'Jawel.'

'Wow, Kirin, wat geweldig!' roep ik uit, en ik omhels haar. Ze gaat plotseling zitten, alsof haar benen haar niet meer kunnen dragen.

'Het is een tweeling,' zegt ze. 'Alweer.'

Na een snel rekensommetje kom ik tot de conclusie dat ze vijf kinderen van onder de zes zal hebben.

'O mijn god, wat fantastisch!' Jess kijkt oprecht blij, hoewel ik weet dat het nieuws een beetje pijn zal doen, aangezien zij na Cleo dolgraag meer kinderen zou hebben gekregen. Maar na drie miskramen hadden zij en Rob besloten om het niet meer te proberen. Het is waarschijnlijk nog moeilijker omdat Nelson en Rob broers zijn, maar Jess is de meest onzelfzuchtige persoon die ik ken. Ze heeft alles wat haar de afgelopen twee jaar is overkomen niet verdiend.

'Hoe voel je je?' vraag ik Kirin.

'Voorlopig nog goed. Ik ben nog maar twaalf weken heen. Ik heb gisteren een echo gehad en toen hebben ze me verteld dat het er twee zijn.'

'Ik had de blik op Nelsons gezicht graag willen zien!'

'Hij was er niet bij.'

'Waarom niet?'

'Ik heb hem niet verteld dat ik zwanger ben.'

Jess werpt me een vluchtige blik toe: *Heeft ze het Nelson niet verteld?*

'Maar...' Ze kijkt Kirin bezorgd aan. 'Heeft hij het dan niet gemerkt?'

Ze schudt haar hoofd. 'Ik ben nog niet veel zwaarder geworden en ik heb geen last van zwangerschapsmisselijkheid. De middelste drie maanden zijn voor mij het ergst. Dus het wordt binnenkort wel duidelijk.'

'Waarom heb je het hem niet verteld?' vraag ik. 'Hij zal er toch geen moeite mee hebben?'

'We hebben het nadat Lily was geboren over een vierde kind gehad, en hij vond drie genoeg. Ik heb het onderwerp weer ter sprake gebracht toen ik vermoedde dat ik zwanger was, en hij zei dat hij er absoluut niet aan wil.'

'O, Kirin.' Ik buig naar haar toe en geef een kneepje in haar hand. 'Hij gaat wel overstag als hij eenmaal aan het idee gewend is.'

'Dat weet ik. En ondanks zijn geklaag vindt hij het heerlijk om vader te zijn. Het is vooral het feit dat het er twee zijn.' Ze begint te lachen. 'Ik denk niet dat hij ooit zou hebben gedacht, zelfs niet in zijn ergste nachtmerrie, dat hij vijf kinderen van onder de zes zou hebben. Hij zal niet weten hoe hij het heeft.'

Jess en ik beginnen ook te lachen. 'Het idee dat Nelson vader van vijf kinderen wordt, is ontzettend grappig,' zegt Jess in haar ogen wrijvend. 'Laten we erop drinken.' Ze reikt ieder van ons een glas champagne aan. 'Op een fijne verjaardag! En gefeliciteerd,' voegt ze eraan toe met een glimlach naar Kirin.

'Dank jullie wel voor deze zalige middag,' zeg ik proostend. 'Jullie zijn geweldig.'

Kirin neemt een heel klein nipje champagne. 'Misschien vertel ik het Nelson vanavond op het feest, als hij de nodige drank achter de kiezen heeft.'

'Geen slecht idee. Als iedereen hem feliciteert en hem vertelt wat een prachtig gezin hij zal hebben, vindt hij het vast het beste nieuws van de wereld.'

'Maar het is niet alleen dat ik zwanger ben,' zegt ze, terwijl ze het glas champagne verruilt voor het glas sinaasappelsap. 'Ik wil niet blijven werken als ik vijf kleine kinderen heb. De kosten voor de kinderopvang zullen de pan uit rijzen en bovendien wil ik tijd met ze doorbrengen. Financieel gezien wordt het best lastig.' Ze zwijgt even. 'We kunnen bijvoorbeeld niet meer op vakantie. En ook andere dingen gaan straks niet meer, zoals die bespottelijk dure wijnen waar Nelson zo dol op is, en alle motorspullen. Mijn salaris wordt aan al die extra's besteed. Dat van hem is alleen genoeg voor de hypotheek en het huishouden.'

'Hij vindt het vast prima om een paar jaar lang offers te brengen,' zegt Jess.

'Maar het gaat niet om een paar jaar, toch? Kinderen worden op latere leeftijd alleen maar duurder.'

'Dat is waar,' zeg ik, en ik probeer me maar niet voor te stellen hoeveel studie- en huisvestingskosten je aan vijf kinderen kwijt bent. 'Maar bedenk eens wat een superleuk gezin jullie zullen hebben. En je hebt kans dat er later in elk geval een paar in hetzelfde land als jij zullen wonen. Paula – je weet wel, mijn vriendin van kantoor die vorig jaar met pensioen is gegaan – heeft een zoon in Australië en een zoon in Canada. Het lijkt me vreselijk als mijn beide kinderen zich in het buitenland zouden vestigen.'

'Nou, over Marnie hoef je je wat dat betreft in elk geval geen zorgen te maken,' zegt Jess. 'Je zult het wel fijn vinden dat ze heeft besloten om naar huis te komen in plaats van te gaan reizen, vooral nu Josh over een paar weken naar New York vertrekt.'

Ik schuif rusteloos op mijn stoel heen en weer. 'Ja, natuurlijk.'

'En wees gerust,' merkt Kirin op. 'Ik vertel het Nelson echt wel. Ik moet alleen het juiste moment vinden.'

'Goed zo,' zeg ik, me afvragend of ikzelf ooit het juiste moment zal vinden om Adam te vertellen wat ik hem eigenlijk al had moeten vertellen.

'Zeg alsjeblieft tegen Adam dat hij niet te hard moet lachen als hij het nieuws hoort.'

'Dat doet hij niet, hoor. Ik denk dat hij misschien zelfs een klein beetje jaloers zal zijn.'

Jess kijkt me nieuwsgierig aan. 'Echt? Hij heeft toch nooit een derde kind gewild?'

'Eerlijk gezegd dacht ik dat dat het laatste was wat hij wilde. Maar vorig jaar september, toen Marnie naar Hongkong was vertrokken en Josh was teruggekeerd naar de universiteit, overrompelde het lege huis hem kennelijk toch enigszins, want toen zei hij dat we nog een baby zouden moeten krijgen.' Ik neem een slok van mijn champagne en lach. 'Zie je het voor je?'

'Het kan nog,' zegt Kirin.

'O, ik heb het niet over mijn leeftijd of zo.' Kirin is maar twee jaar jonger dan ik, en ik wil niet dat ze denkt dat ik daarop zinspeelde. 'Het is gewoon dat het nu allemaal zo ver van me af staat.'

'Maak je niet druk!' zegt ze lachend. 'Hoewel het Nelson uitstekend zou uitkomen als Adam ook weer vader zou worden.'

'Geen denken aan,' zeg ik beslist. 'Sorry!'

Een ober brengt de menukaarten en we bestellen onze lunch. Terwijl we erop wachten gaan we nog een keer zwemmen en laten we ons opdrogen op de ligstoelen. Ik smeer wat van Kirins zonnebrandcrème op mijn huid en ga in gedachten terug naar de dag dat Adam die opmerking maakte over het krijgen van nog een kind.

'Adam, daar kun je nu niet mee aankomen!' Ik probeerde het luchthartig te zeggen, maar daaronder was ik boos, want diep vanbinnen had ik dolgraag meer kinderen willen krijgen.

Hij keek me verbaasd aan. 'Wat? Je bent een geweldige moeder, je zou het prima aankunnen.'

'Dat bedoel ik niet. Als je nog een kind gehad had willen hebben, had dat vijftien jaar geleden geboren moeten zijn. Toen had ik er graag nog een gewild.'

'Daar heb je het nooit over gehad.'

'Omdat ik wist wat je zou zeggen.'

Hij fronste. 'Ik zou willen dat je het in elk geval ter sprake had gebracht. Misschien had ik wel ja gezegd.'

'Luister, de enige reden waarom jij denkt dat je een baby wilt, is dat Marnie het huis uit is. Ik weet dat het hard klinkt, maar je weet best dat je niet eens een twéédé kind wilde.'

Hij kromp ineen en ik wenste dat ik het terug kon nemen. Hij heeft zichzelf nooit kunnen vergeven dat hij Marnie destijds niet had gewild.

13.00 – 14.00 UUR

Adam

Ik begin terug te lopen naar de parkeerplaats. Het is nu drukker, de mensen dringen langs elkaar heen en gezinnen lopen in groepjes bij elkaar.

Hebben ze het nieuws over de crash wel gehoord? Niemand lijkt aangeslagen te zijn, de wereld draait gewoon door. Of misschien weten ze er wel van, maar is het een ver-van-hun-bedshow omdat het niet hier is gebeurd. Het toestel vloog van Caïro naar Amsterdam, dus de meeste mensen die erbij betrokken zijn, komen uit Egypte en Nederland. Niemand anders zal zich er echt druk om maken, niet na de aanvankelijke schok. Het lijkt verkeerd, die onverschilligheid. Egoïstisch. Marnie komt terug in mijn gedachten. Ik kan maar beter naar huis gaan, voor het geval ze daarheen belt. Ik wil niet dat Josh de vaste telefoon opneemt en haar helemaal van streek aan de lijn krijgt.

Hoelang zal ze vastzitten op de luchthaven van Caïro? Ik kan me amper indenken hoe ze zich moet voelen – overstuur, bang, totaal niet voorbereid op een dergelijke situatie, zonder enige levenservaring om haar te helpen ermee om te gaan. Ik zou bij haar moeten zijn, ik wil bij haar zijn.

Ik sta stil en kijk om me heen. Er zit een reisbureau hier in de buurt. Daar kunnen ze me vast helpen. Ik kan een vlucht naar

Caïro boeken om Marnie daar te ondersteunen. Ik begin te lopen en dan te rennen, me een weg banend door de menigte tot ik bij het reisbureau ben.

Ik ben de enige klant. Een jonge vrouw, zo te zien niet veel ouder dan Marnie – en blond, niet donkerharig – kijkt op en glimlacht naar me.

'Kan ik u helpen?'

'Dag. Ja, ik wil graag een vlucht naar Caïro boeken.'

Ze lijkt meteen niet op haar gemak. Ze heeft natuurlijk van de crash gehoord, uiteraard, ze zal er wel over hebben gelezen op haar telefoon. Ik vraag me af of ze is opgeleid voor een dergelijke situatie, als er een klant binnenloopt om een ticket te boeken naar de plek waar nog maar net een toestel is neergekomen. Ik wend mijn ogen af in de hoop dat ze er niets over zal zeggen.

'Wanneer wilt u vertrekken?' vraagt ze.

'Later vandaag, alstublieft.' Mijn stem klinkt vreemd, zelfs in mijn eigen oren.

Ze schenkt me nog een glimlachje. 'Gaat u maar even zitten, dan kijk ik wat de mogelijkheden zijn.'

Ik wil niet zitten, het voelt te claustrofobisch.

'Het kan zijn dat het vandaag niet meer lukt,' zegt ze voorzichtig. 'Er is wat verstoring in de vluchten naar Caïro.' Ze zwijgt even. 'Ik kan checken of er een vlucht naar een ander vliegveld in Egypte gaat.'

'Nee, ik moet naar Caïro.'

Ze kijkt achterom naar de open deur van een kantoor, maar er is niemand die haar kan helpen.

'Misschien is er morgen wel een mogelijkheid,' zegt ze, en ze richt zich weer op haar computerscherm. 'Is dat een optie voor u?'

Ik denk er even over na. Ik wil alleen maar naar Marnie, en vierentwintig uur wachten lijkt me een eeuwigheid. En wat als ze er niet meer is tegen de tijd dat ik arriveer, wat als ze al op een andere vlucht zit? Ik probeer logisch na te denken. Als er vandaag geen vliegtuigen naar Caïro gaan, zullen er daar ook geen vertrekken, dus dan blijft Marnie waar ze is. En ik ken haar, ze zal te bang zijn om nu in een vliegtuig te stappen. Ze is nog maar negentien, ze is hier te jong voor. Ze zal alleen maar met mij en Liv willen spreken, en willen weten dat er iemand komt om haar op te halen.

'Ja, doe morgen dan maar,' zeg ik tegen het meisje van het reisbureau.

'Om halfelf vertrekt er een vlucht vanaf Heathrow,' zegt ze. 'Het kan zijn dat er vertragingen zijn,' voegt ze er aarzelend aan toe.

'Die neem ik.'

'En wanneer wilt u terugkomen?'

Haar vraag brengt me van mijn stuk. Ik heb geen idee wat er gebeurt als ik daar eenmaal ben. Als ze Marnie op een vlucht naar Londen zetten, wil ik in hetzelfde vliegtuig zitten, maar ik weet niet welke vlucht dat zal zijn. En wie weet, besluiten we wel dat we haar komst naar huis beter kunnen vergeten, dat ze beter terug kan gaan naar Hongkong? Er zijn te veel scenario's denkbaar. Het zweet breekt me uit onder mijn oksels, langs mijn haargrens. Het meisje van het reisbureau staart me aan. Met opengesperde ogen. We knipperen geen van beiden.

'Dat weet ik nog niet, dus voorlopig graag alleen een ticket voor de heenreis,' zeg ik.

Ze knikt, kijkt op haar computerscherm en werpt me een blik toe. 'Eén ticket dus?'

Ik sta op het punt om ja te zeggen als ik me realiseer dat Livia mee zal willen komen. Zij wil er ook voor Marnie zijn. Ze zal zich precies zo voelen als ik, ze zal Marnie met eigen ogen willen zien, bij haar willen zijn. Ze wil niet thuis zitten wachten.

'Nee, twee tickets, alstublieft.'

Ze knikt. 'Dat wordt dan 514 pond voor beide tickets. U vliegt met Luxor.'

'Prima.'

'Uw naam?'

'Sorry?'

'De namen van de passagiers, voor de vlucht.'

'O – Olivia Harman en Adam Harman.'

'Uw vlucht arriveert morgen om tien voor vijf 's middags plaatselijke tijd in Caïro.'

'Dank u.'

Ik stuur Marnie een bericht.

Marnie, we weten wat er is gebeurd, maak je geen zorgen, blijf waar je bent, mama en ik komen je halen. Er gaat vandaag geen vlucht meer die kant op, dus we vertrekken morgenochtend en komen om 16.50 uur aan op Cairo Airport. Als je daar weg moet, naar een hotel of zo, laat het ons dan weten. Bel ons zo snel mogelijk. We houden van je.

'In orde.' Het meisje van het reisbureau neemt de details met me door en vraagt of ik wil dat ze de tickets voor me print. Ik knik en de printer achter haar begint te zoemen. Ze laat de tickets in een blauw mapje glijden met het logo van het reisbureau op de voorkant.

'Dank u.' Ik stop het mapje in mijn jack.

Ze glimlacht en ik flap het er bijna uit, van Marnie, dat ze bijna op die vlucht had gezeten. Maar ze verbreekt het oogcontact en haalt een pinapparaat tevoorschijn.

Ik betaal zonder iets te zeggen en vertrek.

Buiten sta ik even stil. Mijn mobiele telefoon heeft niet getrild in mijn hand, maar ik kijk toch even, voor de zekerheid. Het is 13.45 uur, bijna twee uur na de crash. Nog steeds geen boodschap van Marnie. Ik probeer weer te bellen, maar ik krijg geen verbinding. Het bericht dat ik vanuit het reisbureau heb gestuurd, is niet aangekomen. Hoelang blijft zo'n netwerk uit de lucht?

In een waas loop ik terug naar mijn motor. Ik pak mijn helm uit de topkoffer en stap op de motor; de lucht is nu koeler. Ik zou Liv moeten bellen, maar het is beter om te wachten tot we bij elkaar zijn. Dan kan ik haar de vluchttijden laten zien en ziet ze zelf dat Marnie de overstap onmogelijk gehaald kan hebben.

Ik stop. Het feest. Ik ben het feest vergeten. Hoe kan ik in vredesnaam niet aan het feest gedacht hebben? Misschien moeten we het cancelen. Ik wacht even, denk erover na. Livia zal het ontzettend jammer vinden en er is feitelijk geen reden om het feest niet door te laten gaan, als we maar van Marnie horen, en dat gaat gebeuren.

Livia is er niet als ik straks thuiskom, besef ik, want ze is nog in het wellnesscenter. Even denk ik erover Kirin te bellen om te vragen waar ze precies zijn, zodat ik daarnaartoe kan gaan om het Livia te vertellen. In elk geval heb ik dan iemand om mijn ongerustheid mee te delen. Maar dat is egoïstisch. Het zal de tijd die ze met haar vriendinnen doorbrengt bederven, en de gedachte dat zij zich zal voelen zoals ik me voel... Ik kan het haar niet aandoen, echt niet.

Ik kijk weer op mijn telefoon. Geen berichtje, niets. Het is inmiddels twee uur.

Livia

Kirin rekt zich uit en slaakt een tevreden zucht.

'Dit weer is perfect,' mompelt ze.

'Het is verrukkelijk, hè? Dank je wel hiervoor, Kirin, ik zou het zelf nooit hebben gedaan.'

'Het is ook voor mezelf; ik kom hier graag.' Ze zoekt in haar tas naar haar telefoon en ik werp een snelle blik op haar buik. Ze heeft gelijk, er is nog geen begin van een bolling te zien.

Ik kijk naar Jess, die met een boek op schoot in de schaduw zit. Ze heeft haar ogen dicht en ik sla haar een ogenblik gade. Ze oogt zo kwetsbaar dat ik me moet afwenden.

'O nee,' zegt Kirin geschrokken.

Jess en ik draaien allebei ons hoofd naar haar toe.

'Is er iets met de kinderen?' vraag ik, in de veronderstelling dat ze misschien een bericht van Nelson heeft gekregen.

Ze schudt haar hoofd. 'Er is een vliegtuig neergestort in Egypte. Geen overlevenden.' Ze trekt een somber gezicht 'Er waren tweehonderdvijftig mensen aan boord, inclusief de bemanning.'

'Wat verschrikkelijk,' zeg ik vol afschuw.

'Vreselijk.' Jess huivert. 'Ik wil er niet aan denken.'

Mijn toestel ligt met het schermpje naar boven op tafel. Ik

draai het om. 'Ik kijk de rest van de dag niet meer op mijn telefoon,' zeg ik. 'Het voelt niet goed om feest te vieren terwijl andere mensen verdriet hebben.'

'Er heeft altijd wel ergens ter wereld iemand verdriet,' merkt Kirin op.

'Dat weet ik, maar een vliegtuigongeluk... dat is gewoon hartverscheurend.'

'Komen er ook mensen van je werk naar je feest?' vraagt Jess. Ik weet dat ze van onderwerp wil veranderen, want dat heb ik haar al verteld.

'Ja, ze komen allemaal, geloof ik.'

'Wow,' reageert Kirin.

'Ik dacht niet dat iedereen zou komen, maar ze hebben allemaal toegezegd.'

'Zo gaat dat, hè?' zegt Kirin. 'Je begint met vrienden en familie, dan wil je ook wat buren en collega's uitnodigen, en vervolgens wordt de lijst steeds langer. Zo ging het ook met onze bruiloft, waar we uiteindelijk tweehonderd gasten hadden, echt een waanzinnig aantal.'

'Het beste aan vanavond,' zeg ik, 'is dat er, anders dan bij een bruiloft, niemand komt die ik er niet bij wil hebben.' Behalve één persoon, denk ik bij mezelf, één iemand die de hele avond voor me zou kunnen verpesten. Maar alleen als ik dat laat gebeuren.

Ik draai mijn gezicht naar de zon. Voordat ik mijn ouders tot schande had gemaakt, hadden ze me meegenomen naar mooie hotels, maar niet zo luxe als dit. In die tijd besefte ik niet hoeveel geluk ik had met ouders die welgesteld waren, en ik vroeg me af hoe mijn leven eruit zou hebben gezien als ik niet zwanger was geworden, als ik had gedaan wat mijn ouders van me hadden verwacht. Zij wilden dat ik geneeskunde ging studeren, iets wat ik best had willen doen, dus dan zou ik nu arts zijn, waarschijnlijk getrouwd met een andere arts, misschien met meer kinderen en een vakantiehuis ergens in het buitenland. Een heel ander bestaan. Als mijn ouders zo sterk betrokken waren gebleven bij mijn leven – en dat zou dan zeker het geval zijn geweest – zou het ook niet méér zijn geworden dan dat: een bestaan. Ik kan me niet voorstellen dat het zo gelukkig zou zijn als het leven dat ik nu leid, niet met het gedwongen ritueel van een wekelijkse lunch na de kerk en Kerstmis in hun keurig nette huis met al zijn regels en voorschriften: geen ellebogen op de tafel, geen voeten op de stoelen, niet lui in bed liggen tot na negenen, geen gehang op de bank of andere programma's dan die van BBC2. Daar ben ik gelukkig aan ontsnapt, realiseer ik me, daar zijn wíj aan ontsnapt. Als mijn ouders Adam en Josh hadden geaccepteerd, zouden we voor altijd bij hen in het krijt hebben gestaan, aan hen gebonden zijn door een verstikkend plichtsgevoel.

'Het is jammer dat Marnie er vanavond niet bij is,' zegt Jess meelevend. 'Cleo zal haar missen. Ze hebben het al over jouw feest sinds hun kindertijd, toen ze probeerden zich voor te stellen dat ze dan negentien zouden zijn.'

'En de jurken ontwierpen die ze zouden dragen,' zeg ik, glimlachend bij de herinnering. 'Ik deed het zelf ook. Dan dacht ik: op de dag van mijn feest is Josh tweeëntwintig en Marnie negentien. Ik kon me niet voorstellen hoe ze eruit zouden zien of wat voor mensen ze zouden zijn. Ze waren twee onbekende factoren, maar ze waren er altijd bij, op mijn feest.' In de loop van al die jaren dat ik me erop verheugde, is het nooit in me opgekomen dat Marnie er niet bij zou zijn. Laat staan dat ik haar er niet bij wilde hebben.

'Vindt Cleo het wel leuk om te komen?' vraag ik aan Jess. 'Zonder Marnie?'

'Wees gerust, ze zou het voor geen goud willen missen.' Ze

kijkt me aan. 'Over Marnie gesproken: Cleo wil een surpriseparty voor haar organiseren, het weekend na haar terugkomst, en al hun vrienden en vriendinnen uitnodigen. Ze heeft me gevraagd of ik jou wilde vragen of je dat goed zou vinden.'

'Wat lief van haar,' zeg ik met dichtgeschroefde keel.

'Het zou het eerste weekend van juli worden. Dan hebben jullie hopelijk niets gepland?'

'Nee,' zeg ik, want ik kan alleen maar denken aan de dag dat Marnie terugkomt. Mijn gedachten reiken niet verder, nog niet. De consequenties van haar terugkeer zijn zo enorm dat ik er niet voorbij kan kijken.

'Wij kunnen dan ook,' zegt Kirin. 'Goh, nog een feest om naar uit te kijken, super!'

'Ik denk niet dat wij worden uitgenodigd,' zeg ik lachend.

'Dan komen jullie bij mij en bouwen we ons eigen feestje!'

Ik glimlach naar Kirin, maar het idee dat het niet gaat gebeuren vervult me met een wanhopig verdriet. En hoe moet het met alle andere dingen die we met zijn zessen deden? De kerstdagen? Ik wil mijn kerstdagen gevuld hebben met mensen, liefde en vrolijkheid, want met kerst voel ik de afwijzing van mijn ouders het meest, iets wat ik nooit heb begrepen, want ik heb met Adams familie meer plezier gehad dan ik ooit had toen ik Kerstmis nog met mijn ouders vierde. En toch, als ik op kerstochtend mijn ogen opendoe, voel ik altijd weer een groot gat in mijn binnenste dat zelfs Adam, Josh, Marnie en al onze vrienden en vriendinnen niet volledig kunnen dichten.

Afwijzing was sowieso iets waar ik mee moest leren omgaan in die eerste jaren met Adam. Hij liet me zo vaak in de steek dat het een wonder is dat we het samen gered hebben. Het zit nog steeds in me, al zal ik hem dat nooit vertellen. Hij heeft zo hard geprobeerd het goed te maken dat hij het vreselijk zou vinden als hij wist hoeveel impact het nog op me heeft. Het besluipt me in het donker van de nacht: een knagend gevoel van wrok om wat hij me heeft laten doorstaan.

De eerste keer dat hij vertrok, was ik ervan overtuigd dat hij een ongeluk had gehad of vermoord was. Ik zag zijn lichaam al voor me, mishandeld en met gebroken botten in een greppel, ik hoorde al de klop op de deur, zag de politieagenten al op de stoep staan. Hij had niet gezegd waar hij naartoe ging, dus ik dacht dat hij naar de winkel was. Toen hij die avond niet terugkwam, zei ik tegen mezelf dat hij vast naar Nelson was gegaan en had besloten daar een nachtje te logeren. Ik was boos dat hij niet even had gebeld. Maar ik was ook doodongerust. We hadden geen van beiden een mobiele telefoon – mobieltjes waren duur in 1997, in elk geval veel te duur voor ons – dus ik kon geen contact met hem opnemen om te vragen waar hij was.

Toen hij de volgende ochtend niet terugkwam, ging ik naar de politie. Ik merkte dat ze daar dachten dat ik een hoop drukte maakte om niets. Ik denk dat ze onze situatie in ogenschouw namen – zelf nog praktisch kinderen en nu al de zorg voor een baby – en dat ze veronderstelden dat hij een verhouding buiten de deur had. Ze zeiden dat ik het nog een paar dagen moest aanzien, maar ik kon niet geloven dat Adam me zo ongerust zou achterlaten. Ik was ervan overtuigd dat hij contact met me zou hebben opgenomen als het kon.

Meneer Wentworth was meelevender dan de politie. Toen ik in zijn werkplaats in huilen uitbarstte, zei hij dat ik me geen zorgen hoefde te maken, dat Adam vast stoom aan het afblazen was en dat hij uiteindelijk wel weer zou opduiken. Dat deed hij ook, drie dagen later. Toen ik inzag dat hij niet alleen had verzuimd me te laten weten dat het goed met hem ging, maar dat hij ook geen berouw voelde, toen hij zei dat ik had kunnen weten dat hij bij Nelson was, ging er iets in mij kapot. En toen hij dat telkens opnieuw deed, zwoer ik dat ik hem de angsten die hij me liet uitstaan nooit zou vergeven, want elke keer was er weer de vrees dat hem deze keer wél iets overkomen was.

Ik weet dat het gemeen is – en ik denk het alleen als ik me die akelige tijd herinner – maar soms, héél soms, zou ik willen dat hij ook eens ondervond hoe het voelt als je niet weet waar een dierbare is. Als je wanhopig ongerust bent. Als je het ergste vreest.

14.00 – 15.00 UUR

Adam

Ik weet niet meer hoe ik thuis ben gekomen, maar ik ben er nu. Ik sta naast mijn motor in de garage, met om me heen de vertrouwde geur van olie, karton, stof. Het lijkt alsof de afgelopen twee uur niet zijn gebeurd. Ik kan alleen maar aan Marnie denken. Ze zal wel heen en weer geslingerd worden tussen opluchting omdat ze haar overstap niet heeft gehaald en afschuw om wat er met haar gebeurd had kunnen zijn. Natuurlijk denkt ze steeds aan de mensen in het vliegtuig, degenen die wel op tijd waren. Ik ken Marnie, ze zal ontroostbaar zijn, ze zal zich schuldig voelen omdat ze heeft gemopperd dat ze haar vlucht had gemist, omdat zij dit allemaal kan navertellen. Omdat zij nog leeft terwijl er anderen zijn gestorven.

Mijn vingers zoeken mijn telefoon, ontgrendelen het scherm en checken instinctief WhatsApp. Ze zijn er nog, mijn twee nog niet bezorgde berichtjes. *Kom op, Marnie, ik hoef alleen maar te horen dat je in orde bent.* Ik probeer haar weer te bellen, maar ik krijg hetzelfde als eerder: stilte.

Ik loop het huis in. Josh staat in de gang met een slordig belegde sandwich in zijn hand.

'Mag ik hem zien?' vraagt hij gretig.

Ik mijd zijn blik omdat ik niet wil dat hij ziet dat er iets mis is, trek mijn jack uit en hang het aan een hanger in de kast.

'Wat?'

'De ring voor mama. Mag ik hem zien of is hij ingepakt?'

Het duurt even voor het tot me doordringt. 'Nee, ik… Hij was nog niet klaar.'

'Hoe bedoel je, nog niet klaar? Waarom niet?'

'De grootte,' verzin ik. 'Ze zijn vergeten hem kleiner te maken.'

Hij gaat op de trap zitten en neemt een hap van zijn sandwich.

'Je hebt hem toch wel op tijd voor vanavond?'

Ik loop naar de keuken, ik moet alleen zijn. 'Ja, dat hoop ik wel. Ze bellen me als ik hem kan komen ophalen.'

Hij loopt achter me aan. 'Had je de ring niet mee kunnen nemen zoals-ie was? Mam vindt het heus niet erg als hij nog te groot is.'

Ik wil hem het liefst vragen alsjeblieft op te houden met praten, ik wil zeggen dat die hele ring me niks kan schelen, dat ik alleen maar wil dat Marnie belt.

'Tja, misschien wel. Ik heb er niet bij nagedacht,' zeg ik in plaats daarvan. 'Ik wilde graag dat hij de juiste grootte zou hebben, zodat ze hem kan dragen zodra ik hem aan haar geef.'

'Zijn ze hem nu dus aan het aanpassen?'

'Ja, daar ga ik wel van uit.'

'Maar hebben ze gezegd dat hij vanmiddag gegarandeerd klaar is?' dringt hij met volle mond aan. 'Ik kan hem wel voor je ophalen, als je wilt.'

Ik draai me naar hem om. 'Josh, ze bellen me. Eerder kan ik niets doen!'

Hij stopt met kauwen. Vanuit mijn ooghoek zie ik dat Murphy zijn kop optilt, gestoord in zijn slaap door mijn stemverheffing.

'Gaat het wel, pap?' vraagt Josh.

Ik doe mijn uiterste best kalm te blijven. 'Jawel. Ik ben alleen maar teleurgesteld.'

'Je ziet er beroerd uit.'

'Ik voel een migraine opkomen.'

'O, balen. Heb je al iets geslikt?'

'Nee.' De behoefte aan ruimte is zo sterk dat mijn huid er letterlijk van prikt. Ik loop naar de trap. 'Ik kijk wel even wat er in de badkamer ligt.'

'Waarom ga je niet even liggen? Er is nu toch niets te doen, alles is onder controle. Max komt helpen met de lichtjes en dat soort dingen.'

De naam Max brengt me van mijn stuk. 'Weet mama dat Max komt?'

'Ja, waarom?'

Dat had ik niet moeten zeggen, niet nu mijn gedachten alle kanten op schieten. Josh is niet genoeg in de buurt geweest om op te merken dat Liv zich momenteel anders gedraagt als Max er is. We kennen hem sinds zijn kindertijd, hij is praktisch familie. Max is voor Josh wat Nelson voor mij is, en tot een aantal maanden geleden vond Livia het fijn om hem om zich heen te hebben. Maar dat veranderde plotseling. Ze heeft nu een gesloten houding als hij ons komt opzoeken wanneer hij thuis is van zijn studie, en ze gebruikt excuses om hem te ontwijken – een urgent telefoontje, een dringende boodschap. Toen ik haar ernaar vroeg, zei ze dat ik het me inbeeldde. Maar ik ken Livia. En ik weet dat Max het ook heeft gemerkt, ook al is het aan Josh voorbijgegaan, want inmiddels vermijdt hij haar net zozeer als zij hem. Ik had Livia er indringender naar moeten vragen, en dat ga ik binnenkort ook doen. Maar vandaag niet.

'Nergens om,' zeg ik tegen Josh. 'Ik geloof dat ik inderdaad maar even ga liggen.' Hij werpt me een verbaasde blik toe, want dat heb ik in mijn hele leven nog nooit gedaan. 'Geef me een uurtje.'

Ik loop naar boven, en op de overloop kijk ik naar de deur van Marnies slaapkamer zoals ik er nog nooit naar heb gekeken. Ik heb die deur honderden keren gezien sinds ze naar Hongkong is vertrokken, bij het beklimmen van de trap, bij het binnengaan en het verlaten van onze slaapkamer, maar nu is het anders, nu komt het binnen. De witte verf die in de hoek rechtsonder is afgebladderd. Het versleten koper van de originele deurknop. De drie kleine gaatjes die er nog zitten van haar naambordje, dat ze meer dan tien jaar geleden op een kerstmarkt had gekocht en dat ze per se wilde ophangen.

Ik doe de deur open en ga naar binnen. Er is hier zoveel van Marnie. Haar posters hangen nog aan de muur – op een ervan herken ik een acteur uit *Game of Thrones*. Haar boeken staan op de plank – *Harry Potter*, *Lord of the Rings*, *The Northern Lights Trilogy*, maar ook boeken van Jane Austen en Nancy Mitford. Haar foto's staan op de marmeren schoorsteenmantel – een paar van haar en mij, Livia en Josh, maar de meeste met haar vrienden en vriendinnen van school en de universiteit. Uiteraard is Cleo op de meeste foto's te zien. In feite is er een heel gedeelte gewijd aan kiekjes van hen beiden, waarop ze gek doen en rare gezichten trekken.

Maar er is ook veel van Marnie afwezig. De stapel kleren die ik op het bed moest leggen om op de stoel te kunnen zitten als ik binnenkwam om met haar te kletsen, de boeken en tijdschriften die over de vloer verspreid lagen. Haar bed is niet opgemaakt; er ligt een hoes over de matras om hem te beschermen tegen stof, en haar sprei is netjes opgevouwen en in een plastic tas gestopt. Ik moet toch op zijn minst haar bed voor haar opmaken.

Ik duw de zijdeachtige blauwe gordijnen opzij, doe de ramen

open om de kamer te luchten en zie Max aankomen op zijn motor. Mooi. Dan loop ik niet het risico dat Josh naar boven komt en ziet wat ik aan het doen ben. Ik haal lakens uit de kast en maak Marnies bed op. Na wat zoeken vind ik haar kussen op een plank in haar kledingkast.

Haar zachte, witte ochtendjas hangt aan de achterkant van de deur en ik zie voor me hoe ze er de keuken mee binnenkomt, hem stevig om zich heen gewikkeld. Ze is dol op die ochtendjas; ze zegt dat hij lekkerder zit dan wat ook ter wereld. Hij zal wel stoffig zijn geworden sinds haar vertrek in augustus. Ik haal hem van de haak; er zit een lichtgele vlek op de kraag, dus ik neem hem mee naar beneden, naar de bijkeuken, waarbij ik bijna over Mimi struikel, die op weg is naar de keuken. Ik stel het korte wasprogramma van dertig minuten in.

Terug in Marnies kamer ga ik op het pas opgemaakte bed zitten. Ik zou willen dat ik nog meer kon doen om de tijd te doden tot ze belt. Ik heb geprobeerd niet steeds op mijn telefoon te kijken, in de hoop de bezorgdheid te temperen die zal blijven groeien tot ik iets van haar hoor. Maar het is een soort tic geworden. Ik haal mijn telefoon tevoorschijn, kijk naar het schermpje, vloek even en stop hem terug in mijn zak. Ik moet hiermee ophouden. Marnie zal bellen zodra ze kan.

Livia

Ik heb nog nooit een gezichtsbehandeling gehad. De crèmes die de schoonheidsspecialiste op mijn gezicht aanbrengt ruiken zo verrukkelijk dat ik ze zou kunnen opeten. Maar om de een of andere reden word ik huilerig van het hele gebeuren. Ik denk dat het iets met het donker te maken heeft, want de lampen zijn gedimd en er is geluid te horen op de achtergrond – een zachte bries en druppelend water. Misschien neemt het me mee terug naar de baarmoeder. Dat zeggen ze toch? Dat sommige ervaringen ons terugbrengen naar de tijd voor onze geboorte.

De warme deken die over me heen lag, wordt weggehaald en ik krijg de vraag of ik me op mijn buik wil draaien voor de massage. Er zit een handig gat in de bank voor mijn neus en mond, zodat ik niet zal stikken. Toen ik het formulier invulde voor mijn behandeling begon, moest ik aangeven wat voor massage ik wilde: stevig, medium of zacht, en ik ben voor zacht gegaan, want ik heb wel van die programma's gezien waarin ze iemand tot moes lijken te beuken. Maar het is toch niet mild genoeg. Haar vingers graven in mijn nek en kneden spanning weg die er niet is omdat ik me na die gezichtsbehandeling voor het eerst in weken helemaal ontspannen voel. Misschien moet ik haar vertellen, als ze me vraagt of ik het fijn heb gevonden, dat ze een vierde keuze zouden moeten aanbieden: strelen.

Ik denk dat mijn moeder misschien een beter mens zou zijn geweest als ze als kind wat meer gestreeld was. Ik heb mijn oma niet echt gekend omdat zij toen ik vijf jaar was naar een verzorgingstehuis ging. We bezochten haar maar één keer per jaar, puur uit plichtsbesef. Ik geloof dat alles wat mijn moeder heeft gedaan uit plichtsbesef is voortgekomen. Ik denk dat ze geen echte vreugde heeft gekend in haar leven. Op de foto's van wat haar gelukkigste tijd had moeten zijn – haar huwelijksdag en mijn geboorte – oogt ze net zo bedrukt en zwaarmoedig als altijd. Ik realiseer me dat ik me niet kan herinneren haar ooit te hebben zien glimlachen, behalve wanneer ze onze predikant begroette bij het verlaten van de kerk.

Ze glimlachte thuis beslist nooit, evenmin als mijn vader trouwens. Waren ze echt zo ongelukkig? Ze leek wel iets zachter te worden als we samen bruidsmagazines doorbladerden en het huwelijk planden dat zij en mijn vader me zouden geven als ik uiteindelijk zou gaan trouwen. Ik begrijp nog steeds niet waarom dat, voor een vrouw die in alle opzichten zo streng en serieus overkwam, zo belangrijk was. Als zij er niet zoiets groots van had gemaakt, zou ik niet zo obsessief bezig zijn geweest met mijn feest.

Het is niet zo dat ik ongelukkig was op mijn huwelijksdag. Ik was al bij Adam en zijn ouders ingetrokken, en toen ik die ochtend wakker werd, bracht Jeannie – Adams moeder – me ontbijt op bed. Adam was er niet, want die was de avond ervoor uitgegaan met zijn vrienden en had bij Nelson thuis geslapen, die de instructie had gekregen hem op tijd mee te nemen naar de pub, waar we nog wat zouden drinken voor de bruiloft. Jess was gekomen om me te helpen – we hadden samen gewinkeld en ik had een mooie, lichtgele knielange jurk gekocht, die Jeannie had betaald. Zij had aangeboden een echte bruidsjurk voor me te kopen, maar ik wist dat mijn ouders het verschrikkelijk zouden vinden wanneer ik als traditionele bruid gekleed zou gaan. Bovendien was het maar een kleine aangelegenheid.

Ik wist dat mijn ouders niet naar de pub zouden komen. Dus we waren met zijn negenen: Adam en ik, Jeannie en Mike, Adams zus Izzy en haar echtgenoot Ian, Nelson, Rob en Jess. Het waren een paar vreugdevolle uren. Tot Adams afschuw liet Ian de jukebox allemaal sentimentele liedjes afspelen.

'Kunnen we niet iets van Aerosmith of Queen draaien?' kreunde hij. 'Bob Dylan, James Brown desnoods?'

Ian had gelachen. 'Wat dacht je hiervan?'

Vervolgens schalde 'Unchained Melody' door de pub. Adam en Nelson bedekten hun oren totdat Ian mij en Adam de dansvloer op duwde en erop stond dat we gingen slowen terwijl zij allemaal meezongen. Tegen de tijd dat het lied eindigde was ik in tranen, niet alleen van het lachen maar ook omdat Adam was gestopt met gek doen, hij me bij het dansen stevig had vastgehouden en me had toegefluisterd dat hij voor altijd van me zou houden. Hoewel Adam er een hekel aan heeft, is 'Unchained Melody' daarna 'ons' lied geworden.

Mijn ouders kwamen ook niet naar het bureau van de burgerlijke stand, waardoor nieuwe tranen in me opwelden. Maar kortgeleden bedacht ik dat ik mezelf nooit echt in mijn moeder had verplaatst. Het moet een grote schok zijn geweest toen ze erachter kwam dat ik zwanger was, en hoewel onze levens en ervaringen heel verschillend zijn, weet ik nu dat je kinderen je soms, als je het het allerminst verwacht, gigantisch in verlegenheid kunnen brengen.

Ik was op mijn werk toen het telefoontje kwam. Het was Marnie. Ze was thuis van haar studie voor de zomervakantie, en ze werkte bij Boots om wat geld te verdienen voordat ze eind augustus naar Hongkong zou vertrekken.

'Mam, heb je het druk?'

'Nou, eigenlijk wel; ik verwacht elk moment een cliënt.'

'O.'

'Hoezo, wat is er aan de hand?'

'Ik voel me niet goed.'

'Ben je aan het werk?'

'Nee, ik ben niet gegaan. Je kunt zeker niet naar huis komen?'

'Wat, nu meteen?' Mijn bespreking zou niet meer dan een uur duren en ik hoopte dat Marnie zo lang zou kunnen wachten.

'Ja. Ik voel me echt niet goed, mam.'

'Ben je ziek?'

'Ja. Nee. Mam, kun je alsjeblieft gewoon thuiskomen?' Voor het eerst hoorde ik toen de paniek in haar stem en schoten er allerlei vreselijke ziektes door mijn hoofd, van een agressief buikvirus tot aan meningitis.

'Hoe erg is het, Marnie?' Ik stond al op. 'Moet er een ambulance komen?' Ik hield mijn stem zo kalm als ik kon, maar het woord ambulance bracht bezorgde blikken bij mijn collega's teweeg.

'Nee, ik red me wel tot je er bent. Kun je nu weggaan?'

Ik keek Paula aan, die me zwijgend gadesloeg. 'Ja, ik ben er over twintig minuten. Is dat goed?'

'Ja.' Ik hoorde haar stem breken. 'Dank je, mam.'

In feite was ik in minder dan tien minuten thuis omdat Paula erop stond me met de auto te brengen zodat ik niet hoefde te lopen, zoals ik gewoonlijk deed.

'Laat ons alsjeblieft weten hoe het met Marnie gaat,' zei ze terwijl ik uitstapte.

'Het zal wel dat virus zijn waar we het over hadden. Dat schijnt heel akelig te zijn.'

Ik verwachtte Marnie liggend op de bank in de woonkamer aan te treffen, maar haar gekwelde 'Mam!' bracht me naar boven, naar de badkamer, waar ze zwaar bloedend op de vloer zat. Het duurde een ogenblik voor ik me realiseerde dat het om een miskraam ging.

Later in het ziekenhuis, toen het allemaal voorbij was, had ik heel veel vragen voor haar – en begon ik steeds meer dingen te begrijpen. Toen ze hoorde dat ze in Hongkong was aangenomen, was ze opgetogen geweest. Maar tegen de tijd dat ze een paar maanden later thuiskwam voor de paasvakantie, had ze ons verteld dat ze niet meer zeker wist of ze wel wilde gaan.

'Waarom niet?' had ik gevraagd, stomverbaasd dat ze erover dacht om zo'n prachtige kans op te geven.

'Het is zo ver weg.' We zaten op dat moment te lunchen en ze zat halfslachtig met een vork in een aardappel te prikken. 'Ik ben negen maanden achter elkaar van huis.'

'Als je echt heimwee krijgt, kunnen we altijd nog kijken of je voor Kerstmis thuis zou kunnen komen,' had Adam gezegd, en ik was ineengekrompen omdat ik wist dat tickets in die tijd van het jaar meer dan duizend pond zouden kosten. Hij had me aangekeken met een blik die zei: *Als ze daar eenmaal is, redt ze zich wel. Nu heeft ze koudwatervrees en heeft ze geruststelling nodig.* 'En is het niet te laat om je nu terug te trekken?' ging hij verder.

'Er zijn vast heel veel studenten die mijn plek graag willen innemen,' zei ze met een duwtje tegen de aardappel.

'Meen je dit nou, Marnie? Wil je echt niet meer?'

'Ik weet het niet. Ik heb het hier nu gewoon heel leuk op de universiteit.'

Hoewel haar hoofd over haar bord gebogen was, zag ik haar wangen rood worden. Ik vroeg me af of ze een nieuw vriendje had. Maar Marnie had nooit moeilijk gedaan over de jongens met wie ze uitging. Ze stelde ze altijd gewoon aan ons voor. Dus dacht ik dat het inderdaad om koudwatervrees ging – tot ik naast haar in het ziekenhuis zat.

'Hoe voel je je?' vroeg ik.

'Moe. Verdrietig.' Ze keek me aan met zoveel pijn in haar ogen dat ik het gevoel had dat mijn keel dichtgeknepen werd. 'Opgelucht,' voegde ze er schuldbewust aan toe.

'Voelde je je al een tijdje ziek?'

Ze schudde haar hoofd. 'Nee. Ik bedoel opgelucht omdat ik nu geen besluit hoef te nemen. Ik geloof niet dat ik de baby had kunnen houden.' Haar ogen vulden zich met tranen. 'Ik weet dat dat voor jou afschuwelijk is om te horen, want jij hebt Josh wel gehouden. Maar jij had papa. Ik zou niemand gehad hebben.'

'Je zou ons gehad hebben, je zult altijd op ons kunnen rekenen,' zei ik liefdevol. 'We zouden je nergens toe hebben overgehaald, noch het een, noch het ander. Alleen maar je opties voor je op een rijtje hebben gezet.'

Ik aarzelde. 'De vader... weet hij van de zwangerschap?'

Ze knikte terwijl er tranen uit haar ogen drupten. 'Ja. Maar hij heeft me laten inzien dat ik de baby niet kon houden, dat het niet de juiste tijd voor ons was.'

'Het spijt me heel erg voor je, Marnie.' Ik aarzelde weer. 'Hoe voelde jij je toen hij dat zei?'

Ze plukte aan het laken en deed haar uiterste best haar tranen in te houden. 'Ik was er kapot van. Ik wilde geen abortus, maar ik wist dat hij gelijk had. Ik weet dat het krijgen van een kind voor jou en papa goed heeft uitgepakt, maar voor ons zou het niet werken. Nu in elk geval niet.'

'Is dat waarom je twijfelde over Hongkong? Omdat je niet bij hem weg wilde?'

'Ja.'

'En nu?'

'Ik denk dat het goed is als ik ga. Onze relatie... is ongezond.'

'Zit hij bij je op de universiteit?'

'Vraag me alsjeblieft niet naar hem, mam. Het is nu verleden tijd. Als dit niet was gebeurd,' zei ze, naar zichzelf omlaagkijkend in het ziekenhuisbed, 'had je nergens van geweten. Maar dank je wel, dank je dat je er voor me bent.'

We moesten wachten voor ze weg mocht, en terwijl we wachtten viel ze in slaap. En terwijl ze sliep, vroeg ik me af hoe het zat met de vader. Haar onwil om me iets over hem te vertellen, behalve dan dat hun relatie ongezond was, had een gedachtestroom in gang gezet. Het enige wat ik kon bedenken was dat ze een verhouding had gekregen met een van haar docenten. Marnie was mooier dan ze zelf doorhad, met haar grijze ogen, albasten huid en prachtige haar in de kleur van herfstbladeren met een natuurlijke slag waar ik een moord voor zou doen. Ik leefde enorm met haar mee en ik was boos op hem dat hij zo'n jong meisje had verleid. Hoe durfde hij? Het was haar eerste jaar op de universiteit, haar eerste jaar weg van thuis.

Haar andere opmerking, dat hun relatie niet zou werken – *nu in elk geval niet* – gaf me het gevoel dat ik op het juiste spoor zat. In mijn gedachten ontstond een beeld van hem: een jonge man van in de dertig, getrouwd en met kinderen. Ik kon hem wel wat doen. Ik was teleurgesteld dat Marnie een verhouding was aangegaan met iemand die geen vrijgezel was. Ik herinnerde mezelf eraan dat ik dat niet zeker wist; misschien was de vader van het kind wel een medestudent. Maar in dat geval zou ze geen reden hebben gehad me niet over hem te vertellen. Het was het kleine beetje dat ze me wél vertelde dat me dwarszat.

Ik wilde er heel graag met Adam over praten, maar ik wilde Marnie niet alleen laten terwijl ze sliep. En ik wilde checken of ze het goedvond dat ik Adam over haar miskraam zou vertellen.

'Nee!' zei ze fel toen ik het haar vroeg. 'Ik wil niet dat hij het weet. En Josh ook niet. Vertel het ze alsjeblieft niet, mam. Ik wil niet dat zij het te weten komen.'

Ik respecteerde haar wens, maar het was wel moeilijk. Ik vond het vreselijk om zoiets groots voor Adam verborgen te houden en het was lastig om hem niet in vertrouwen te kunnen nemen. Ik bleef maar denken aan het kleinkind dat we hadden gekregen als Marnie geen miskraam zou hebben gehad en had besloten de baby te houden. Het was zinloos om na te denken over iets wat er nooit zou zijn, dat wist ik, maar Marnie zou al snel die beslissing hebben moeten nemen, gegeven het feit dat ze twaalf weken heen was. En ik was er niet zeker van dat ze een abortus had gewild. Dat was niet iets waar ik haar naar kon vragen, vond ik, dus rouwde ik in stilte om de baby die geboren had kunnen worden als het anders was gelopen.

Hoewel ik mezelf kwalijk nam dat ik een oordeel had over Marnie, was ik in zekere zin verbijsterd dat ze een relatie was begonnen met iemand die vermoedelijk al een partner had, en misschien zelfs kinderen. Ik gaf mezelf de schuld. Ik had haar nooit gewaarschuwd dat een affaire aangaan met een gebonden man geen goed idee was, want het was niet in me opgekomen dat ze ooit zoiets zou doen. Het leek me iets waarvan ze intuïtief zou weten dat het moreel verwerpelijk was. Ik vond dat ik als moeder had gefaald, dat het mijn schuld was dat ze deze traumatische miskraam had meegemaakt.

De dagen erna bracht ik uren door op het internet, waar ik de foto's van haar faculteit op de universiteit doorzocht, me afvragend of ik de man zou herkennen die het hart van mijn dochter had gestolen en haar vervolgens zo onachtzaam had behandeld. Er waren nauwelijks docenten bij die onder de dertig leken; de meesten leken in de veertig, twee keer zo oud als Marnie, wat bijdroeg aan mijn gevoel dat iemand misbruik van haar had gemaakt. Ik vertelde mezelf dat Marnie wellicht ook het nodige te verwijten viel, dat zij misschien wel achter hem had aangezeten. Maar daar voelde ik me niet beter door.

Ik herinnerde me dat ik naar Marnie keek op haar zeventiende verjaardag, de leeftijd waarop ik zwanger was geworden, en dat ik dacht: *Hoe konden ze? Hoe hadden mijn ouders me kunnen verstoten?* Ik herinnerde me dat ik ook dacht dat ik Marnie álles zou vergeven, wat ze ook zou doen.

Ik vraag me af of het lot toen vond dat ik het tartte – en besloot me op de proef te stellen.

15.00 – 16.00 UUR

Adam

Er ligt een steen op mijn maag terwijl ik in Marnies kamer loop te ijsberen. Ik moet – ik móét – wat van Marnie horen voordat Liv thuiskomt. Als ze niet belt en ik Liv al vertel over het neergestorte vliegtuig, zal ze niet geloven dat Marnie veilig is, zelfs niet als ik haar laat zien dat Marnie de vlucht in Caïro niet gehaald kán hebben, niet met slechts tien minuten om over te stappen. Niets zal de in haar opwellende paniek kunnen stuiten.

Ik moet met iemand praten, niet om het te vertellen, maar om dit groeiende vacuüm te vullen terwijl ik wacht. Nelson, ik bel Nelson.

Ik ga op het bed zitten en sta op het punt hem te bellen als ik eraan denk dat hij de kinderen heeft. Ik denk erover Josh te gaan zoeken, hem aan te bieden om een handje te helpen in de tuin, om fysiek bezig te zijn. Dat geeft wat afleiding. Maar hij is met Max en ze zullen grapjes maken en lol hebben terwijl ze alles voor vanavond gereedmaken.

Degene met wie ik het liefst wil praten, besef ik, is mijn vader. Ik zoek zijn nummer en bel hem.

'Hoi Adam, hoe gaat het?' Mijn keel knijpt dicht door de vertrouwde klank van zijn stem. 'Adam? Adam, ben je daar?'

Ik sta op van het bed. 'Ja, sorry pap, Josh vroeg me iets.'

'Wil je liever straks even terugbellen?'

Ik realiseer me te laat dat ik hem niet had moeten bellen. Hij heeft altijd een verbazingwekkend zesde zintuig gehad, dat het meteen oppikt als ik me ergens zorgen over maak.

'Nee, het kan nu wel,' weet ik uit te brengen.

'En, hoe voelt Livia zich?'

Ik loop naar het raam en leg mijn voorhoofd tegen het glas. 'Blij, opgewonden. Ze is met Kirin en Jess naar een wellnesscenter.'

'Ze loopt dus niet rond als een kip zonder kop?'

'Nee, ze heeft alles onder controle, echt ongelooflijk.'

'En jij?'

'Ik?'

'Ja. Hoe gaat het met jou?'

Ik recht mijn rug. 'Prima.'

'Is het Marnie?'

Christus. 'Sorry?'

'Marnie. Is zij de reden waarom je wat neerslachtig bent? Omdat zij niet op het feest zal zijn?'

'Ik ben niet...' Ik zwijg even. 'Ik wou dat ze hier was, dat is alles.'

'Wij allemaal. Heb je van haar gehoord?'

'Ja, gisteren. Ze had het druk met haar studie. Hoe gaat het met ma en jou?'

'We verheugen ons erop iedereen te zien vanavond.' Hij laat een stilte vallen. 'Weet je wel zeker dat het goed met je gaat?'

'Ja, heel zeker. Ik wilde je gewoon even bellen, meer niet.'

'Wil je ma nog spreken?'

'Nee, dat hoeft niet, ik zie haar later vandaag immers wel. Ik ga zo ophangen.'

'Wat het ook is dat op je drukt, het komt uiteindelijk wel goed,' zegt hij.

Ik flap het er bijna uit, ik vraag hem bijna of hij het heeft gehoord, van het neergestorte vliegtuig. Maar ik zou het niet voor me kunnen houden, ik zou het vertellen van Marnie, en ik moet het eerst aan Livia vertellen.

'Ik moet gaan, pa,' zeg ik. En voordat hij kan reageren beëindig ik het telefoontje.

Ik kan de stilte niet verdragen. Ik verlaat Marnies kamer en loop de trap af. In de bijkeuken zie ik dat de wasmachine klaar is. Ik haal Marnies ochtendjas eruit en stop hem in de droger, zodat hij klaar is voor als ze thuiskomt.

Livia

Ik leg mijn hoofd achterover tegen de autostoel en sluit mijn ogen. We hebben Jess net afgezet, dus ik zit weer voorin.

'Geef er gerust aan toe,' zegt Kirin met een geamuseerde grijns.

'Sorry,' kreun ik, mijn mond weer dicht dwingend na de grootste gaap van mijn leven. 'Het komt door de massage. Ik voel me nu heel ontspannen en slaperig.'

'En het heeft niet te maken met dat extra glas champagne, denk je?' zegt ze lachend. 'Doe maar lekker je ogen dicht, het duurt wel een tijdje voor we terug zijn.' Ze tuurt door de voorruit. 'Waar komt al dat verkeer vandaan?'

'Winkelpubliek,' zeg ik. 'Zolang ik maar op tijd terug ben voor het feest, is het prima.'

'Hoe vond jij dat Jess eruitzag?' Ik hoor de bezorgdheid in haar stem en ik wou dat ik haar kon zeggen dat ik Jess er fantastisch uit vond zien.

'Ze heeft er weleens beter uitgezien,' zeg ik treurig. 'Ze stond een beetje wankel op haar benen, zelfs met haar stok.'

'Ik maak me zorgen om haar. Nelson ook.' Ze zwijgt even. 'Hoewel die eigenlijk bezorgder is om Rob. Hij heeft hem gezegd dat wij denken dat de MS haar tol begint te eisen van Jess, maar Rob lijkt dat te ontkennen. Hij vindt helemaal niet dat ze achteruitgaat; hij houdt vol dat ze nog steeds heel onafhankelijk is. Maar Jess heeft me zelf verteld dat ze moeite heeft met traplopen en dat ze soms een doof gevoel in haar handen heeft. Nelson is bang dat Rob er niet mee zal kunnen omgaan als Jess' symptomen erger worden. Ze zal altijd op mijn hulp en die van Nelson kunnen rekenen, maar ik weet niet hoeveel tijd ik nog zal hebben als de baby's er zijn.'

'Des te meer reden om Nelson te vertellen dat je zwanger bent,' merk ik op.

'Dat ga ik doen zodra ik thuis ben.' De auto komt tot stilstand en ze steekt haar hand uit naar de radio. 'Ik zet wat muziek op, ze hebben vast wel iets om je in slaap te wiegen. Je kunt maar beter een dutje doen voor het feest. Er zijn geen lastminutedingen meer te doen, toch?'

'Nee, en anders zijn Josh en Max er wel.'

'Ontspan dan maar.'

Maar hoewel ik dat wel wil, houdt de gedachte aan Max me tegen. Ik weet nog wanneer ik begon te vermoeden dat hij de vader van Marnies baby was. Dat was toen zij me in oktober vanuit Hongkong belde om me te vertellen dat hij haar wilde komen opzoeken – en dat ze dat niet wilde.

'Waarom niet?' vroeg ik, want ze was dol op Max.

'Omdat hij in december wil komen en ik het dan te druk heb met het schrijven van mijn paper, dus ik kan hem de stad niet laten zien.'

'Hij vindt het vast niet erg om de omgeving in zijn eentje te verkennen als jij moet studeren,' zei ik, want ik slikte haar bezwaar voor zoete koek.

'Dat zei hij ook al. Dus ik ga hem vertellen dat ik met wat vriendinnen wegga. Het is niet waar, maar wil jij het bevestigen, mam? Als Max tegen je zegt dat hij me in december wil opzoeken, zeg je dan dat ik in die periode weg ben?'

'Nou,' begon ik weifelend. 'Ik vraag me af of je wel tegen hem moet liegen. En zou je er niet van opfleuren als je hem ziet?'

'Het gaat nu goed met me.'

Ze leek inderdaad vrolijker, wat een opluchting was. Het was verschrikkelijk geweest om haar nog maar zes weken na haar miskraam naar Hongkong uit te zwaaien. Ik had aangeboden met haar mee te gaan, maar dat wilde ze niet. Hoewel ze er niet over wilde praten, was de breuk met de vader van haar baby hard bij haar aangekomen. Soms, als ik langs haar kamer liep, hoorde ik haar huilen en dan klopte ik voorzichtig op haar deur. Ze riep dan niet dat ik moest weggaan, dus liep ik naar binnen en ging naast haar zitten, sloeg mijn armen zwijgend om haar heen en hield haar alleen maar vast.

'Echt? Voel je je echt beter?' vroeg ik, in gedachten duimend dat het waar was, want niets is zo erg als weten dat je kind het zwaar heeft zonder dat je haar een knuffel kan geven.

'Ja. Dus bevestig je mijn verhaal? Alsjeblieft, mam. Ik wil niet dat Max komt.'

Ik kon haar gezicht niet zien, want ze belde anders dan gewoonlijk zonder video, en plotseling viel het kwartje. Ze had voor een audiogesprek gekozen zodat ik haar gezicht niet kon zien, zodat ik haar blik niet zou zien als ze het over Max had, praktisch haar broer, die zozeer bij onze familie hoorde dat een relatie tussen Marnie en hem, nou ja... ongezond zou zijn. De puzzelstukjes pasten in elkaar, besefte ik. Zij zat op de universiteit in Durham, hij was vierdejaars in Newcastle, twintig minuten daarvandaan, en ik wist nog hoe hij haar had overtuigd toen ze moest kiezen tussen Durham en Edinburgh, waar Adam haar graag naartoe had laten gaan.

'Als je naar Durham gaat, ben ik dichtbij,' had Max gezegd. 'Dan kan ik voor je zorgen.'

En ze had gelachen en geantwoord: 'Ik heb niemand nodig om voor me te zorgen. Maar het zou leuk zijn om je in de buurt te hebben.'

Ik was een salade aan het maken terwijl ik met Marnie praatte, die ik op de luidspreker had gezet, maar ik liep weg bij de gootsteen, nam mijn telefoon mee naar de tafel en ging met een bedrukt gemoed zitten.

'Marnie,' begon ik, want ik wilde weten of ik gelijk had. Maar misschien voelde ze dat ik het had geraden en ze onderbrak me snel.

'Steun me nou gewoon, mam,' smeekte ze.

Ik maakte die salade niet af. Toen Adam thuiskwam van zijn rit naar de kust trof hij me starend in de verte aan en nam het van me over.

'Je ziet er bezorgd uit,' zei hij, en hij wierp me een blik toe. 'Gaat het wel?'

'Marnie heeft gebeld.'

'O.' Zijn gezicht betrok. 'Wat jammer dat ik haar gemist heb. Hoe gaat het met haar?'

'Goed,' zei ik automatisch, want ik had me net iets anders gerealiseerd, namelijk dat Marnie normaal nooit op zondagochtend belde, omdat ze wist dat Adam dan niet thuis zou zijn. Dat ze ervoor had gekozen om vanochtend te bellen, betekende dat ze niet had gewild dat haar vader meeluisterde. Hij mocht niet weten dat ze me had gevraagd Max te ontmoedigen naar Hongkong te gaan.

'Wat had ze te vertellen?'

'Niet veel bijzonders.' Hij wachtte op meer. 'Max wil haar in december opzoeken, maar dan gaat ze weg met een paar vriendinnen,' zei ik, me ervan bewust dat ik nu al voor haar aan het liegen was.

'Dat is jammer, het zou haar vast goeddoen om Max te zien.

Ik had nooit verwacht dat ze zo'n heimwee zou hebben, niet na vier maanden.'

Omdat hij niets wist van Marnies miskraam, of van haar gestrande relatie, veronderstelde Adam dat Marnie somber was omdat ze iedereen miste.

'Ze was nu vrolijker dan de vorige keer.' Ik wilde dat ik er met hem over kon praten, dat ik hem kon vragen of hij het mogelijk achtte dat Marnie en Max een relatie hadden gehad. Maar als ik daarover zou beginnen, zou ik hem uiteindelijk ook over de miskraam vertellen, en ik wilde Marnies vertrouwen niet schenden. Het bleef maar door mijn hoofd spoken, en ik herinnerde me weer hoe vastbesloten ze had gezegd dat Josh het niet mocht weten van de baby. Ik had begrepen waarom ze niet wilde dat Adam het wist – ze was bang dat hij in haar teleurgesteld zou zijn – maar zij en Josh waren zo close dat ze elkaar alles vertelden. Ze wilde dus niet dat hij ervan wist omdat ze hem niet wilde vertellen wie de vader van haar baby was. En anders dan ik zou Josh erop gestaan hebben dat ze het hem zou zeggen.

Andere puzzelstukjes begonnen in elkaar te passen. Toen Marnie nog thuis woonde, voordat ze naar de universiteit ging, probeerde Max altijd zijn vader te bezoeken in hetzelfde weekend dat Josh naar ons toe kwam, zodat ze konden bijpraten. Maar er waren gelegenheden dat hij niet het excuus had dat Josh thuis was. Dan kwam hij toch langs en deed hij alsof hij Adam en mij wilde zien, zei hij dat hij mijn kookkunst miste of dat hij Adams hulp ergens bij nodig had. Het was nooit in me opgekomen dat degene voor wie hij kwam eigenlijk Marnie was, en ik was boos omdat ik zo onnozel was geweest. Was er toen al iets gaande tussen hen? Of was het pas begonnen toen Marnie naar Durham vertrok?

Gek genoeg voelde ik me gebruikt. En hoezo had hij haar 'laten inzien' dat ze de baby niet kon houden terwijl hij de omstandigheden rond Josh' geboorte kende en moet hebben geweten dat Adam en ik hen gesteund zouden hebben, aangezien we hetzelfde hadden meegemaakt? Had hij naar ons gekeken, ons gezin, en besloten dat het niet was wat hij wilde? Het voelde als een afschuwelijk verraad tegenover Josh, tegenover Adam en mij.

Daarna kon ik hem nauwelijks nog aankijken als hij bij ons langskwam en steevast naar Marnie informeerde – hoe het met haar ging in Hongkong. Ik weet niet meer hoe vaak ik hem ermee heb willen confronteren, of hoe vaak ik Adam heb willen vragen hem geen biertje aan te bieden of met hem ergens wat te gaan drinken. Ik wist dat Adam, als hij er ooit achter kwam dat Max een baby bij Marnie had verwekt en haar min of meer had verteld dat ze die moest laten weghalen, hem waarschijnlijk zou vermoorden.

Daarom ben ik blij dat ik het hem niet heb verteld.

16.00 – 17.00 UUR

Adam

Ik zit op ons bed, het huis is stil. De stemmen van Josh en Max komen vanuit de tuin naar boven, maar ik kan ze niet verstaan. Zojuist hoorde ik ze praten toen ze onder het slaapkamerraam langs liepen, het ging over de muziek voor vanavond, geloof ik. Maar ik luisterde niet echt.

De vaste telefoon ligt naast me op het bed, het schermpje donker en leeg. Even geleden, toen ik in Marnies kamer was, bedacht ik plotseling dat ze misschien naar huis had gebeld, en terwijl ik naar beneden rende, liet ik mezelf geloven dat er een voicemail van haar zou zijn. Maar nee, er waren alleen drie berichten voor Liv, van zingende vriendinnen die haar een fijne verjaardag wensten.

Mijn mobiele telefoon licht op in mijn hand en mijn ogen schieten naar het schermpje. Geen WhatsApp-berichtje maar een e-mailalert – een advertentie voor een uitverkoop van motoraccessoires. En dan realiseer ik me dat ik stom genoeg mijn mail nog niet heb gecheckt. Marnie kan een mailtje hebben gestuurd.

Ik open mijn inbox en scrol snel naar beneden, op zoek naar haar mailadres, haar naam in de lijst. Niets. Ik hoor een portier dichtslaan en dan Livs stem. Er gaat een emotie door me heen die ik niet goed kan plaatsen, alsof ik op iets verkeerds word betrapt. Ik tik snel een mailtje voor Marnie met het verzoek terug te bellen of te mailen, erbij zeggend dat we heel veel van haar houden.

'Mam, je mag hier niet komen, de tent is nog niet klaar!' Josh' stem klinkt te luid, hij zal wel op het terras zijn. Liv is kennelijk door het zijhek gekomen.

Ik kom overeind en loop naar het raam. Josh springt in het rond met gestrekte armen en blokkeert haar de weg.

'Niet verder!' roept hij.

'Geen probleem,' zegt Liv lachend. Ze trekt het hengsel van haar tas omhoog, dat van haar schouder is gegleden. 'Mag ik hier wel gaan zitten?'

Ze staat bij de tafel, daar waar Josh en ik vanochtend de doos hebben verborgen waar Marnie zich na aankomst in zou verstoppen. Dat zullen we moeten uitstellen. Er gaat een golf van boosheid door me heen. Liv verdient dit niet, en Marnie ook niet. Hoe kan het dat vandaag zo vreselijk verkeerd gaat?

Josh' stem haalt me terug. 'Oké, hier mag je wel even blijven. Zolang je maar niet verder komt en niet in de partytent kijkt!'

'Dat beloof ik. Maar Kirin heeft me deze gegeven.' Ze haalt een fles champagne uit haar tas. 'Ze heeft gezegd dat ik hem nu moet openen, samen met papa, voor het feest begint. Heel lief van haar – ze had hem in ijs staan, klaar om te drinken.'

Mijn hart zinkt me in de schoenen. Een glas champagne is het laatste wat ik wil.

'Max en ik vinden het niet erg als jullie wat voor ons overlaten.'

Ze buigt voorover om Murphy te aaien, die bij haar benen is verschenen.

'Dat moet kunnen,' zegt ze op luchtige toon.

'Heb je een leuke dag gehad?'

'Ja, heerlijk! Ik heb een massage en een gezichtsbehandeling ondergaan.' Ze kijkt Josh quasistreng aan. 'Het was de bedoeling dat je het verschil zou zien.'

'Ik vond al dat je er een beetje... stralender...? uitzag dan anders,' zegt hij, waarop Livia lacht.

Ze brengt een hand omhoog om haar ogen af te schermen. 'Waar is papa?'

'Boven. Hij heeft migraine.'

'O nee! Daar heeft hij al een tijdje geen last van gehad. Is hij ook niet meer naar de stad geweest?'

'Jawel, maar hij leek zich niet zo goed te voelen toen hij terugkwam, en toen ik vroeg of het wel ging, zei hij dat hij een migraineaanval had.' Hij gaat verder op zachtere toon, maar niet zo zacht dat ik hem niet meer kan verstaan. 'Ik mag je dit waarschijnlijk niet zeggen, maar ik geloof dat het iets te maken heeft met je cadeau.'

'O jee, ik wil niet dat hij zich rot voelt als hij niets voor me heeft. Het maakt niet uit. Denk je dat ik er iets over moet zeggen om hem gerust te stellen?'

'Nee, laat hem maar, want het kan nog goed komen. Maar zo niet, dan weet je het tenminste alvast. Ik heb er toch goed aan gedaan het je te vertellen, hoop ik?' voegt hij eraan toe.

Livia knikt. 'Ja, absoluut.' Ze kijkt berustend naar de champagne. 'Hij zal hier wel geen trek in hebben als hij migraine heeft.' Ze laat de tas van haar schouder glijden en zet hem op de tafel. 'Ik ga wel even kijken hoe het met hem gaat.'

Haar teleurstelling geeft me het duwtje dat ik nodig heb. Ik loop naar de slaapkamerdeur. Ik kán dit, ik kan het voor Livia. Eén glas champagne, meer niet. Ik hol de trap af en loop door de keuken het terras op.

'Pap!' zegt Josh. 'Hoe voel je je?'

Ik aarzel even omdat Max zich bij Livia en Josh op het terras heeft gevoegd. Liv loopt naar me toe.

Ze omhelst me. 'Josh zegt dat je migraine hebt.'

'Had,' corrigeer ik haar. 'Het is al over. Ik heb paracetamol genomen.'

Ze kijkt me indringend aan. 'Weet je het zeker?'

'Ja. Wat ruik je heerlijk.'

'Dat zijn de crèmes die ze in het wellnesscenter gebruiken. Ze roken zo lekker dat ik ze wel wilde opeten.'

Josh trekt een gezicht. 'Jakkes.'

'Hoi, Adam.'

'Hé hoi.' Ik kijk Max niet aan, ik kijk naar de fles in Livia's hand. 'Wat heb je daar?' vraag ik.

'Champagne. Van Kirin. Je hebt zeker geen trek in een glaasje?'

'Jawel hoor,' lieg ik.

'Mooi! Josh, Max, willen jullie ook?'

'Nee, dank je,' antwoordt Max beleefd.

'Weet je het zeker? Er is meer dan genoeg.'

Ik kijk naar Livia, me afvragend waarom ze plotseling zo haar best doet om aardig tegen Max te zijn.

'Laten we hem met zijn tweeën aanbreken,' opper ik.

Josh werpt me een blik toe. Maar dan begrijpt hij het – althans, dat denkt hij, want hij steekt zijn handen omhoog met een wij-gaan-al-gebaar.

'Ja natuurlijk, wij hebben nog van alles te doen. We moeten Murphy voor vijf uur naar Max' vader brengen.'

Als hij zijn naam hoort, duwt Murphy met zijn snuit tegen Livia's hand. 'Hij kan ook hier blijven, in een van de slaapkamers,' zegt ze. 'In Marnies kamer. Dat zal ze niet erg vinden.'

'Nee!' zeggen Josh en ik tegelijkertijd. Hij lacht en schudt zijn hoofd.

'Hij heeft dan nog steeds last van de herrie, mam. Daar heeft hij een hekel aan.' Zijn bruine ogen ontmoeten de mijne. 'Drink die champagne gezellig met mama, pap. En laat haar niet op het gazon. Dat is nu even verboden terrein. Kom, Max.'

'Tot later.' Livia wuift ze even na en wendt zich tot mij. 'Zal ik de glazen halen?'

'Nee, ga zitten.' Ik pak een stoel en zet hem zo bij de tafel neer dat ze niet in de verleiding kan komen om haar benen er ver onder te steken. Ik denk niet dat ze de doos zal kunnen voelen, maar ik wil het risico niet nemen.

'Ik word vandaag enorm verwend,' zegt ze terwijl ze met een glimlach plaatsneemt.

Het duurt even voor ik champagneglazen heb gevonden. Ik vind er twee achter in de kast en neem ze mee naar het terras. Ik weet dat Josh dacht dat ik hem weg wilde hebben zodat ik uitleg zou kunnen geven over het cadeau, en kennelijk denkt Liv hetzelfde, want zodra ik de champagne heb ingeschonken, vraagt ze me hoe het in de stad is geweest. Terwijl de nachtmerrie van de crash terugkeert, werp ik een blik in haar tas en zie ik haar telefoon langs de zijkant geduwd, bijna verborgen door een doorzichtige plastic tas met daarin een nat zwempak. Er gaat een golf van schrik door me heen. Het was niet in me opgekomen dat ze misschien al over het neergestorte vliegtuig had gelezen. Wat als ze haar berichten gaat checken en erover begint?

'Goed hoor,' zeg ik in antwoord op haar vraag hoe het in de stad was. 'En vind jij het oké dat Max er vandaag is?' Ik reik haar een van de glazen champagne aan.

'Natuurlijk. Hoezo?'

Ik kijk haar onderzoekend aan, maar ze vermijdt mijn blik en heft haar glas, zodat de bubbels sprankelen in het zonlicht.

'Deze glazen waren een huwelijksgeschenk,' zegt ze.

'Vandaar dat ze nog in een doos zaten.'

'Weet je nog van wie we ze hebben gekregen?'

'Nou, in elk geval niet van je ouders.'

'Nee, van hun vrienden, Mary en David. Ik vraag me af of zij mijn vader en moeder ooit hebben verteld dat ze ons een cadeau voor ons huwelijk hebben gegeven en dat ze na Josh' geboorte op kraambezoek zijn geweest. We hebben van veel van hun vrienden cadeautjes gekregen voor ons huwelijk en de baby, van bijna allemaal eigenlijk.'

Ik hef mijn glas; als zij liever wil doen alsof ze geen probleem met Max heeft, kan ik niet veel anders doen. 'Op je verjaardag dan maar, lieverd.'

Ze glimlacht gelukkig. 'Dank je. Ik kan amper geloven dat ik vandaag veertig ben geworden, het is zo gek! Ik voel me helemaal niet anders dan toen ik twintig was.' Ze lacht erom; we zijn inmiddels allebei toch een heel stuk verder in onze ontwikkeling.

'Vertel eens over je wellnessmiddag.' Ik gebaar naar haar tas. 'Je hebt gezwommen, zie ik.'

'Ja, Jess heeft me een heel mooi badpak gegeven en er was daar een zwembad. Ik neem aan dat jij betrokken bent geweest bij de organisatie?'

'Ik wist ervan. Voor het geval je je zou bedenken en zelf toch iets wilde boeken. Dan had ik je gezegd dat het me te duur leek en dat je er geen geld aan zou moeten verspillen.'

'Maar zoiets zou je nooit zeggen, dus dan had ik meteen zo mijn vermoedens gehad.'

Ik neem een slok champagne.

'Ga jij niet zitten?' vraagt ze.

'Straks. Maar eerst ga ik je badpak uitspoelen.'

'Dat kan ik zelf wel,' protesteert ze. 'Ik heb het trouwens daar al uitgespoeld.'

'Dan hang ik het te drogen.' Voordat ze kan zeggen dat ze dat later wel zal doen, reik ik naar haar tas en duw de telefoon tussen de vouwen van de plastic zak met het badpak. 'Ik ben zo terug.'

In de bijkeuken zet ik haar telefoon op stil, begraaf hem onder in de wasmand en drapeer haar badpak over het droogrek.

'Klaar,' zeg ik als ik het terras weer op loop en tegenover haar ga zitten. 'Dus het was leuk vanmiddag?'

'Ik vond de gezichtsbehandeling heerlijk, maar de massage wat minder. Ik voel me wel heel ontspannen. En we hebben voortreffelijk geluncht, met champagne.'

Ik trek mijn wenkbrauwen op. 'Dus dit is niet je eerste glas?' zeg ik in een poging net als anders een grapje te maken over hoe snel ze zich aangeschoten voelt door slechts een kleine hoeveelheid alcohol.

'Nee, en Jess en ik moesten ook nog Kirins glas leegdrinken omdat ze...' Ze struikelt over haar woorden. '... moest rijden.'

'Ze had toch wel één glaasje kunnen nemen?'

'Ze heeft ook wel een béétje gehad, maar ze is heel strikt als het gaat om drank achter het stuur. Ze moet wel; ze zou nergens heen kunnen als ze niet mocht rijden.'

Ik knik. 'Hoe gaat het met Jess?'

'Niet zo goed. Ze zag er minnetjes uit en was nogal wankel.'

'Arme Jess. Gelukkig maar dat Rob niet meer weg hoeft voor zijn werk.'

Toen Jess de diagnose MS kreeg, waren we allemaal geschokt en wisten we geen van allen wat we moesten verwachten. Jess werd al snel minder mobiel en haar zelfvertrouwen verminderde, en iedereen om haar heen reageerde op zijn eigen manier. Rob, die aanvankelijk veel steun bood, veranderde binnen het bedrijf waar hij werkte van baan, waardoor hij veel moest reizen, zodat Jess vaak alleen was in al haar kwetsbaarheid. We zaten samen in de pub toen Nelson hem daarmee confronteerde.

'Als je Jess' situatie aan je baas uitlegt, geeft hij je vast wel je oude baan terug, toch?' zei hij.

'Ik heb al gezegd dat deze functie een promotie betekent, en dat is precies wat Jess en ik nodig hebben nu haar toekomst zo onzeker is,' verklaarde Rob nukkig, want hij was er niet aan gewend dat zijn gewoonlijk zo beschermende en liefhebbende broer kritiek op hem had. 'Ze kan nu nog werken, maar hoelang zal dat nog duren?'

'Maar als jij niet in de buurt bent om haar te helpen, zal haar gezondheid dan niet sneller achteruitgaan?'

'Dat is een risico dat we dan maar moeten nemen. Ik heb het er met Jess over gehad, zij vindt het niet erg dat ik een paar dagen per week weg ben. En als haar gezondheid verslechtert, kijk ik wel of ik weer een andere functie kan krijgen. Jezus, Nelson, laat het los, oké?'

Ik kan best met Rob opschieten, maar ik ben niet close met hem, niet sinds hij heeft geprobeerd een wig tussen mij en Livia te drijven in de eerste jaren van ons huwelijk met dat voorval met de motorfiets. Toen we jonger waren, werd ik er gek van dat hij altijd meeging als Nelson en ik wat ondernamen. Nelson voelde zich om de een of andere reden altijd verantwoordelijk voor hem. Rob kan leuk zijn, maar meestal irriteert hij me mateloos. Het is niet alleen de manier waarop hij zijn knappe filmsteruiterlijk uitbuit en bij de eerste zonnestraal zijn pilotenzonnebril al tevoorschijn haalt, of de manier waarop hij zijn charmes in de strijd gooit, het is meer dat hij altijd in het middelpunt van de belangstelling wil staan. Maar waarschijnlijk was ik de enige die doorhad waarom hij zijn nieuwe baan zonder meer accepteerde. Hij was blij dat hij een excuus had om weg te zijn, blij dat hij zich even niet met Jess' ziekte bezig hoefde te houden. Ik kon het ergens wel begrijpen, hoewel ik het Livia nooit zou aandoen als zij ooit in Jess' omstandigheden zou komen te verkeren.

Rob gaf uiteindelijk toe aan de druk van familie, zowel die

van Jess als zijn eigen, en keerde in januari van dit jaar terug naar zijn oude baan. De enige keer dat hij Jess daarna alleen had gelaten, was eind april, toen hij met Cleo naar Marnie in Hongkong ging voor haar verjaardag, omdat Jess niet wilde dat Cleo alleen zou gaan.

Jess logeerde bij ons toen Rob weg was, en hoewel dat probleemloos verliep, is er iets veranderd in de relatie tussen haar en Livia – niet van Jess' kant, maar vanuit Livia. Het is droevig, maar ik denk dat zij zich in die tien dagen met Jess is gaan realiseren hoeveel beperkingen Jess ondervindt, en dat het moeilijk voor haar is om te aanvaarden wat er met haar vriendin gebeurt. Want sinds die tijd houdt ze afstand en spreekt ze voor ons af met vrienden van kantoor in plaats van zoals gewoonlijk met Jess en Kirin, bijna alsof ze een excuus nodig heeft om niet meer met ze te hoeven omgaan. Toen ik haar ernaar vroeg, ontkende ze het niet.

'Vind jij soms ook niet dat wij zessen elkaar te veel op de lip zitten? Het lijkt mij goed om onze vriendenkring uit te breiden.'

Ik kon het niet met haar oneens zijn, want ik vind haar collega's aardig en we hebben altijd veel plezier met hen. Maar ik mis onze weekendetentjes en onze lunches met de anderen. Om die reden heb ik Nelson en Rob een paar weken geleden gevraagd om in het weekend met Kirin en Jess te komen barbecueën. Livia vond het prima toen ik het vertelde, maar op de dag zelf hebben we moeten afzeggen omdat zij zich niet lekker voelde. Ik zeg niet dat ze deed alsof ze ziek was, want ze zag er echt beroerd uit. Maar het leek me een te groot toeval. Ik vind het een vervelend idee dat Liv niet goed met Jess' ziekte kan omgaan.

Liv raakt mijn arm aan. 'Waar denk je aan?'

Ik besef dat ik mijlenver weg zat met mijn gedachten. 'Sorry. Ik zat te denken hoe mooi de tuin eruitziet.'

Ze reikt naar mijn hand. 'Ik wil me dit moment voor altijd

herinneren,' zegt ze zacht. 'Jij en ik, Josh, het feest. En Marnie natuurlijk.'

Marnie. Hoe heb ik haar kunnen vergeten, al was het maar een seconde? Wist ik maar zeker dat ze veilig was. Livia heeft haar ogen gesloten, haar gezicht schuin naar de zon gekeerd. Ik haal mijn telefoon uit mijn zak en werp er een snelle blik op.

Niets.

Livia

'Is dit niet zalig?' mompel ik.

Adam geeft geen antwoord, dus ik draai mijn hoofd zijn kant op en tuur in zijn richting. Zijn ogen zijn dicht en ik zie aan de strakke uitdrukking op zijn gezicht dat hij heeft gelogen over het verdwijnen van de migraine. Ik ben blij dat hij niet doorvroeg over Jess. Ik weet dat hij zich afvraagt wat er aan de hand is, waarom ik haar tegenwoordig minder vaak zie. Ik heb gezegd dat ik vind dat we onze vriendenkring moeten uitbreiden, maar hij weet niet waarom, hij weet niet dat ik ons voorbereid op de toekomst.

Mijn vrienden en vriendinnen zijn altijd belangrijker voor me geweest dan voor de meeste mensen, omdat ik geen familie heb. Ik heb Jess en Kirin altijd beschouwd als de zussen die ik nooit gehad heb, en Nelson en Rob als mijn broers. Maar ik weet hoe broos de toekomst is; ik weet dat alles heel binnenkort gaat veranderen. Daarom breekt mijn hart elke keer dat ik Jess zie weer wat meer.

Ze zag er vandaag zo kwetsbaar uit. Misschien moet ik haar een berichtje sturen, haar vertellen dat ik het begrijp als ze vanavond liever thuisblijft om te rusten. De golf van opluchting bij het idee dat zij niet naar het feest komt, geeft me een rotgevoel over mezelf. Dat kan ik Jess niet aandoen, ze zal enorm gekwetst zijn als ik aangeef dat ze niet hoeft te komen. Ze weet dat ík weet dat ze mijn feest voor geen goud zou willen missen, al zou ze hiernaartoe gedragen moeten worden.

Ook Max zou ik er vanavond liever niet bij hebben. Het voelde zojuist heel ongemakkelijk. Ik heb hem al een tijdje niet gezien, dus ik hoopte dat hij vergeten zou zijn dat ik sinds oktober nauwelijks iets tegen hem heb gezegd. Ik dacht dat alles weer gewoon zou worden als ik me tegenover hem weer normaal zou gedragen. Maar zo werkt het niet. Wat zal hij ervan in de war zijn. De gedachte aan alle uitleg die ik zal moeten geven is deprimerend.

Ik pak mijn glas en neem een slok van mijn inmiddels warme champagne. Marnie heeft heel wat op haar geweten. Het was een opluchting om in oktober te merken dat ze weer lekkerder in haar vel zat, toen ze belde om me te zeggen dat ze niet wilde dat Max op bezoek zou komen. De verbetering bleef gedurende de kerstdagen en tot in januari. Maar toen februari kwam, leek ze weer neerslachtig te worden. Adam dacht dat het kwam doordat ze net had uitgerekend dat ze toch niet thuis kon zijn voor mijn feest, en hij opperde dat ik naar Hongkong zou gaan om haar op te zoeken. Ik bracht het aan de orde op mijn werk en de beste tijd voor mijn bezoek bleek begin april te zijn.

Maar voordat ik het Marnie kon vertellen, facetimede ze me. Ze zat op een bankje voor het universiteitsgebouw, met haar zonnebril boven op haar hoofd. Ik zag de glazen deuren achter haar en de studenten die kwamen en gingen, sommige met een stapeltje boeken, hun tas over hun schouder geslingerd. Ik vond het fijn als ik zulke glimpen opving van haar leven in Hongkong, in plaats van het uitzicht op haar slaapkamermuur.

'Mam, moet je horen! Cleo komt op bezoek!'

'Wat heerlijk!' zei ik, opgelucht dat ik haar weer vrolijk zag. 'Wanneer?'

'In april, voor haar verjaardag. Rob brengt haar omdat Jess niet wil dat ze in haar eentje komt.'

'Dat is gek, ik heb Jess een paar dagen geleden gesproken en ze heeft het er niet over gehad.'

'Dat komt omdat Rob en zij het nog maar kortgeleden bedacht hebben. Het wordt Cleo's verjaardagscadeau.'

'Wow, dat is nogal wat.'

'Ja hè. Ik verheug me er enorm op!'

'Gelukkig dan maar dat ik mijn ticket nog niet heb geboekt,' zei ik, glimlachend om haar enthousiasme.

'Hoe bedoel je?'

'Ik dacht erover je te komen opzoeken.'

'Echt? Wanneer?'

'Ik had begin april in gedachten. Maar nu Cleo en Rob komen, kan ik het misschien beter tot mei uitstellen.'

'Mam, je hoeft niet te komen, echt niet. Ik bedoel, het zou heel leuk zijn en ik zou het natuurlijk hartstikke fijn vinden om je te zien, maar als Cleo en Rob zijn geweest, duurt het nog maar een paar maanden tot ik thuiskom.'

'Ik vind het jammer dat je niet meer hebt genoten van je jaar in Hongkong,' zei ik.

'Ik heb er heus wel van genoten,' reageerde ze. 'Het is alleen best een lange periode om van iedereen weg te zijn.' Ze aarzelde. 'Het is niet gemakkelijk geweest.'

'Dat weet ik.' Ik begreep dat ze het over haar relatiebreuk had. 'Maar het zou nog moeilijker zijn geweest als je in Engeland was gebleven. Afstand geeft ook rust.'

'Daar heb je gelijk in,' zei ze.

Toen Adam terugkwam van een afspraak met Nelson vertelde ik hem dat ik waarschijnlijk toch niet naar Hongkong zou gaan.

'Jess en Rob geven Cleo een ticket voor haar verjaardag, en

het heeft geen zin als ik ook in april ga. Wist jij ervan? Cleo's verjaardagscadeau?'

'Ja, Rob vertelde het daarnet aan Nelson in de pub. Ze hebben het al een poosje geleden bedacht, maar Jess wilde liever niet dat Cleo alleen zou gaan, dus nu gaat Rob mee.'

'Ze hoeft alleen maar de reis in haar eentje te maken,' wierp ik tegen. 'Ze heeft Marnie als ze aankomt.'

Met dat gesprek in mijn achterhoofd draai ik mijn gezicht naar Adam. Hij weet natuurlijk dat ik hem gadesla en hij houdt zijn ogen gesloten zodat hij niet met me hoeft te praten. Het feest wordt een hel voor hem als hij zich niet goed voelt. Ik had het weken geleden moeten afgelasten. En als ik Adam vertel wat ik hem wel zal moeten vertellen, zal hij niet begrijpen waarom ik dat niet heb gedaan. Hij zal denken dat ik koste wat kost mijn feest wilde laten doorgaan. Hij zal niet begrijpen dat ik hem zo lang mogelijk wilde behoeden voordat zijn wereld zou instorten.

Die van mij stortte zes weken en drie dagen geleden in, ongeveer een week nadat Cleo in Hongkong was aangekomen. Ik sprak Marnie via FaceTime voordat ik naar mijn werk zou gaan. Het was acht uur in de ochtend, dus vier uur 's middags in Hongkong. Adam was al naar zijn werkplaats gegaan en Jess, die bij ons logeerde, lag nog in bed. Ik kende Marnies rooster vrij goed, dus ik wist dat ze terug was van haar colleges en in het hotel op Cleo en Rob zat te wachten, die terug zouden komen van het sightseeën. Marnie was zo ongeveer bij Cleo ingetrokken tijdens hun verblijf; ze vond het heerlijk om even weg te zijn van haar kleine studentenkamer, al was het maar voor korte tijd.

'Hoe gaat het?' vroeg ik.

'Super! Het is zo leuk dat ze hier zijn. Ik besef daardoor wel hoelang ik al weg ben.' Ze zat aan een houten bureau voor haar computer en achter haar zag ik een prachtig patroon van lotusbloemen op de muur. Ze droeg een witte badjas van het hotel en aan de manier waarop haar hoofd over haar hand was gebogen terwijl we praatten, dacht ik te zien dat ze haar nagels zat te lakken.

'Zal ik je terugbellen als je klaar bent?' bood ik aan.

'Nee hoor, zolang je het niet erg vindt om naar mijn kruin te kijken. We gaan vanavond uit eten in een heel goed restaurant. Ik ga straks lekker lang in bad.'

'Je gaat dat hotel nog missen als ze vertrekken,' plaagde ik. 'Waar zijn ze vandaag naartoe?'

'Stanley Market.' Ze tilde haar hoofd op. 'Ik wou dat je er ook heen kon, mam, het is er geweldig. Je had met Cleo en Rob mee moeten komen. Dan had jij met Rob Hongkong kunnen bekijken en dan hadden ik en Cleo wat tijd met zijn tweeën gehad.'

'Loopt Rob jullie in de weg?' vroeg ik geamuseerd.

'Nee hoor, het gaat prima.'

'Nou, het doet je in elk geval goed ze te zien,' zei ik. 'Je ziet er blij uit.'

'Wie zou niet blij worden van dit schitterende hotel?' zei ze lachend.

Ik tuurde naar het scherm. 'Heeft Cleo een andere kamer?'

'Hoe bedoel je?' Haar hoofd was weer over haar nagels gebogen.

'Het patroon op de muur,' legde ik uit. 'Die lotusbloemen heb ik niet eerder gezien.'

'O, ja... De vorige was naast de lift en het was daar zo lawaaiig dat ze om een andere kamer heeft gevraagd.'

Ik stond op het punt te zeggen dat ze nu de luxe hadden van een kingsizebed in plaats van twee eenpersoonsbedden toen de deur achter haar opengin en ik een man in de deuropening zag staan. Hij wreef zijn haar droog met een handdoek; hij kwam duidelijk onder de douche vandaan. Mijn schok had niets te maken met het feit dat hij naakt was, eerder met het feit dat Marnie kennelijk haar vriend had meegenomen naar Cleo's hotelkamer. Maar ik nam maar aan dat Cleo het oké vond, want Marnie had het haar vast wel gevraagd.

'Het is hier zo fijn, heel wat comfortabeler dan in mijn eigen ellendige kamertje op de campus,' zei Marnie, zich niet bewust van haar vriend die spiernaakt in beeld was. Bij de klank van haar stem tilde hij zijn hoofd op van achter de handdoek en realiseerde zich dat ze op FaceTime zat. Hij stapte snel terug de badkamer in en sloot de deur, maar niet voordat ik zijn gezicht had gezien.

Mijn hart sloeg een slag over. Toen – me ervan bewust dat ik iets moest zeggen omdat ik niet wilde dat Marnie zou opkijken en zou zien hoezeer ik van streek was – dwong ik de woorden uit mijn mond.

'Nou, geniet er dan nog maar even van,' zei ik, in de hoop dat mijn stem nog net zo klonk als daarvoor.

'Precies wat ik dacht. En hoe staat het met de voorbereidingen voor je feest? Nog maar zes weken te gaan!'

'Ik weet het, ongelooflijk hè! Liz is gisteren geweest met een voorproeverij van hapjes,' vertelde ik haar, me ervan bewust dat ik te snel praatte. 'Het was allemaal verrukkelijk, dus ik laat haar de catering doen. Ze neemt drie medewerkers mee voor de bediening en het opruimen, zodat ik niets hoef te doen.'

'Ik wou dat ik erbij kon zijn,' zei ze met een zucht.

'Ik ook.'

Ze ging overeind zitten en zwaaide haar vingers voor het scherm heen en weer. De mouwen van haar badjas zakten naar beneden en ik zag haar tatoeage: *AN ANGEL WALKING TO THE DEVIL'S BEAT.*

'Kijk,' zei ze. 'Wat vind je ervan?'

'Donkerblauw is niet echt mijn kleur,' zei ik, verbaasd dat ik een lach wist te produceren. 'Maar mooi hoor. Trek je vanavond je blauwe jurk aan?'

'Hoe raad je het? Sorry, mam, ik moet gaan, Cleo en Rob komen straks terug en ik wil nog in bad.'

'Zorg ervoor dat je lak eerst droog is,' waarschuwde ik.

Ze schudde met haar handen. 'Doe ik, wees gerust. Tot snel?'

'Ja, ik bel je wel weer over een paar dagen.'

'Doeg. Groeten aan papa.'

'Zal ik doen.'

Ik weet niet hoelang ik heb zitten staren naar het lege scherm, niet in staat mijn lichaam in beweging te krijgen en evenmin in staat om mijn gedachten stil te krijgen, die alle kanten op schoten en probeerden te bevatten wat ik zojuist had gezien. Ik probeerde mezelf te vertellen dat ik me had vergist, dat het Rob niet was geweest die daar naakt in de deuropening had gestaan, maar een andere man. En toen ik mezelf niet langer voor de gek kon houden, probeerde ik verklaringen te vinden – Rob gebruikte Cleo's badkamer omdat er een probleem was met die van hem, en hij had niet geweten dat Marnie daar zat toen hij naakt tevoorschijn was gekomen, wat de reden was waarom hij snel weer was weggedoken. Ik kon niet geloven dat Marnie het hele gesprek lang tegen me had gelogen: dat Rob op pad was met Cleo, en dat Cleo van kamer was veranderd. Ik wilde niet geloven dat ze haar nagels in Robs kamer had zitten lakken, wachtend tot ze de badkamer kon gebruiken waar hij net uit tevoorschijn was gekomen, omdat ze een verhouding hadden. Er moest een andere verklaring zijn.

Ik voelde me ellendig toen ik op Cleo's Facebookpagina keek. Er waren foto's van Stanley Market en andere uitzichten in Hongkong, maar Rob was op geen enkele foto te zien. Er waren wat selfies van Cleo, een met een bijschriftje eronder: *Al-*

weer alleen op pad vandaag, gevolgd door een treurige emoji. Te oordelen naar haar andere posts had Cleo sinds Rob en zij in Hongkong waren heel wat sightseeing in haar eentje gedaan. Ik probeerde mijn ogen te sluiten voor de waarheid, die overduidelijk was. Ik zei tegen mezelf dat Marnie nooit zoiets immoreels zou doen, zoiets schadelijks, als het aangaan van een affaire met iemand die al voor zij geboren was deel uitmaakte van onze familie. Het was onvoorstelbaar. Niet alleen was Rob twintig jaar ouder dan Marnie, hij was ook Jess' echtgenoot, Nelsons broer en de vader van haar beste vriendin.

Ik herinner me de misselijkheid die in me opborrelde, de paniek die door me heen ging toen ik de vloerplanken in de slaapkamer boven me hoorde kraken, een teken dat Jess haar bed uit was gekomen en op weg was naar de keuken beneden. Ik griste mijn tas mee en rende door de gang naar buiten; in het voorbijgaan pakte ik mijn autosleutels mee. En toen reed ik weg, niet naar kantoor maar de stad uit. Ik parkeerde de auto en barstte in tranen uit.

17.00 – 18.00 UUR

Adam

'Kan ik nog iets voor je doen?' vraag ik Livia, want ik wil het terras dolgraag verlaten.

'Nee, alles is geregeld.' Ze staat op als ze de cateringmedewerkers hoort arriveren. 'Ga jij je maar klaarmaken. Ik heb vanaf zes uur de badkamer nodig.'

Terwijl ik het huis binnenloop, bliept mijn telefoon om me te vertellen dat er een bericht is binnengekomen. Ik sta onderaan de trap stil, mijn hart gaat als een razende tekeer en mijn handen trillen als ik mijn mobiel uit mijn zak haal. Ik sluit mijn ogen, doe een schietgebedje en kijk. Het is een berichtje van Izzy.

Ha broer! Hoop dat Liv een fijne dag heeft. Ian en ik komen iets later, maar we zien jullie straks. Heb er zin in! xx

De verpletterende teleurstelling maakt dat ik mijn telefoon tegen de muur wil smijten. Ik kan zo niet doorgaan, ik kan niet blijven wachten tot het Marnie lukt om me te bereiken. Ik loop naar boven en open de nieuwsapp van de BBC, op zoek naar het noodnummer voor familie van inzittenden. Als ik uitleg dat Marnie de vlucht heeft gemist en ergens op de luchthaven moet zijn, kunnen ze misschien een boodschap aan haar doorgeven via de balie van Pyramid Airways. Ik word overspoeld door schuldgevoel als ik denk aan de families die het nummer om een andere reden moeten bellen, maar ik kan geen andere manier bedenken om contact met haar te krijgen.

Een overstroming in Indonesië is het belangrijkste nieuws, gevolgd door een steekpartij met fatale afloop in Londen. De vliegtuigcrash is het derde item in de rij. Er staat een foto naast de kop, een wirwar van brokstukken en vlammen. Ik plof neer op het bed en scrol er snel langs, op zoek naar het nummer. Drie woorden vallen me op: *verslag ter plaatse*. Maar... als er video's van Cairo Airport worden verzonden, waarom heeft Marnie mij dan nog geen bericht kunnen sturen? Met een verschrikkelijk voorgevoel speel ik een van de filmpjes af.

Een jonge man staat te gebaren. '*Ik stond daar*,' vertaalt een stem, '*en ik hoorde een vliegtuig, luider dan normaal, en ik keek op en toen zag ik het, heel laag in de lucht. Ik wist dat het op dat punt hoger hoorde te vliegen, want ik kijk de toestellen na het opstijgen vaak na. Maar dit vliegtuig klom niet hoger maar stopte zomaar, midden in de lucht. En toen stortte het naar beneden.*'

Het bloed gonst zo hard in mijn oren dat ik slechts met de grootste moeite kan volgen wat hij zegt. *Ik wist dat het op dat punt hoger hoorde te vliegen, want ik kijk de toestellen na het opstijgen vaak na.* Maar het vliegtuig dat was gecrasht, het toestel dat Marnie zou nemen, was twintig minuten na vertrek neergestort. Ik weet nog dat ik het heb berekend: het stortte neer om vijf voor twaalf, twintig minuten na de vertrektijd – elf uur vijfendertig. Waarom zegt die man in de video dan dat het vlak na het opstijgen is gecrasht?

Mijn vingers trillen zo erg dat ik mijn telefoon amper kan vasthouden. Ik scrol terug naar het nieuwsbericht en lees de tekst vluchtig door, zoekend naar de informatie die me zal vertellen dat ik gelijk heb en dat het niet klopt, dat het vliegtuig niet vlak na het opstijgen is neergestort, maar twintig minuten na vertrek. Dan zie ik het zwart-op-wit staan – *Het vliegtuig crashte drie minuten na vertrek van Cairo International Airport* – en ik verstijf, want als het om vijf voor twaalf vlak na het opstijgen is gecrasht, moet het te laat zijn vertrokken.

Ik krijg geen adem. Even tolt de kamer. Ik sluit mijn ogen, vertel mezelf dat ik me moet vermannen. Ik mag niet in paniek raken, het komt goed, ik moet alleen berekenen hoe laat de vlucht precies is vertrokken. Het is een simpel sommetje, maar het lijkt ondoenlijk. Ik dwing mezelf me te concentreren – het is gecrasht toen het drie minuten onderweg was, en de crash was om elf uur vijfenvijftig, dus als ik drie minuten terugreken, is dat de vertrektijd. Tweeënvijftig, het vliegtuig is vertrokken om elf uur tweeënvijftig, niet zoals gepland om elf uur vijfendertig, dus zeventien minuten te laat. Marnies vlucht vanuit Hongkong had om kwart over tien moeten aankomen, maar de vluchtapp die ik eerder heb gecheckt, gaf aan dat haar vliegtuig was aangekomen om elf uur vijfentwintig. Als het vliegtuig naar Amsterdam pas om elf uur tweeënvijftig is vertrokken, dan...

Er welt een golf van misselijkheid in me op. Ik loop wankelend naar de badkamer en blijf met mijn hoofd boven de wastafel staan; mijn handen grijpen zich aan beide kanten vast en ik doe mijn uiterste best om niet over te geven. Ik staar naar mijn gezicht in de spiegel, wanhopig op zoek naar houvast, naar iets om mijn paniek onder controle te houden. Wat als Marnie de vlucht toch heeft gehaald? Maar dat kan niet. Ik zou het weten, ik zou het weten als haar iets was overkomen. Ze is een deel van mij; ik zou het weten. Marnie is veilig, dat kan niet anders.

Het zweet breekt me uit. Ik heb het om te stikken zo warm en ik begin wild mijn kleren uit te doen, de knoop van mijn jeans te stijf voor mijn vingers, rukkend en trekkend tot ik naakt ben, met rillingen over mijn hele lijf. Ik trek de douchedeur open en val bijna naar binnen. Ik reik blindelings naar de knop en het water stroomt neer, hamert op mijn hoofd, vult mijn mond, mijn neus en mijn keel tot mijn instinct me dwingt om adem te halen. En ik kan alleen maar denken: *Marnie is veilig, dat kan niet anders, Marnie is veilig, dat kan niet anders.*

Ik stap de douche uit en trek een handdoek om me heen. Er komt een vlaag muziek uit de tuin, die me terugbrengt naar de realiteit. Ik kan mezelf niet voor de gek blijven houden. Het kan zijn dat Marnie niet veilig is. Het kan zijn dat ze het gecrashte vliegtuig heeft gehaald. Ze had zevenentwintig minuten om over te stappen, niet tien.

Maar misschien moest ze wel naar een andere terminal. Ik weet niet of er op de luchthaven van Caïro meerdere terminals zijn, maar dat kan ik uitzoeken. Ik ga op de rand van het bad zitten en typ 'aantal terminals op Cairo Airport' in de zoekmachine. Ik zie DRIE staan, en ik moet bijna lachen, omdat het lijkt alsof ze hoofdletters hebben gebruikt om mij gerust te stellen. Nu hoef ik alleen nog te weten of Marnies vliegtuig uit Hongkong bij een andere terminal is gearriveerd dan de terminal waarvandaan het vliegtuig naar Amsterdam is vertrokken.

'Alsjeblieft,' mompel ik. 'Laat het alsjeblieft een andere terminal zijn.'

Ik vind haar eerste vlucht, die uit Hongkong. Het vliegtuig is aangekomen bij terminal 3. Dan typ ik met ingehouden adem het vluchtnummer van het Pyramid Airways-toestel in. Het is vertrokken van terminal 2.

Opgelucht sluit ik mijn ogen. Zelfs als de terminals dicht genoeg bij elkaar liggen om de afstand lopend af te leggen, had ze maar zevenentwintig minuten gehad om uit het ene toestel te stappen en vervolgens van terminal 3 naar terminal 2 te gaan. En ze zou de gate hebben moeten opzoeken.

Mijn vingers bewegen snel over het schermpje, op zoek naar

meer informatie over Cairo International Airport. Op de officiële website lees ik dat de terminals 2 en 3 verbonden zijn door een loopbrug. Oké, dus hoeveel tijd zou het kosten om uit het ene vliegtuig te stappen, de loopbrug te vinden, eroverheen te lopen naar de andere terminal, de gate te vinden – en er toch nog twintig minuten voor vertrek van het toestel te zijn? Marnie kan het niet gehaald hebben.

Ik zou me gerustgesteld moeten voelen. Maar ik kan niet om het feit heen dat ze contact met me zou hebben opgenomen als ze de vlucht had gemist. Als de verslagen doorkomen, werkt het telefoonnetwerk dus gewoon.

Ik ben zo ontzettend bang.

Ik moet het Livia vertellen. Als ik me omdraai om de badkamer te verlaten, vang ik in de spiegel een glimp van mijn gezicht op. Ik staar naar mijn klamme huid, naar de hartslag die klopt in het adertje op mijn slaap. Zo mag Livia me niet zien. Ik wil niet dat ze al vermoedt dat er iets mis is voordat ik haar heb gevraagd te gaan zitten, voordat ik haar handen in de mijne vasthoud en de woorden heb gevonden om haar te vertellen dat Marnie, onze dochter, misschien in een vliegtuig heeft gezeten dat is neergestort. Eerst moet ik de angst uit mijn ogen verdrijven. En de enige manier waarop ik dat kan, is door te geloven dat er nog hoop is.

Ik ga het noodnummer niet bellen, niet voordat ik met Livia heb gesproken.

Livia

Het eten ziet er voortreffelijk uit. Ik blijf maar door de keuken lopen, helemaal onder de indruk. Mijn verjaardagskaarten zijn naar de woonkamer verplaatst en alle werkbladen zijn nu bedekt met schalen heerlijke canapés.

'Heel fijn, Liz, dank je. Het ziet er allemaal prachtig uit!'

'En ik kan je garanderen dat het ook heerlijk smaakt,' zegt ze met een glimlach, maar dat weet ik al, want ik heb alles geproefd voor ik haar inhuurde.

Er staan ook gerechten in de eetkamer – twee hele zalmen, een groot stuk rosbief, schalen met andere koude vleeswaren, kleurige salades, de grootste kaasplank die ik ooit heb gezien en allerlei desserts, die op verschillende momenten gedurende de avond naar de partytent zullen worden gebracht, maar we beginnen met de canapés. Liz en haar team zullen bedienen en opruimen, zodat ik zorgeloos van de avond kan genieten.

Ik maak me wel zorgen om Adam. Ongeveer zeven uur lang over koetjes en kalfjes praten, want het feest duurt tot een uur of drie 's nachts, is misschien wat te veel gevraagd als hij migraine heeft. Het zal niet allemaal prietpraat zijn, maar ik moet er wel op letten dat hij niet met Paula opgescheept komt te zitten, want die heeft de neiging al te uitgebreid over haar kwaaltjes te praten. Ik moet hem ook weghouden bij Sara, die mensen klemzet en ze dan een massa vakantiefoto's op haar telefoon laat zien. Maar Adam kennende zal hij na een kort praatje met iedereen het grootste deel van de avond met Nelson en Ian doorbrengen.

De vaste telefoon gaat en ik loop ernaartoe om op te nemen. Misschien is het Marnie wel, misschien wilde ze toch niet helemaal van de radar verdwijnen en belt ze om me persoonlijk te feliciteren. Maar het is Jeannie.

'Hoi lieverd, ik wilde je graag even feliciteren,' zegt ze.

'Dank je, maar jij en Mike komen vanavond toch wel?'

'Ja natuurlijk, we willen het voor geen goud missen. Maar je zult het vast druk hebben en we krijgen misschien niet de kans om elkaar te spreken.'

'Voor Mike en jou heb ik altijd tijd. Jullie zijn meer een vader en moeder voor me geweest dan mijn eigen ouders.'

'Ze weten niet wat ze missen. En dan hebben ze ook nog de vreugde gemist hun kleinkinderen te zien opgroeien tot fijne jongvolwassenen.'

Ze laat een stilte vallen. 'Hoe gaat het met Adam?'

'Redelijk. Hij had eerder vandaag last van migraine, maar hij heeft daarnet wat champagne gedronken – Kirin had me een fles voor ons beiden gegeven om voor het feest te openen – dus hij zal zich wel beter voelen.'

'Gelukkig maar. Nou, dan laat ik je verder met rust. Dag lieverd, tot later.'

Jeannie hangt op en ik blijf even staan, me afvragend wat voor iemand ik zou zijn geweest als ik ouders had gehad zoals Jeannie en Mike. Een andere versie van mezelf? Ik denk aan Izzy en haar zelfvertrouwen. En aan Adam met zijn kalme geloof in zichzelf.

Ik sta even stil bij alles wat ik om me heen zie: de stapels borden en de mandjes met bestek die naar de tent worden gedragen, Emily, het meisje van de catering, dat kleine vaasjes vult met de bloemen die ik heb besteld. Die zijn bezorgd toen ik niet thuis was, samen met nog een boeket, deze keer van Jess' moeder, die vanavond niet kan komen. Hoewel ik blij ben dat Marnie er niet bij is, vind ik het toch jammer dat ze dit allemaal niet meemaakt, want ze had het geweldig gevonden. Ik zoek mijn telefoon, want ik wil wat foto's maken om haar te sturen, maar hij zit niet in mijn tas. Ik kijk rond; ik zal hem wel ergens hebben neergelegd. Ik loop naar het terras, maar hij ligt niet op de tafel en hij ligt ook niet in de keuken.

In de gang bel ik mijn mobiel met de vaste telefoon. Als hij overgaat, leg ik de hoorn neer en luister goed, in de hoop dat ik zal horen waar het belgeluid vandaan komt. Maar het lukt niet, ook niet bij een tweede poging. Misschien heb ik hem in het wellnesscenter laten liggen. Ik weet nog dat ik hem tijdens de lunch met het schermpje naar beneden op de tafel had gelegd, maar ik weet niet meer wat ik er daarna mee heb gedaan. Hopelijk heeft Jess of Kirin hem meegenomen. Ik sta op het punt ze te bellen om het te vragen als ik besef dat hun nummers in mijn mobiele telefoon staan. Ik denk erover Adam te vragen Nelson te bellen om via hem Kirin te bereiken. Maar ik zie ze later, dus ik vraag het dan wel. En ik heb eigenlijk geen tijd om me druk te maken over mijn telefoon.

Liz komt me vragen waar ik het bestek wil hebben, in bakken in de tent of in een pot midden op elke tafel. Ze vraagt me naar Marnie en ik vertel haar dat ik stiekem hoop dat ze me vanavond toch even via FaceTime zal bellen. Als ik haar de tuin kan laten zien, als ze er beeld bij heeft, is ze er toch een beetje bij.

Er schiet een gedachte door mijn hoofd: misschien is de reden waarom Marnie dit weekend weg is gegaan naar een plek zonder wifi dat ze dan vanavond niet hoeft te facetimen, omdat

Rob hier zal zijn en ze bang is dat ze iets zal laten merken. Of, waarschijnlijker nog, omdat ze Jess niet onder ogen kan komen aangezien ze een affaire heeft met haar echtgenoot. Ik ben zó boos op haar. Hoe kon ze? Hoe heeft ze iets kunnen beginnen met Rob? Ik kan er nog steeds niet bij. Ik heb geprobeerd het goed te praten, getracht alle schuld bij Rob te leggen, mezelf verteld dat hij misbruik van haar heeft gemaakt, dat hij haar kwetsbaarheid heeft gebruikt en haar stap voor stap heeft verleid. Maar op een bepaald moment heeft ze bewust een grens overschreden.

Er zijn geen woorden die mijn gevoelens jegens Rob kunnen beschrijven. Toen ik die dag in mijn auto zat, de dag dat ik achter de waarheid kwam, probeerde ik na te gaan wanneer hun affaire was begonnen. Hoewel ik me misselijk voelde bij de gedachte, was ik er zeker van dat hij de vader was van de baby die Marnie had verloren. Ik was er zeker van – ik hoopte – dat er niets tussen hen had gespeeld toen ze nog op school zat, wat betekent dat het moest zijn begonnen toen ze op de universiteit zat. Maar ze zat in Durham, zo'n vierhonderdvijftig kilometer en bijna vierenhalf uur rijden van Windsor, dus hoe zagen ze elkaar dan? Rob werkte vijf dagen per week en voor zover ik wist, ging hij nooit met een of andere smoes weg in het weekend en miste hij nooit een zondagsrit op de motor met Adam en Nelson.

Toen drong het tot me door. Die twee dagen per week vorig jaar, als hij van huis was voor zijn werk, ging hij naar het bedrijfskantoor in Darlington. Ik wist dat dat ergens in het noorden van Engeland lag, maar niet waar precies. Ik zocht in mijn tas naar mijn telefoon en keek op Google Maps. Darlington lag minder noordelijk dan Durham, maar was het dichtbij genoeg voor hem om van daaruit naar Marnie toe te gaan? Toen ik zag dat hij er in een halfuur met de auto kon zijn, was ik er beroerd van. Ik wilde zijn baas bellen en hem vragen of het echt zo was gegaan als Rob had gezegd: dat hij geen keuze had gehad met betrekking tot de nieuwe functie, dat zijn werkgever, hoewel die wist dat zijn vrouw MS had, hem had gedwongen elders te werken. Maar ik was te bang om te horen dat mijn vermoeden klopte, dat Rob zelf had gevraagd om de baan – of zichzelf in elk geval naar voren had geschoven.

Er was nog iets anders. Vanwege de nauwe relatie tussen ons allemaal zou het normaal zijn geweest als Rob haar eens had opgezocht toen hij in Darlington was. Wij hadden er niet van opgekeken als hij haar mee uit had genomen voor een drankje of een maaltijd. Zoiets doet een oom voor een nichtje dat studeert, want zo zagen we Nelson en Rob: als Marnies ooms – tot een paar jaar geleden nóémde ze hem verdorie zelfs oom Rob! Maar hij had nooit gezegd dat hij dat zou gaan doen en ik had er ook niet over nagedacht, want ik realiseerde me niet dat de beide plaatsen zo dicht bij elkaar lagen. Maar toen ik dat eenmaal wist, was zijn zwijgen achteraf een veeg teken. Het verbaasde me dat Adam er nooit bij had stilgestaan. Als hij ergens in de buurt van Aberystwyth had moeten zijn, waar Cleo studeert, zou hij haar als vanzelfsprekend hebben opgezocht.

Het duurde lang voordat ik die dag de moed had om terug naar huis te gaan en Jess onder ogen te komen. Ik belde Paula om me ziek te melden en vertelde Jess dat ik vroeg thuis was gekomen omdat ik me niet goed voelde. Ze zette een kop thee voor me en stond erop dat ik naar bed zou gaan, waar ik naar het plafond lag te staren, me afvragend hoe ik haar in vredesnaam moest vertellen dat haar echtgenoot een affaire had met mijn dochter. Maar ik kon het niet over mijn hart verkrijgen, net zomin als ik Adam kon vertellen wat ik vermoedde toen hij kwam kijken hoe het met me ging. Ik wilde alles goed overdenken voordat ik hun wereld zou verwoesten.

Ik loop rusteloos door de keuken, in het besef dat de hapjes er weliswaar heerlijk uitzien, maar dat ik er niets van door mijn keel zal kunnen krijgen, zoals ik me nu voel. Ik weet dat ik van mijn feest zal genieten als het op gang komt, zolang ik Rob kan vermijden. Om de tijd te doden, aangezien ik mijn telefoon niet heb, loop ik naar de woonkamer en bekijk mijn verjaardagskaarten nog een keer. De meeste zijn van mensen die er vanavond bij zullen zijn, maar er zijn ook kaarten van mensen die ik niet heb uitgenodigd, en hoewel er geen reden is waarom ik Kirins twee nichtjes had moeten uitnodigen, of de moeder van Ian, of het meisje van de kapsalon, voel ik me er toch door bezwaard.

Ik kijk hoe laat het is: bijna zes uur. Ik wil de tuin dolgraag zien, maar ik moet wachten tot het mag van Josh. Hij en Max zijn er hard mee bezig geweest sinds hun terugkomst na het wegbrengen van Murphy. Adam zal wel snel beneden zijn, dus dan kunnen we samen gaan kijken. Hij heeft de langste douche van zijn leven genomen, te oordelen naar het langdurige stromen van het water. Misschien probeerde hij zijn migraine weg te spoelen.

Er klinken voetstappen op de trap en ik loop naar de gang. Als Adam me ziet, blijft hij halverwege de trap stilstaan. Het lijkt alsof hij naar me kijkt en denkt: *Oké, nu gaat het gebeuren, dit is de avond waar ze haar hele leven al op wacht, dus ik moet het goed doen*. En ik wil tegen hem zeggen dat hij het precies goed doet, dat hij er perfect uitziet in zijn beige katoenen broek en witte overhemd. Hij is een tikje zwaarder geworden sinds ons trouwen, maar hij is in uitstekende vorm dankzij het feit dat hij vrijwel nooit de kans krijgt te gaan zitten. Hij is vergeten zich te scheren, maar dat vind ik niet erg. Hij loopt de trap verder af en neemt mijn handen in de zijne.

'Livia.' Ik merk aan de manier waarop hij naar me kijkt en

de manier waarop hij me Livia noemt dat hij een beetje emotioneel is, en ik weet dat hij gaat zeggen dat hij van me houdt.

'Mam! Je mag nu naar buiten komen!' roept Josh vanuit de tuin.

De opwinding golft door me heen. 'Ik hou ook van jou,' zeg ik met een zachte kus. 'Je hebt me de gelukkigste persoon op aarde gemaakt, dank je wel.' Ik trek hem mee naar de deur. 'Kom, Josh roept ons.'

18.00 – 19.00 UUR

Adam

Ik laat me door Liv mee de tuin in trekken. Terwijl we het terras op lopen, brandt de avondzon, die nog hoog aan de hemel staat, in mijn ogen. Waar ben ik mee bezig, waarom heb ik me door haar mee naar buiten laten nemen? Ik moet het haar vertellen, ik moet haar vertellen van Marnie. Ik was er klaar voor, had me er mentaal op voorbereid. Maar Josh had ons onderbroken en voor ik nog iets kon zeggen, vertelde ze me dat ze ook van mij hield. Waarom zei ze dat? Dacht ze inderdaad dat ik haar zou gaan vertellen dat ik van haar hield? Of had een zesde zintuig haar verteld dat ik iets zou gaan zeggen wat ze niet wilde horen?

Ze zei dat ik haar de gelukkigste persoon op aarde heb gemaakt. Nu we het gazon op stappen, ziet ze er inderdaad zo uit. Ze draait langzaam in het rond, neemt alles in zich op, en ik ben blij dat Max haar filmt, want op een dag, als het ergste is gebeurd en – ik kan de gedachte niet verdragen – Marnie in dat vliegtuig zat, wil ik kunnen terugkijken en me herinneren hoe gelukkig ze op dit moment was. De woorden weerklinken door mijn hoofd – *hoe gelukkig ze was* – en mijn hart breekt. Ik moet het haar vertellen voordat ze zich laat meeslepen. Dit feest kan niet doorgaan.

'Livia,' zeg ik nog eens.

'Ik weet het,' zegt ze. Ze draait zich om en kijkt me met glinsterende ogen aan. 'Het is prachtig!'

Ik pak haar hand, trek haar naar me toe en neem haar in mijn armen. Maar ze draait zich om, haar gezicht naar de tuin gericht en haar rug warm tegen mijn borst.

'Het is zoveel mooier dan ik me had voorgesteld,' zegt ze. 'Hebben we niet de fijnste kinderen ter wereld? Heb je gezien wat Josh heeft gedaan? Daar op de schutting?'

Ik had eigenlijk nergens op gelet toen we de treden naar het gazon beklommen. Ik was me wel bewust geweest van de lichtjes, de bloemen en de ballonnen, maar ik zag alles in een waas. Al mijn zintuigen zijn aangetast, besef ik. Livia's stem lijkt vanuit de verte te komen en ik voel de aanraking van haar hand maar amper als ze me meetrekt naar de schutting. De lucht moet zwanger zijn van de geur van haar rozen, maar ik ruik niets behalve mijn angst.

Bij de schutting spat mijn wereld in scherven uiteen. Ik laat Livia's hand los en wankel onhandig bij haar weg. Overal op de schutting hangen foto's van Marnie – foto's van haar als baby, op school, in de tuin, op vakantie, in Hongkong, foto's die ik nog nooit gezien heb. En daarboven een bordje waarop staat: MAM, GEFELICITEERD!

Gelukkig interpreteert Livia mijn hap naar adem verkeerd.

'Ja, wat geweldig hè?' zegt ze.

Ik sluit mijn ogen en hoor Marnies stem: *Mam, gefeliciteerd!* Ze klinkt zo dichtbij dat ik haar zou kunnen aanraken als ik mijn hand uitstak.

Josh loopt naar ons toe en legt een arm om ons beiden, trekt me naar zich toe. Een verschrikkelijke seconde lang wil ik mijn hoofd op zijn schouder leggen en huilen.

'En?' zegt hij. 'Wat vinden jullie ervan?'

'Heel mooi.' Ik kan er niet naar kijken. Ik houd mijn ogen gericht op een plek boven de schutting en probeer me te concentreren op de kans dat Marnie nog leeft.

'Ik vind het fantastisch!' zegt Livia, en ze geeft hem een knuffel. 'Dank je, Josh. Je hebt heel veel moeite gedaan.'

'Het was Marnies idee; het is haar cadeautje voor jou.'

'Ik had haar niets leukers kunnen vragen. Ik weet nog wanneer ik die foto heb genomen,' zegt ze wijzend. 'En kijk, die in haar *Star Wars*-outfit. Hoe kom je eraan?'

'Marnie heeft me de meeste gegeven en ik heb er ook wat uit jullie albums gehaald. Ik heb foto's van de foto's gemaakt en ze laten vergroten.'

'Ik wou dat ik haar kon vertellen hoe super ik het vind.' Ze draait zich naar me om. 'Zal ik proberen haar te bellen?'

'Nee!' Me ervan bewust dat ik te snel heb gereageerd probeer ik op redelijke toon verder te praten. 'Het is daar midden in de nacht en ze heeft toch gezegd dat ze ergens zou zijn waar geen wifi was, zodat ze niet gestoord kon worden?'

'Ze zal toch wel telefoonbereik hebben,' zegt Livia. 'Het voelt verkeerd als ik niet bel om dank je wel te zeggen.'

'Papa heeft gelijk,' zegt Josh. 'We horen morgen wel van haar, als ze terug is van haar weekend weg.' Hij laat zijn armen van onze schouders glijden en ik krijg het plotseling koud. 'Oké, dan ga ik jullie nu verlaten. Ik moet nog wat dingen doen.'

Hij loopt weg en Livia en ik blijven alleen achter. Is dit de plek om het haar te vertellen, hier op het gazon, vlak voor de foto's van Marnie? Of zal ik haar meeloodsen, het huis in?

'Je moeder heeft trouwens gebeld,' zegt Livia.

'O ja? Wanneer?'

'Toen je onder de douche stond.'

'Wat had ze te melden?'

'Ze wilde me alleen maar even feliciteren.' Ze zwijgt even. 'Ik dacht dat het Marnie misschien was die belde. Is het niet lief, wat ze heeft gedaan?'

'Ja,' zeg ik, blij dat ik de telefoon niet heb horen gaan, dat me de verpletterende teleurstelling dat het Marnie niet was bespaard is gebleven.

'Ik zou hier de hele avond wel naar deze foto's kunnen staan kijken, maar ik moest me maar eens gaan klaarmaken.' Ze begint weg te lopen en ik pak haar hand weer.

'Livia, wacht...'

Maar ze geeft me een kus en maakt zich los, haar gedachten zijn alweer elders.

Ze is al bij de treden naar het terras als ze het zich realiseert.

'Sorry!' zegt ze, zich lachend omdraaiend. 'Wilde je me iets vertellen?'

Ik kijk naar haar, hoe haar haren glanzen in de zon, hoe haar gezicht bloost van opwinding, en ik kan alleen maar denken dat dit misschien wel de laatste keer is dat ze ooit nog echt gelukkig zal zijn. In de toekomst, de heel verre toekomst – als Marnie inderdaad niet meer leeft – komen er misschien momenten waarop ze het vergeet. Maar verder zal Livia elke seconde van elke minuut van elk uur van elke dag gedurende de rest van haar leven de wanhopige pijn van droefheid voelen. Zoals ze daar staat te wachten op mijn antwoord kan ik alleen maar denken dat dit haar laatste momenten van geluk zouden kunnen zijn.

Dus ik laat ze wat langer duren. Ik neem de tijd voor mijn antwoord, laat nog wat seconden voorbijgaan.

'Adam! Kan het wachten?'

Haar woorden weerklinken in mijn oren. *Kan het wachten?* Ik houd mijn adem in, overweldigd door een plotselinge gedachte. Wat als... wat als ik het haar na het feest vertel? Ik heb geen officiële bevestiging dat Marnie in dat vliegtuig zat, en er is een redelijke kans dat ze er níét in zat. Wat als ik Livia vertel dat Marnie misschien nooit meer thuiskomt, dat we haar misschien nooit meer zullen zien – en dat ze dan een paar uur later komt binnenlopen? Dan heb ik Livia voor niets onvoorstelbare pijn en angst bezorgd. En als ze nooit meer komt binnenlopen, als het ergste gebeurd blijkt te zijn…

'Adam!' Livia wacht ongeduldig op mijn antwoord.

Ik haal diep adem. In het ergste geval maakt het geen verschil voor Marnie of ik het Livia nu vertel of niet. Als Livia nog een paar uur geluk kan beleven, dan is dat toch zeker het mooiste geschenk dat ik haar kan geven?

'Het kan wachten!' roep ik.

Ze werpt me een kushandje toe en rent de treden naar het huis af.

Ze verdient het zo om gelukkig te zijn.

Livia

Ik trek de handdoek van mijn hoofd en schud mijn natte haren uit. Terwijl ik een kam pak, vang ik een glimp van mezelf op in de hoge spiegel. Ik ga ervoor staan en laat een kritische blik over mijn lichaam glijden. Ik sta in mijn ondergoed, dus ik kan zien dat ik door minder te eten de extra kilootjes kwijt ben geraakt die ik in de loop der jaren was aangekomen. Het was niet eens zo moeilijk. Ik had geen trek meer vanaf het moment dat ik het te weten was gekomen van Marnie en Rob.

De omvang van het bedrog waar hij, en Marnie, zich toe hebben verlaagd is verbijsterend. Een paar dagen nadat ik Rob naakt in de hotelkamer had gezien, toen ik nog steeds de puzzelstukjes in elkaar aan het passen was, een paar dagen voordat hij en Cleo thuis zouden komen, had ik een gesprek met Jess.

'Vond Cleo het niet vervelend dat Rob met haar meeging naar Hongkong?' vroeg ik, want ik herinnerde me dat zij niet had gewild dat Cleo in haar eentje zou reizen. Ik hoopte dat ze niet had gemerkt dat ik me bijna verslikte bij het noemen van zijn naam. Wat ik had ontdekt drukte zo zwaar op me dat ik het lastig vond met Jess om te gaan, en ik was blij dat ik overdag naar mijn werk kon vluchten, dat Adam 's avonds bij ons zat en dat ze binnenkort terug naar haar eigen huis zou gaan.

Jess gooide haar hoofd achterover en lachte. 'Ja, natuurlijk wel! Geen enkele zichzelf respecterende negentienjarige wil haar vader mee als begeleider als ze haar beste vriendin gaat opzoeken. Maar Rob vond dat Cleo de reis beslist niet zonder hem kon maken. Ik heb nog geprobeerd hem over te halen haar alleen te laten gaan, maar hij was niet te vermurwen, hij beweerde dat het niet veilig was. Cleo was woedend en hield vol dat hij niet mee mocht, echt niet, en dat ze het ticket zelf wel zou betalen. Maar Marnie zei dat er niets anders op zat dan te accepteren dat Rob mee wilde, als dat de enige manier was waarop ze elkaar konden zien.'

De wetenschap dat Marnie zo had meegewerkt aan het bedrog maakte het in mijn beleving allemaal nog erger. Ik begon alles wat ze me over haar tijd in Hongkong had verteld in twijfel te trekken. Ik kon nergens anders aan denken en terwijl ik me herinnerde hoe somber ze was in haar begintijd daar, wist ik ook weer hoe ze in december plotseling opfleurde. En toen herinnerde ik me Robs buitenlandse reis naar het kantoor in Singapore van de firma waar hij werkte. We waren allemaal zo onder de indruk dat hij naar een plaats ging die een stuk exotischer was dan Darlington dat niemand zich had afgevraagd waarom hij ineens naar Singapore werd gestuurd, zelfs Nelson niet, omdat het in niemand van ons opkwam dat hij erover zou kunnen liegen. We waren beste vrienden, familie. Mensen liegen niet tegen hun familie.

Ik was zo geobsedeerd, zo vastbesloten om alle feiten boven tafel te krijgen, dat ik Robs Facebookpagina doorvlooide en terugscrolde door zijn tijdlijn tot ik bij de betreffende data kwam. Er waren niet veel posts, zeker niet zoveel als ik zou verwachten van iemand als Rob op een plek als Singapore, want hij schepte graag op. En wat hij wél had gepost was veelzeggend vaag – geen mooie uitzichten, alleen wat selfies: een van hem in een restaurant voor een schaal vis en zeevruchten met als bijschrift *Heerlijk Azië* en een andere waarop hij een cocktail in zijn hand hield met daarbij *Inderdaad: het is warm in Azië.* Maar ik kon er geen zekerheid aan ontlenen.

Ik haal de kam driftig door mijn haar, hard aan de knopen trekkend, met de steeds terugkerende vraag in mijn hoofd: hoe kon Rob Jess dit aandoen? Ik zal nooit een antwoord krijgen dat ik kan begrijpen. Jess is de liefste, aardigste persoon die ik ken. Ze verdient het niet een leugenachtige bedrieger als echtgenoot te hebben, en nu al helemaal niet, nu ze ziek is. Helemaal afschuwelijk is de gedachte dat het gebeurd kan zijn vanwége haar ziekte, dat Rob niet meer van haar houdt omdat ze ziek is. Eigenlijk had het hen dichter bij elkaar moeten brengen, toch? Hij zou haar toch moeten willen beschermen? Ik weet honderd procent zeker dat Adam er voor mij zou zijn als ik ziek werd, net zoals ik er voor hem zou zijn.

Vanuit het niets komt er een angstgevoel in me naar boven. Ik leg de kam langzaam neer en denk erover na. Is dat wat er aan de hand is met Adam, gedraagt hij zich zo vreemd omdat hij ziek is? Josh zei dat hij gestrest was na zijn terugkeer uit de stad. Wat als hij een doktersafspraak had waarover hij me niet heeft verteld omdat hij me niet ongerust wilde maken? Wat als hij slecht nieuws heeft gekregen? *Laat het dat niet zijn, alsjeblieft, laat Adam niet ziek zijn*, bid ik smekend. Maar ik kan niet bedenken wat er anders aan de hand kan zijn.

Snel pak ik mijn ochtendjas, trek hem aan, bind de ceintuur vast en ren naar beneden. Het moet wel iets ergs zijn als Adam het me voor het feest wilde vertellen. Misschien wil hij dat ik het afblaas. En dat zou hij alleen van me vragen als er iets heel ergs aan de hand was.

Ik zie Adam niet in de tuin, en zelfs Josh en Max zijn verdwenen, dus loop ik naar de schuur. Terwijl ik me achter de tent langs wurm, zie ik Adam door het raam. Hij staat bij zijn werkbank, zijn hoofd gebogen over een groot stuk donker hout.

'Hé,' zegt hij als ik binnenstorm. 'Was jij je niet aan het klaarmaken?' Hij ziet mijn gezicht en verstijft. 'Livia, wat is er? Wat is er aan de hand?' De angst op zijn gezicht weerspiegelt die van mij. Hij weet dat ik het weet.

Ik loop naar hem toe omdat hij niet in staat lijkt te bewegen.

'Adam.' Ik neem zijn handen in de mijne en voel dat ze ijskoud zijn. 'Adam, vertel me alsjeblieft de waarheid. Ben je ziek? Is dat wat je me wilde vertellen? Dat je ziek bent?'

Hij laat een lange stilte vallen en de schrik slaat me om het hart.

'Nee.' Hij schudt verwonderd zijn hoofd. 'Nee, ik ben niet ziek. Afgezien van de migraine. Ik wilde het niet zeggen, maar die is teruggekomen.'

Ik haal beverig adem. 'Dus je bent vandaag niet naar de dokter geweest?'

'De dokter? Nee, dat zou ik je wel hebben verteld.'

'Echt?'

'Ja.'

Ik laat een snikkend lachje van opluchting horen. 'Je hebt geen akelige ziekte die je voor me verborgen houdt tot het feest voorbij is?'

'Nee, Liv, nee.' Hij neemt me in zijn armen. 'Het spijt me dat je dat dacht, het spijt me dat je je zorgen hebt gemaakt.'

'Echt niet dus?'

'Ik ben niet ziek. Echt niet.'

'Wat wilde je me dan vertellen? Je hebt het een paar keer geprobeerd, dus het zal wel belangrijk zijn. Ik had moeten luisteren.'

Hij slaat zijn armen steviger om me heen. 'Ik wil gewoon dat je weet hoeveel ik van je hou, dat ik er altijd voor je zal zijn, wat er ook gebeurt.'

'Dat weet ik toch.'

'Ik wil alleen maar dat je gelukkig bent.'

Er ligt een donkere blik in zijn ogen, die ik niet begrijp. 'Ik ben gelukkig,' zeg ik, en ik kus hem zachtjes om de duisternis te verjagen. 'Ik ben gelukkiger dan ooit.'

'Goed zo. Nou, als je je nu niet gaat klaarmaken, ontvang je straks je gasten nog in je ochtendjas.' Hij kijkt naar de oude, gebutste klok die op zijn werkbank staat. 'Het is kwart voor zeven, dus je hebt nog precies drie kwartier.'

'Ik ben al weg!' roep ik, en ik hol de schuur uit, mijn voeten niet meer zwaar van angst maar licht van opluchting. Ik kan alles verdragen, alles, alleen niet dat Adam ziek zou zijn. Ik denk aan Jess en weet dat ik vanwege haar zojuist die gedachtesprong maakte. Want voordat ze ons over haar diagnose vertelde, merkte ik al dat er iets was wat haar dwarszat. Maar ze had gewacht tot we terugkwamen van vakantie, omdat ze wist dat we ons anders zorgen om haar zouden maken.

Ik kom aan bij het huis en vertraag mijn pas. Adam houdt iets voor me verborgen, dat weet ik gewoon. Ik geloof niet dat hij me alleen maar wilde vertellen dat hij van me houdt en er altijd voor me zal zijn – niet met die donkerte die ik in zijn ogen zag. Die doet me denken aan de gekwelde blik die ik soms in mijn eigen ogen zie. Plotseling bedenk ik dat hij misschien weet wat ik weet, dat hij een manier probeert te vinden om het mij te vertellen. Maar dan besef ik dat dat onmogelijk is, want als hij ook maar enig vermoeden zou hebben dat Rob iets heeft met zijn dierbare Marnie, was het ondenkbaar dat Rob nog ongedeerd zou rondlopen.

19.00 – 20.00 UUR

Adam

Ik heb mijn schuur niet meer verlaten sinds Livia me kwam zoeken. Het eerste wat ik dacht toen ze naar binnen stormde, was dat ze het wist, dat ze op de een of andere manier had gehoord dat Marnie vandaag thuis zou komen en in het neergestorte vliegtuig had gezeten. Maar ze was bang dat ik ziek was, en wat zou ik dat graag willen – dat ik de situatie zo kon veranderen dat Marnie gewoon onderweg naar huis was en ik ziek zou zijn.

Ik heb het blok walnotenhout dat ik voor Marnies engelsculptuur had gekocht eens goed bestudeerd, in een poging mezelf tot rust te brengen door na te denken hoe ik zou beginnen, waar ik de eerste inkeping zou maken. Na de onderbreking door Liv bleef ik heen en weer ijsberen, want ik kon niet blijven stilzitten. Ik probeerde Marnie weer te bellen, maar het telefoontje kwam niet door. Om te kalmeren legde ik mijn handen op het hout en concentreerde me op de gedachte dat Marnie op haar verjaardag in juli hier in de schuur zou zijn, verrukt van haar sculptuur.

De verstikkende lucht in de schuur wordt drukkend. Ik ga naar buiten. Livia zal nu snel beneden komen. Ik loop om de partytent heen naar het gazon, mezelf oppeppend om zo normaal mogelijk over te komen, zodat ik het niet voor haar bederf.

Ik wacht op het terras en dan is ze er al. Ze komt naar me toe lopen, haar bewegingen nerveus, de uitdrukking op haar gezicht bijna verlegen, en zo prachtig in haar lange roomkleurige jurk dat ze me de adem beneemt.

'Je ziet er prachtig uit,' zeg ik met een kus.

Er verschijnt een lichte blos op haar wangen. 'Vind je dat echt?'

'Ja, nog mooier dan op onze huwelijksdag.'

'Wat waren we toen nog jong. Jij was nog maar negentien, dezelfde leeftijd als Marnie. Stel je voor dat ze ons zou vertellen dat ze ging trouwen… en zwanger was.' Ze zwijgt abrupt.

Ik probeer niet ineen te krimpen door de brandende pijn die ik voel bij het horen van Marnies naam. Dat gaat vanavond vaker gebeuren, besef ik. De gasten zullen over haar praten, zullen zeggen dat het jammer is dat ze er niet bij kan zijn, zullen vragen wanneer ze terugkomt. Hoe ga ik dat voor elkaar krijgen? Hoe doe ik alsof ze snel thuis zal komen terwijl ik niet weet of dat zo is? *Je denkt aan Livia*, zeg ik tegen mezelf, *je blijft sterk voor haar.*

'Ik wilde eigenlijk mijn haar krullen en het los dragen, maar ik had geen tijd meer,' zegt Livia. 'Is het zo ook goed?'

Ze heeft het opgestoken en er vallen een paar lokken langs haar hals. 'Het is perfect. Jij bent perfect.' Ik geef haar nog een kus. 'Hou op met piekeren.'

'Ik vraag me af wie er het eerste zal zijn?'

'Normaal zou ik zeggen Izzy en Ian, maar Izzy heeft een berichtje gestuurd dat ze wat later komen. Dus waarschijnlijk Kirin en Nelson. Nelson is vast blij dat hij weg kan en even niet op de kinderen hoeft te letten.'

'En ik vermoed dat hij een stevige borrel nodig zal hebben,' zegt ze met een glimlach.

'Nou, er is meer dan genoeg.'

'We zijn toch niets vergeten, hè?'

'Nee, volgens mij niet.'

'Waar is Josh?'

'Boven, zich aan het omkleden.'

'En Max?'

'Boven, zich aan het omkleden.'

Ze barst in lachen uit. 'Dit is het lastigste moment: het wachten tot de gasten komen.' Ze draait zich naar me om. 'En weet je wat het fijnste moment wordt? Niet als iedereen hier straks is, maar wanneer het is afgelopen, als jij en ik samen zijn.'

Ik slik de pijn weg. Er klinken voetstappen op het pad. 'Ik geloof dat er iemand aankomt.'

Alsof hij me heeft gehoord, schalt Nelsons stem de tuin in. 'Het is halfacht, het feest kan beginnen!'

En hij en Kirin komen via het zijhek het terras op lopen.

'O mijn god, Livia, je bent oogverblindend!' roept Kirin. 'En jij ziet er ook behoorlijk strak uit,' zegt ze, waarop ze me een kus geeft en dan Livia omhelst. 'Mooi overhemd.'

Ik schenk haar een glimlach. 'Het is nieuw.'

'Livia, je ziet er prachtig uit.' Nelson wendt zich tot mij en omarmt me stevig. 'Ik heb je gemist.'

'Je hebt me vorige week nog gezien.'

'Zeven dagen is een lange tijd.'

Kirin haalt haar telefoon uit haar tas en ik realiseer me dat ik mensen er niet van kan weerhouden vanavond naar Marnie te vragen, maar wat als ze over de vliegtuigcrash beginnen? Ik loop snel bij ze weg, mijn hart hard bonzend terwijl ik me naar de keuken haast. De cateringmedewerkers zijn er, ze nemen te veel ruimte in. Ik baan me een weg langs Liz, reik in de kast naast de afwasmachine, pak een grote schaal en ga weer naar buiten.

'Sorry, Kirin,' zeg ik, haar onderbrekend terwijl ze met Livia praat. 'We voeren een geen-telefoon-beleid vanavond. Hierin doen, alsjeblieft. Jij ook, Nelson.'

Liv kijkt me verbaasd aan. 'Is dat echt nodig?'

'Absoluut,' zeg ik quasivrolijk. 'We willen niet dat mensen op hun telefoon zitten te kijken terwijl ze van het feest zouden moeten genieten.'

'Maar hoe doen we het dan met foto's?'

'Max is de officiële fotograaf, toch?'

Kirin fronst. 'En wat als mijn vader en moeder me nodig hebben? Ze passen op de kinderen.'

'Dan bellen ze de vaste telefoon wel.'

'Maar horen we die dan?'

'Hopelijk niet,' grapt Nelson. 'Kirin, als ze ons nodig hebben, kan een van hen beiden in twee minuten hiernaartoe rijden.'

'Oké dan,' zegt Kirin, en ze laat met tegenzin haar telefoon in de schaal vallen.

'Die van mij krijg je met alle plezier,' zegt Nelson. 'Dan hoor ik tenminste niet al die duizenden berichtjes binnenkomen.'

Er arriveren meer gasten. Buren van de overkant, collega's van Livia's advocatenkantoor, vrienden die we minder vaak zien dan we zouden willen omdat ze wat verder weg wonen. Al snel is het terras vol mensen met flessen wijn en cadeaus voor Livia. Ik ben opgelucht dat iedereen zonder al te veel gemopper meegaat met het geen-telefoon-beleid. Er worden grapjes gemaakt over naar huis gaan met de verkeerde telefoon – daar had ik niet aan gedacht. Maar Josh hoort het, legt een hand op mijn schouder en zegt dat hij het wel zal regelen. Hij verdwijnt een paar minuten terwijl ik mijn best doe om een gesprek te voeren met een van Livia's collega's, en komt terug met stickertjes en een pen.

Ik laat de schaal aan hem over en stap opzij. Ik luister terwijl hij probeert om de mensen die hun telefoon hebben ingeleverd zover te krijgen dat ze de treden naar het gazon op lopen. Eerst reageert er niemand, dus begint hij te roepen dat in de partytent drankjes staan. Dat werkt: het terras stroomt leeg en Livia gaat mee. Ze wordt al snel omringd door een groep mensen en ik zie alleen haar kastanjekleurige haar nog maar. Nelson en ik blijven over op het terras.

'Kom, dan drinken we wat,' zegt hij.

'Waar heb je zin in? Bier, wijn, champagne?'

Hij gaat op een trede zitten. 'Je hebt zeker geen whisky voor me?'

'Zeker wel. Wacht.'

Ik loop naar de eetkamer, haal een single malt en twee glazen, die ik voor de helft vul.

'Hier,' zeg ik, hem een glas aanreikend.

'Dank je. Net wat ik nodig had.' Hij zwijgt even. 'Kirin is zwanger.' Hij tikt met zijn glas tegen het mijne. 'Op grote gezinnen dan maar.'

Ik worstel me door mijn innerlijke stortvloed van emoties en probeer een toepasselijke reactie te vinden. 'Wow.'

'Dat kun je wel zeggen.' Hij neemt een slok. 'Het is een tweeling.'

Ik kan de schok op mijn gezicht niet verbergen. 'Een tweeling?'

'Ja.'

'Jezus.'

Hij kijkt me aan met een frons op zijn voorhoofd. 'Ik verwachtte dat je nu over de grond zou rollen van het lachen.'

Hij heeft gelijk, dat zou ik normaal ook doen. 'Het is geweldig nieuws, Nelson, echt. Je bent er toch wel blij mee?'

'Dat komt vast nog wel, als ik aan het idee gewend ben. Kirin heeft me er eerder vandaag mee overvallen. Ze paste niet in de jurk die ze wilde aantrekken en toen vertelde ze het me. Nogal genadeloos. Mijn schuld – ik zei dat ze maar beter op dieet kon gaan als ze de rits niet wilde laten springen, en zij zei vervolgens dat ik me maar beter kon laten steriliseren als ik niet meer dan vijf kinderen wilde hebben. Je kent Kirin, ze geeft meteen lik op stuk.' Hij neemt nog een flinke slok. 'Vader van vijf, wie had dat gedacht? Maar weet je, na de aanvankelijke – eerlijk gezegd behoorlijk heftige – schok begon ik te denken dat het misschien wel heel leuk zou kunnen zijn. Zolang het maar meisjes zijn. Ik wil niet nog zo'n stel kleine monsters. Ik weet niet waar de jongens hun energie vandaan halen. Dat is het enige waar ik me zorgen om maak. Ik ben nu al continu afgepeigerd. Soms benijd ik je. We zijn van de dezelfde leeftijd en die van jou zijn de deur al uit.'

'Benijd me maar niet,' zeg ik zacht, zo zacht dat ik niet weet of hij het heeft gehoord.

'Ik geloof dat ik er al vrede mee heb,' gaat hij verder, 'want onder de douche begon ik namen te verzinnen. Ik bedacht: als het meisjes zijn, is het misschien wel leuk om voort te borduren op het bloementhema. Ik dacht aan Poppy en Dahlia. Die passen goed bij Lily, vind je niet?'

'Dahlia? Poppy is best aardig – maar waarom Dahlia?'

'Dat zijn de enige twee bloemen die ik ken. Behalve Hyacinth en Amaryllis, en ik denk dat Kirin daar niet voor zal voelen,' zegt hij met een grijns.

'Ik denk dat ze ook niet weg zal zijn van Dahlia. Wat is er mis met Rose?'

Hij draait zich naar me toe met een verblufte blik op zijn gezicht. 'Adam, je bent geniaal! Rose!'

'Het zijn misschien geen meisjes,' breng ik hem in herinnering.

'Ik mag toch verdomme hopen van wel,' gromt hij. Dan begint hij te lachen.

'Wat is er?' vraag ik.

'Vijf jaar geleden zouden we hebben zitten praten over motoren en wie de Grand Prix had gewonnen. Nu zitten we te praten over baby's en bloemennamen voor meisjes.'

Het lukt me te glimlachen. 'Jij bent erover begonnen.'

Hij geeft me een por. 'Er komen mensen aan.'

'Ik zie je later,' zeg ik terwijl ik overeind kom. 'Ga je maar bedrinken, dat mag vanavond.'

'Adam!' Ik draai me om en zie een glimlachende Jess. 'Waar is de jarige jet?'

Ik omhels haar, ervoor zorgend dat ze niet uit balans raakt.

'Ergens op het gazon. Waar is Cleo?'

'Hier!' Ik kijk langs Rob, die voor haar staat, gekleed in een smoking met vlinderdas. Hij plukt aan zijn haar en ik moet om hem heen reiken om Cleo een knuffel te geven.

'Wat prachtig,' zegt Cleo, die haar blauwe ogen over de tuin laat glijden en het allemaal in zich opneemt. 'Die lichtjes in de bomen – heel mooi!'

'Hoe gaat het met je?' vraag ik. Ik voel me nog slechter omdat ik alleen maar kan denken dat ook zij diepbedroefd zal zijn als er inderdaad iets ergs met Marnie is gebeurd.

'Prima. Afgezien van Charlie, die zich momenteel een beetje als een kind gedraagt.'

'Ik weet hem te vinden als hij mijn kleine meid van streek maakt,' dreigt Rob.

Jess slaat haar ogen ten hemel. 'Jouw kleine meid kan heel goed voor zichzelf zorgen, nietwaar, lieverd?'

'Absoluut,' zegt Cleo.

Ik steek de schaal naar voren, die nu bijna vol zit met mobieltjes. 'Telefoons hier graag in doen, drankjes die kant op,' zeg ik met een gebaar naar de traptreden, en gelukkig gaan ze die kant meteen op. Rob beklimt de treden eerst en laat het aan Cleo over om Jess te helpen.

Er wordt een arm om mijn schouder geslagen. 'En, hoe gaat het met je?'

'Pap. Goed hoor. Hoi, mam. Wow, jij ziet er chic uit.'

Haar ogen nemen me onderzoekend op. 'Hoe gaat het met de migraine?'

'Redelijk. Niet fantastisch,' verbeter ik mezelf. Ik weet niet meer zo goed of ik nou nog last had van migraine of niet. Hoewel ik er niet meer over lieg, want er bouwt zich een enorme band van druk op in mijn hoofd.

'Ben je daarom vergeten je te scheren?'

Ik strijk met een hand over mijn kin. Ze heeft gelijk, dat ben ik vergeten.

'Drankjes op het gazon,' zeg ik.

'Probeer je ons te lozen?' grapt mijn vader.

'Alleen tot iedereen er is. Waarom zoeken jullie Nelson niet even op? Hij heeft nieuws dat hij vast graag met jullie wil delen.'

'Klinkt intrigerend. Tot later, Adam.'

Er komen nog meer mensen aan. Ik verwelkom ze, neem hun telefoons in – de schaal zit nu bijna vol – en stuur ze de treden naar het gazon op. Ik weet niet meer wie er al is en wie nog niet. Ik haal mijn telefoon uit mijn zak, maar er is niets binnengekomen sinds het berichtje van Izzy. Ik voel de inmiddels bekende golf van paniek. Waar ben je, Marnie? vraag ik stilletjes. Ik had toch al van je moeten horen?

Ik kijk op mijn horloge: het is acht uur. Het feest duurt tot drie uur 's nachts, dan moet de muziek uit.

Ik weet niet of ik dit kan.

Livia

Josh staat op een stoel, zijn gebruinde benen zichtbaar onder de afgeknipte jeans die hij draagt met daarboven een losjes wit overhemd. Ik kijk hoe hij met zijn armen naar de druk kletsende gasten zwaait om hun aandacht te trekken. Max gaat naast hem staan en tikt met een vork tegen zijn flesje bier tot er alleen nog wat gemompeld wordt.

'Hallo!' roept hij, en de mensen juichen terug.

Ik sta met een paar collega's te glimlachen naar Josh als ik hém zie, vanuit mijn ooghoek. Hij staat voor de partytent in een zwarte smoking met een rode vlinderdas, en mijn maag krimpt samen. Hij oogt zo zelfverzekerd dat ik eventjes niet meer weet hoe ik het moet uithouden met hem zo dicht in de buurt. Sinds ik het te weten ben gekomen van hem en Marnie, is het me gelukt om hem te vermijden door etentjes met andere vrienden te regelen en een keer te doen alsof ik ziek was, zodat Adam de barbecue die we bij ons thuis zouden houden moest afzeggen. Hoewel ik eigenlijk niet hoefde te doen alsof, want de gedachte dat ik gezellig met Rob moest gaan zitten eten maakte me letterlijk ziek. Maar ik zou toch verdorie niet het feest waar ik zo lang van had gedroomd afgelasten. Ik hoefde hem alleen maar te ontlopen, vertelde ik mezelf, wat niet moeilijk zou zijn met nog eens negenennegentig andere gasten. Maar nu het zover is, voelt het toch heel anders.

De golf van haat die ik voel is zo heftig dat ik me even moet afwenden. Mijn wangen branden terwijl ik probeer mijn ademhaling onder controle te krijgen.

'Dus vanavond,' gaat Josh verder, 'hebben we een muzikaal avontuur voor jullie gecreëerd! Op bepaalde momenten van de avond speel ik een liedje dat een van de aanwezigen heeft uitgekozen en dan mogen jullie raden wie dat was.'

Er wordt gejuicht en gelachen, en ik probeer me daarop te concentreren, op het plezier van iedereen, om mijn gedachten van Rob af te leiden.

'Begrijpen jullie het?' roept Josh.

'Ja!' schreeuwt iedereen terug.

'Laat het feest dan maar beginnen!'

'Celebration' is het eerste nummer dat door de speakers klinkt, en voor iemand me kan tegenhouden, loop ik weg bij de partytent en ga ik bovenaan de treden naar het terras staan, zo ver mogelijk bij Rob vandaan. Max staat dichtbij te filmen en foto's te nemen, en ik ben blij dat hij erop stond als fotograaf te fungeren, want anders zouden er nu geen foto's worden genomen. Dat Adam alle telefoons confisqueerde was zo niets voor hem dat ik bijna moest lachen, omdat ik eerst dacht dat hij een grapje maakte. We hebben het nooit over een geen-telefoon-beleid gehad, dus het moet een spontaan besluit zijn geweest. Misschien was hij bang dat de gasten de halve avond bezig zouden zijn met berichtjes checken, maar ik denk niet dat onze vrienden dat zouden doen.

Ik haal een paar keer diep adem. Dit moment van alleen-zijn tussen zoveel mensen heeft me gekalmeerd, en ik glimlach nu ik om me heen zie dat mijn vrienden zich al vermaken. Ik trek even aan mijn jurk, herschik de rok zodat de zoom weer recht hangt en strijk de stof glad die zich een beetje om mijn middel heeft gedraaid. Ik maakte me al druk over deze jurk sinds ik hem had gekocht, me afvragend of dit wel de juiste outfit was, me afvragend of de mensen vanwege de kleur zouden denken dat ik een poging deed mijn bruiloft over te doen. Maar ik heb alleen maar complimenten gekregen en niemand heeft gezegd dat ik eruitzie als een bruid.

Toch had ik eerder vanavond een momentje, nadat ik mijn haar en make-up had gedaan. Toen ik mezelf in de spiegel bekeek, dacht ik plotseling aan de rozen die Marnie me had gestuurd en was ik naar beneden gerend om ze te halen. Eenmaal weer boven nam ik ze uit de vaas, droogde de stelen af met een handdoek en legde ze zolang neer terwijl ik mijn jurk aantrok. Toen pakte ik, voordat ik mijn spiegelbeeld bekeek, het boeket en hield het voor me vast zoals een bruid die door het gangpad van een kerk loopt dat zou doen. Toen ik opkeek en mezelf in de spiegel zag, stonden er tranen in mijn ogen.

Ik wou dat er iemand een foto had genomen, zodat ik die later af en toe zou kunnen pakken om er stiekem naar te kijken, een aandenken aan iets wat geweest had kunnen zijn. Maar alleen Adam en Josh waren thuis en ik vond het te gênant om ze te laten zien dat ik de bruid speelde. Ik stond lang naar mezelf te staren om het beeld in mijn geheugen te prenten, omdat ik me wilde herinneren hoe ik eruit had kunnen zien op mijn trouwdag. En toen bracht ik de rozen naar mijn gezicht en snoof hun bedwelmende geur op.

'Dank je, Marnie,' mompelde ik. 'Dank je dat ik het nu heb kunnen zien.'

Het droevige is: als ze hier was geweest en er niet was gebeurd wat er is gebeurd, zouden we het moment hebben gedeeld, lol makend en giechelend. Misschien dat ik later, als iedereen weg is, aan Adam ga vragen om een foto te nemen van mij met de rozen, om aan Marnie te sturen. Of als ik de rozen droog, kan ik wachten tot ze aan het eind van de maand terugkomt, de jurk dan weer aantrekken en het tafereel voor haar herscheppen. Maar ik weet niet of ik er dan zin in zal hebben.

Het was vreemd, dat moment op het terras met Adam, toen we wachtten tot de gasten zouden arriveren. Er was een soort vacuüm, een ogenblik waarin er niets gebeurde en niets te doen viel. Een ogenblik waarin Adam en ik geen woorden meer hadden. Een ogenblik waarin het leek alsof de wereld was gestopt met draaien en we ergens in de tijd bleven hangen, wachtend tot alles weer in beweging zou komen.

Ik zie Kirin zwaaien en loop naar haar toe, mijn zoom optillend.

'Ik heb het hem verteld,' zegt ze glimlachend. Ze pakt een glas sap van een voorbijkomend dienblad en ik doe hetzelfde. Ik neem wel alcohol, maar later, als iedereen er is. 'Ik heb Nelson verteld dat ik zwanger ben.'

'Hoe reageerde hij?'

'Nou, nadat ik hem had gereanimeerd, leek hij er wel oké onder. Verdwaasd, maar oké.'

Ze gebaart met haar arm de tuin rond. 'Wat ziet het er prachtig uit, Liv.'

'Ja, dankzij Josh en Max. Ze hebben het fantastisch gedaan. Ik kan niet wachten tot het donker wordt; het zal er geweldig uitzien.'

'En, was het het wachten waard?' Bij het geluid van Jess' stem achter me begint mijn hart te bonzen, want ik ben bang dat Rob naast haar zal staan. Ik draai me langzaam om, geef mezelf de tijd en vraag me af of ik me zal kunnen beheersen.

Als ik zie dat Jess alleen is, springen er tranen van opluchting in mijn ogen.

'Ja,' zeg ik, ze wegknipperend. 'Het was het wachten waard.'

Jess vat mijn tranen op als tranen van geluk omdat ik eindelijk 'mijn grote dag' meemaak, en ze geeft me een knuffel. 'Je ziet er beeldschoon uit!'

'Niet te erg als een bruid?'

'Helemaal niet.'

Ik tuur over haar schouder. 'Waar is Cleo?' vraag ik, tegelijkertijd speurend naar Rob.

'Die staat met Josh en Max te praten.'

'O ja, ik zie het. Ik spreek haar later wel. Trouwens, heeft een van jullie misschien mijn telefoon meegenomen uit het wellnesscenter?'

'Ik niet,' zegt Kirin.

'Ik ook niet.' Jess kijkt bezorgd. 'Hoezo, ben je hem kwijt?'

'Ik weet het niet, hij zit niet in mijn tas, dus ik dacht dat ik hem na onze lunch waarschijnlijk op de tafel heb laten liggen.'

'Zal ik er even naartoe bellen?' vraagt Kirin. 'O… dat kan niet, Adam heeft onze telefoons geconfisqueerd.'

'Maakt niet uit, ik bel morgen zelf wel even.' Ik wend me tot Jess. 'Zal ik een stoel voor je pakken?'

Ze schenkt me een dankbare glimlach. 'Laat maar, het gaat voorlopig wel.'

'Heb je de foto's van Marnie gezien?' vraagt Kirin haar.

'Nog niet.'

Vanuit mijn ooghoek zie ik Rob naderen.

'O kijk, daar is Izzy!' zeg ik half wegduikend. 'Sorry, ik ga haar even begroeten.'

Ik omhels Izzy en blijf even met haar staan kletsen, hoewel ze het liefst de mensen van de catering wil opzoeken om te kijken of ze hun werk goed doen. Ik zeg dat alles onder controle is, maar Izzy vindt het fijn om mensen aan te sturen, wat haar altijd lukt zonder irritatie te wekken.

'Heb je iets van Marnie gehoord?' vraagt ze, terwijl ze een

canapé van een voorbijkomend dienblad pakt.

'Ja, ik heb vanochtend een berichtje van haar gekregen. En ze heeft me prachtige gele rozen gestuurd.'

'Dat boeket dat in de keuken staat? Mooi hoor! Ik verheug me erop haar weer te zien als ze terug is, ik mis mijn lievelingsnichtje.'

Ik glimlach, want Marnie is haar enige nichtje. Izzy en Ian kunnen geen kinderen krijgen, dus Marnie is enorm belangrijk voor ze. Sinds ze oud genoeg was om een theekopje vast te houden, heeft Izzy haar voor elke verjaardag op een afternoontea in Londen getrakteerd, waarbij ze elk jaar een ander hotel uitprobeerde en dat later beoordeelde op de kwaliteit van de scones, de versheid van de sandwiches en de verscheidenheid aan cakejes.

'Ga straks vooral de foto's even bekijken,' zeg ik, wijzend naar de schutting. 'Er is er eentje bij waarop jij haar vlak na haar geboorte vasthoudt.'

'Ik ben blij dat ik op ten minste eentje sta!'

Ik had gemengde gevoelens toen ik de foto's eerder vanavond zag. Blijdschap en trots natuurlijk, maar ook een lichte vertwijfeling omdat er foto's bij waren die ik me niet kon herinneren. Ik kon me niet herinneren of ik ze zelf had genomen of dat iemand anders dat had gedaan, niet waar ze waren genomen, waarom ze waren genomen. De foto waarop ze haar schooluniform draagt, ter gelegenheid waarvan was die gemaakt – een eerste dag terug op school, een evenement aan het eind van een schooljaar? Of was het simpelweg omdat ze er die ochtend leuk uitzag? En die op het strand – waar, wanneer, waarom? Ik voelde me gekweld door de herinneringen die de foto's niet terugbrachten – en door de onschuld ervan. En door het ongeloof dat Marnie, mijn lieve, mooie Marnie, gedaan kon hebben wat ze heeft gedaan.

Ik was trots geweest omdat ze, als ze ons belde, altijd vroeg hoe het met Jess ging en hoe die omging met haar symptomen. Maar na wat Kirin eerder vandaag zei, dat Rob ontkent dat het slecht gaat, dat hij tegenover Nelson volhoudt dat ze nog steeds heel onafhankelijk is, heb ik een heel naar voorgevoel. Wat als de echte reden voor Marnie om eind deze maand terug te komen niet alleen is om Rob te kunnen zien, maar omdat hij Jess wil verlaten en zij heimelijk hier wil zijn om hem te steunen?

Izzy loopt naar de foto's en nadat ik heb gecontroleerd of Rob niet in de buurt is, kijk ik naar het terras om te zien of er nog nieuwe gasten zijn gearriveerd. Ik weet dat het nergens op slaat, aangezien ik ze meer dan twintig jaar niet heb gezien, aangezien ze niet hebben gereageerd op de uitnodiging die ik ze heb gestuurd, aangezien ze geen kaart hebben gestuurd, maar ik kan de vage hoop dat mijn ouders komen niet loslaten. Ik zie alleen Adam, zijn hoofd ergens overheen gebogen, vermoedelijk zijn telefoon. Hij oogt zo verloren, zoals hij daar in zijn eentje staat, dat ik me plotseling overweldigd voel door een merkwaardig ontheemd gevoel, alsof we niet zijn waar we zouden moeten zijn, alsof alles wat er om ons heen gebeurt verkeerd is. Ik wil naar Josh roepen dat de muziek uit moet, dat de lichtjes uit moeten, ik wil de gasten vertellen dat er sprake is van een vreselijke vergissing en ze verzoeken naar huis te gaan. Maar als Jeannie en Mike stralend glimlachend de treden op komen lopen, is het gevoel net zo snel verdwenen als het kwam.

20.00 – 21.00 UUR

Adam

Er arriveren nog meer gasten. Ik sta op het terras en doe wat ik moet doen: verwelkomen, begroeten, mensen de treden naar het gazon op dirigeren. De cateringmedewerkers komen langslopen met dienbladen en bieden me hapjes aan, maar ik kan mezelf er niet toe zetten iets te nemen.

En dan is er eindelijk even rust.

'Pap!' Ik kijk op en zie Josh naar me zwaaien. 'Kun je hier even naartoe komen?'

'Is iedereen er al, denk je?' roep ik, want ik wil het terras liever niet verlaten tot ik het zeker weet. Ik moet over het geluid van Aretha Franklins 'Respect' heen schreeuwen. Jess' keuze, hoor ik iemand zeggen.

'Ja, volgens mij wel!'

Hoe is het mogelijk dat ik sinds de aankomst van Nelson en Kirin, om halfacht, zo geconcentreerd heb geluisterd naar wat de gasten zeggen – om ze niet te laten merken dat er iets mis is – dat er stukjes van enkele seconden, misschien zelfs een paar minuten, zijn geweest waarin Marnie helemaal uit mijn gedachten was verdwenen? Het voelt verkeerd dat ik in staat ben te glimlachen en te kletsen terwijl... Ik sluit me er snel voor af. Ik kan de twijfel niet toelaten, niet nu Josh me wil spreken.

Ik sluit het zijhek en loop naar hem toe.

'Mama's ring. Heb je hem opgehaald?'

Ik staar hem aan. 'Nee, ik...'

'Jee, pap! Je was heel lang weg nadat mama terug was gekomen, dus ik dacht dat je hem was gaan halen.'

'Ik was boven om me klaar te maken.' Ik wrijf over mijn gezicht. 'De juwelier heeft gebeld om te zeggen dat ze de ring niet op tijd af zouden hebben.'

'Ik dacht dat je hem dan toch alvast zou geven?' Hij kijkt me fronsend aan. 'Als je hem niet hebt opgehaald, wil dat dan zeggen dat je nu geen cadeau voor haar hebt?'

'Ik leg het wel uit,' zeg ik. 'Ze zal het wel begrijpen.'

'Juist ja.' Ik zie dat hij teleurgesteld is. 'Het is gewoon dat ik mensen heb horen vragen wat jij haar hebt gegeven, en zij antwoordde steeds dat het feest genoeg is. Maar ik denk dat iedereen verwacht dat jij haar later vanavond iets zult geven. Heb je een foto van de ring? Dan kun je haar die tenminste laten zien.'

'Nee. Nee, die heb ik niet.'

'Nou, kun je dan misschien een foto zoeken van iets vergelijkbaars?'

'Goed idee,' zeg ik, blij met het excuus om te kunnen ontsnappen. 'Dat zal ik meteen doen.'

'Blijf niet te lang weg!' roept hij terwijl ik naar het huis loop. 'Ik wil niet aan iedereen hoeven uitleggen waarom jij ineens verdwenen bent!'

Ik ga naar de slaapkamer, maar in plaats van te zoeken naar een foto op mijn iPad ga ik op het bed zitten. Mimi ligt me vanaf haar favoriete plekje strak aan te kijken met haar groene ogen. Ik negeer haar, haal mijn telefoon tevoorschijn en zit er een ogenblik naar te staren. Ik zou nu het noodnummer moeten bellen. Dat had ik al eerder moeten doen. Ik weet niet waar ik in godsnaam mee bezig ben, dat ik nog niet heb gebeld.

Er klinkt een lachsalvo door het raam. Ik sta op, blij met het excuus, en kijk naar buiten. Nelson staat te midden van een groepje mensen en ik realiseer me dat hij, of Kirin, net heeft aangekondigd dat ze een tweeling verwachten. De muziek stopt en dan begint het nummer 'Congratulations' te spelen.

Iedereen klapt en de verschrikkelijke ironie van de situatie overvalt me: er is een vliegtuigcrash geweest, een crash waar onze dochter misschien wel bij is omgekomen, en onze gasten zingen klappend mee met 'Congratulations'.

Dan dringt het tot me door, de immense omvang van wat ik heb gedaan. Ik heb het feest door laten gaan. Ik heb mensen champagne laten drinken en laten lachen en zingen. Ik zak neer op het bed en begraaf mijn gezicht in mijn handen. Wat bezielde me? Mimi, die mijn wanhoop aanvoelt, komt onderzoekend naar me toe, maar ik duw haar weg. Ze komt weer dichterbij, niet gewend aan mijn reactie, en ik val tegen haar uit.

'Nee, Mimi, laat me!'

Ze springt van het bed en ik zink er verder in weg. Wat heb ik gedaan? Ik moet het feest nu beëindigen, nu meteen, voordat de situatie verder uit de hand loopt. Ik had het niet zover moeten laten komen, ik had het feest moeten afgelasten voor het was begonnen. Nu zal ik, als het ergste van het ergste is gebeurd, naar beneden moeten gaan en iedereen moeten vragen naar huis te gaan – en dan vertellen waarom.

Dat kan niet, dat kan ik niet. Mijn gedachten schieten alle kanten op. Misschien kan ik het Nelson vragen. Als ik eenmaal zeker weet dat Marnie in dat vliegtuig zat, kan Nelson het de gasten misschien gaan vertellen. Maar zou ik het Nelson dan eerder moeten laten weten dan Livia? Ik sta op en begin door de kamer te ijsberen. Nee, ik moet het Livia eerst vertellen, en dan Josh. Pa en ma ook, die moeten het van mij horen, maar nadat ik het Livia en Josh heb verteld. Misschien moet ik het

Izzy en Ian tegelijk met pa en ma vertellen, want zij zijn ook familie. Of moet ik het ze later vertellen, na Livia, na Josh, na pa en ma? Of moet ik het aan Nelson overlaten om het ze te vertellen, als iedereen het te horen krijgt?

En hoe moet ik het ze vertellen? Er zijn geen woorden voor. Alleen al de gedachte is ondenkbaar.

En dan... wordt er aangebeld. Ik draai me om en staar naar de slaapkamerdeur, mijn hart bonzend in mijn keel. We verwachten niemand meer, alle gasten zijn er al. De bel gaat opnieuw, deze keer bescheidener, alsof degene aan de andere kant van de deur twijfelt of hij – of zij – eigenlijk wel had moeten aanbellen. Zoals Marnie zou doen als ze vreesde dat iemand anders dan ik de deur zou opendoen, waardoor de verrassing in het water zou vallen. Zoals Marnie zou doen als ze naar het zijhek was gelopen en me daar niet had aangetroffen, wachtend om haar in de doos te helpen.

Ik kijk op mijn telefoon. Het is acht uur vijfendertig, vroeger dan ze zou aankomen – maar zou het kunnen dat ze een directe vlucht van Caïro naar Londen heeft genomen, zoals ze in haar berichtje van vanochtend opperde? Ik ren de trap af, stom genoeg bijna in tranen. Ik had mezelf heel veel leed kunnen besparen als ik logisch had nagedacht. Natuurlijk zouden ze proberen om passagiers die in Caïro waren gestrand zo snel mogelijk naar hun eindbestemming te vliegen. Ik morrel aan de klink, zie al voor me hoe ik haar ga omhelzen en haar ga vertellen dat ik dacht dat ze in het neergestorte vliegtuig had gezeten.

Ik open de voordeur met een zwaai.

'M...!' Haar naam besterft op mijn lippen en ik staar degene die voor me staat vol ongeloof aan, want het is niet Marnie maar iemand anders. Iemand die kleiner is dan Marnie, met donkerder haar, iemand die ik ken, maar die ik in mijn verwarring niet kan plaatsen.

De jonge vrouw zet een stap naar achteren. 'Hallo, meneer Harman,' zegt ze beduusd. 'Ik hoop dat het goed is dat ik er ben? We hebben het feestje voor mijn opa een dag uitgesteld zodat ik vanavond op het feest zou kunnen zijn. Ik heb het Josh niet verteld omdat ik hem wilde verrassen. Misschien had ik het u of mevrouw Harman even moeten laten weten. Ik... ik heb er niet bij nagedacht. Sorry.'

Het is Josh' vriendin, realiseer ik me bedrukt. Niet Marnie.

'Amy,' zeg ik.

Ik wil niet dat zij het is. Het liefst zou ik de deur voor haar neus dichtslaan, tegen haar schreeuwen dat ze weg moet gaan.

Ze kijkt langs me heen de gang in, aarzelend als ze de blik op mijn gezicht ziet.

'Het spijt me,' zegt ze. 'Ik had moeten bellen.'

Ik zet een stap achteruit, even niet in staat iets uit te brengen. Ze stapt de gang in en blijft onzeker staan wachten.

'Nou, kom verder,' zeg ik nogal bot. 'Josh zal het vast fijn vinden je te zien.' Ze haast zich weg en ik leun tegen de muur, mijn hart pijnlijk bonkend van de adrenaline. Het is haar schuld niet, berisp ik mezelf. Ze kan er niets aan doen dat ze Marnie niet is.

Ik loop langzaam achter haar aan en kijk vanuit de deuropening hoe ze behoedzaam over het gazon loopt, om groepjes mensen heen, naar de plek waar Josh naast Max staat, met zijn rug naar haar toe. Ze reikt omhoog en legt haar handen over zijn ogen. Hij draait zich snel om en het is niet Amy die ik zie lachen bij de blik op zijn gezicht, maar Marnie, want die deed hetzelfde bij mij, die keer dat ze om me op mijn verjaardag te verrassen onverwacht thuiskwam van de universiteit. Ik voel nog de aanraking van haar handen toen ze van achteren naar me toe was geslopen en mijn ogen bedekte.

'Gaat het, Adam?' Overweldigd als ik ben door de herinnering duurt het even voor ik besef dat Nelson iets tegen me zegt.

Ik breng mezelf terug naar het heden. 'Ja hoor. Ik wist niet dat zij zou komen, dat is alles.'

'Amy?'

'Ja.' Ik stap het terras op en maak aanstalten bij hem weg te lopen. 'Sorry, Nelson, ik moet me onder de gasten begeven.'

Ik loop wat wankel de treden op. De mensen komen naar me toe om te zeggen wat een mooi feest het is en hoe prachtig Livia eruitziet en dat het zo jammer is dat Marnie er niet bij kan zijn. Het wordt me te veel. Ik kijk wanhopig om me heen – ik zou hier niet moeten zijn, we zouden hier geen van allen moeten zijn. Dan hoor ik ergens achter me de lach van Livia, en als ik me omdraai, zie ik haar staan te midden van een groepje vriendinnen. Ze ziet er zo stralend uit, zo gelukkig, zo – ik zoek naar het woord – vrij.

En ik weet dat ik het telefoontje pas ga plegen als het feest voorbij is.

Livia

Er zijn zoveel mensen die door elkaar heen praten, dat ik het lastig vind om me te concentreren. Gelukkig is de muziek luid en lukt het me te glimlachen, te lachen en te knikken zonder dat iemand merkt hoe afgeleid ik eigenlijk ben. De inspanning die nodig is om Rob te vermijden begint zwaar op me te drukken. Wat is het toch akelig dat ik dit stomme kat-en-muisspel moet spelen op het feest waar ik zo lang op heb gewacht. Er prikken tranen achter mijn oogleden en ik buig mijn hoofd om ze snel weg te knipperen.

Iemand overhandigt me een drankje en als ik opkijk zie ik dat het Ian is, de man van Izzy.

'Dank je wel,' zeg ik.

'Het zal wel overweldigend zijn,' zegt hij met een onderzoekende blik op mijn gezicht.

We zijn even lang en zijn ogen, op dezelfde hoogte als die van mij, zijn bijna zwart. Omdat Izzy heel extravert is, zie je de rustige, milde Ian gemakkelijk over het hoofd. Maar hij behoort tot mijn favoriete mensen, hoewel ik meestal geen idee heb hoe hij nou echt over dingen denkt.

'Het is heerlijk dat er zoveel mensen zijn,' zeg ik.

Hij knikt. 'Maar er ontbreken er wel wat.'

Mijn gedachten flitsen naar Marnie, en dan weer terug, want het is te pijnlijk om aan haar te denken. Dan denk ik aan mijn ouders. Ze zijn niet gekomen, natuurlijk niet, en ik ga ervan uit dat ze nu ook niet meer zullen komen.

'Ik had gehoopt dat mijn ouders erbij zouden zijn,' zeg ik. 'Ik heb ze uitgenodigd. Stom, ik weet het.'

'Het is niet stom,' reageert hij, en ik zou hem wel willen omhelzen. 'Ik vind het jammer voor je dat ze niet zijn gekomen.'

'Als mijn veertigste verjaardag niet genoeg reden is voor een handreiking, is er niet veel meer wat ik nog kan doen,' zeg ik schouderophalend. 'Ik vind het ongelooflijk dat ze na al die jaren nog steeds boos op me zijn.'

'De tijd kan een kloof overbruggen of juist vergroten,' zegt hij.

Ik kijk hem vragend aan. 'Hoe kom jij zo wijs?'

'Waarschijnlijk doordat ik met Izzy ben.'

We lachen zacht en met een snelle glimlach loopt hij weg om nog een drankje voor zichzelf te halen. Ik neem een slokje uit het glas dat hij me heeft gegeven, in het besef dat het tijd is om te stoppen iets te wensen wat toch nooit zal gebeuren. Het is sowieso al te laat. Wat ik wilde, was dat mijn ouders deel zouden uitmaken van het leven van Josh en Marnie. Maar Josh en Marnie zijn het huis al uit, ze leiden hun eigen leven, waarin misschien helemaal geen ruimte zal zijn voor grootouders die ze amper kennen. Mijn moeder is nu achtenzestig, mijn vader tweeënzeventig. Ian heeft gelijk, de tijd heeft de kloof tussen ons niet overbrugd. Hun hart is harder geworden met de leeftijd, niet zachter.

'Livia!' Ik voel een hand op mijn arm. Ik draai me om en zie Paula staan, een toonbeeld van elegantie in een lange, zwierige jurk. Ze draagt haar zilverkleurige pumps in haar hand en haar gezicht is rood van het dansen.

‘Hoi Paula,’ zeg ik, en ik geef haar een korte knuffel. ‘Wat fijn dat je er bent. Heb je het naar je zin?’

‘Ja, het is hartstikke leuk om bij te praten met iedereen van kantoor. Ik heb jullie gemist.’

‘Hoe gaat het met je?’ vraag ik, klaar om haar mijn volle aandacht te schenken, want ik weet hoe eenzaam ze is na haar pensioen. Ze heeft geen familie in de buurt wonen.

Terwijl zij vertelt over de boekenclub waar ze onlangs lid van is geworden, kijk ik rond of ik Rob zie. Op zeker moment zie ik hem mijn kant op komen, maar als hij ziet dat ik met Paula sta te praten, draait hij zich snel weer om. Ze heeft een paar keer met ons geluncht in het weekend, dus hij heeft haar al eens ontmoet en weet hoe graag ze praat. En het kan toch niet zo zijn dat iemand anders meer te vertellen heeft dan hij?

Vanaf het gazon kondigt Josh aan dat de volgende song iemands keuzeliedje is en dat wij moeten raden om wie het gaat.

‘Ik ken dit nummer,’ zegt Paula, zodra het begint. ‘Het is “We Are Family”.’

Ze pakt mijn hand en trekt me mee naar een groepje dansende gasten.

‘Het is vast Kirin,’ zeg ik. ‘Kijk maar eens hoe ze grijnst.’ Ik wijs naar Kirin. ‘Het is Kirin!’ roep ik.

Josh steekt een duim omhoog en er wordt geklapt en gelachen als Nelson over het gazon rent, mensen ontwijkend, om Kirin in zijn armen te nemen.

‘*We are family,*’ zingt hij. ‘*I got all my daughters with me!*’

‘Ik zou willen dat ik mijn zoons bij me had,’ zegt Paula treurig. ‘Ik vind het heel jammer dat ze zo ver weg wonen.’

Voor ik antwoord kan geven, komt Jeannie naar me toe, die, vermoed ik, wil praten over het feit dat Nelson en Kirin er nog een tweeling bij krijgen.

‘Vijf kinderen!’ zegt ze lachend, en ik zie duidelijk Adam

terug in haar gezicht als ze glimlacht. 'Hij zal die grote motor van hem moeten inruilen voor een zevenzitter.'

'Ik denk dat hij nog eerder het huis verkoopt dan zijn motor,' zeg ik gekscherend.

'Hij zal het waarschijnlijk sowieso moeten verkopen. Kirin zei net dat ze niet weet waar ze nog twee baby's zal moeten laten – waarop Nelson reageerde door te zeggen dat er een prima schuur in de tuin staat!'

Er loopt iemand het terras op en ik strek mijn nek zodat ik om Jeannie heen kan kijken, in de verwachting dat het Adam zal zijn. Maar het is Amy, en mijn blijdschap om haar te zien – omdat ik weet hoe fijn Josh het zal vinden dat ze er is – wordt meteen getemperd als ik haar gezicht zie. Ze is kennelijk ergens door van streek geraakt, en ik hoop maar dat het niets te maken heeft met haar opa.

Ik sta op het punt om naar haar toe te gaan als ze de treden op rent en stilletjes naar Josh toe loopt. Ze legt haar handen over zijn ogen, haar frons omgetoverd tot een glimlach, en ik moet lachen om de verraste blik op Josh' gezicht. Maar dan zegt ze iets en kijken ze allebei in de richting van de keuken, waar Adam in de deuropening staat. Hij zal Amy binnen hebben gelaten, vermoed ik.

Ik excuseer me bij Jeannie en Paula, met de bedoeling naar Adam toe te gaan. Maar Nelson is me voor, dus loop ik naar Josh en Amy.

'Hallo, Amy,' zeg ik, me ervan bewust dat Max wegloopt. 'Wat fijn je te zien. Ik dacht dat je niet kon komen.'

'Gefeliciteerd.' Ze omhelst me. 'Mijn moeder vertelde mijn opa over uw feest en hij stond erop dat ik zou gaan. Hij zei dat het op zijn leeftijd niet uitmaakte als we zijn verjaardag niet op de dag zelf zouden vieren, dus is zijn feestje uitgesteld tot morgenmiddag.'

'Wat aardig van hem. Nou, ik ben blij dat je er bent.'

'Ik weet niet zo goed of dat ook voor meneer Harman geldt,' zegt ze, en de frons keert terug op haar knappe gezicht.

'Hoe bedoel je?'

'Hij leek gewoon niet zo blij om me te zien.'

Josh wendt zich tot mij. 'Je hebt het hem niet verteld, hè mam?'

'Nee, natuurlijk niet.'

'Nou, hij moet er op de een of andere manier achter zijn gekomen. Er kan geen andere reden zijn waarom hij zo raar deed tegen Amy.'

'Ga jij even met hem praten?'

'Wat, nu?'

'Waarom niet,' zeg ik luchtig.

'Hij zal enorm teleurgesteld zijn,' mompelt Josh.

'Hij begrijpt het wel.'

'Daar ben ik niet zo zeker van.'

'Dat weet je pas als je het er met hem over hebt.'

'Toe,' zegt Amy, en ze geeft hem een duwtje. 'Bijt maar even door de zure appel heen.'

Met tegenzin loopt hij weg. Dan voel ik dat Max naar me kijkt, dat hij Amy wil spreken en wacht tot ik weg ben.

'Ik meng me weer onder de andere gasten,' zeg ik met een glimlachje naar Amy. 'Tot later.'

Ik draai me om en zie Rob een paar meter van me af staan. Ik wil vluchten, maar als een konijn dat in de koplampen van een auto staart, lijk ik niet in staat te zijn om te bewegen. Maar dan loopt Max, die eraan komt om met Amy te praten, met zijn rugbyspelerpostuur onhandig tegen Rob aan, zodat die eventjes uit balans raakt.

'Nu al dronken, jongen?' hoor ik hem goedmoedig tegen Max zeggen, want zo is Rob: een echte allemansvriend. Ik blijf niet naar de rest van hun gesprek luisteren maar loop vlug de lege partytent in, want ik heb een paar minuten voor mezelf nodig.

Ik duw mijn handpalmen tegen mijn gezicht en voel de hitte van mijn wangen. Ik was natuurlijk niet goed bij mijn hoofd toen ik dacht dat het mogelijk zou zijn om Rob vanavond te ontlopen. We komen vast en zeker oog in oog met elkaar te staan. Hij zal niet ophouden me te komen opzoeken, want hij weet niet waarom hij dat niet zou moeten doen. Nu – achteraf – realiseer ik me dat ik hem gisteren had moeten mailen. Ik had hem moeten verzoeken om vanavond niet te komen, om te doen alsof hij ziek was, zodat Jess er wel bij kon zijn, omdat ik het weet van hem en Marnie.

Maar hij zou Marnie hebben verteld dat ik het weet, en ik moet zelf met haar praten, haar kant van het verhaal horen voordat Rob haar voorschrijft wat ze moet zeggen, zodat ze geen leugens kan voorbereiden over hoe en wanneer het allemaal is begonnen, al was het maar om Rob te beschermen. En als ik haar er onverwacht mee confronteer, wil ik haar vragen of ze zich wel bewust is van de volledige omvang van wat ze heeft gedaan, want dat geloof ik eigenlijk niet. Ik kan niet geloven dat ze met open ogen deze relatie met Rob is aangegaan. Ze heeft zich vast niet gerealiseerd wat er gebeurt zodra hun verhouding bekend wordt: Adam zal Rob nooit meer willen zien, wat ook zijn vriendschap met Nelson zal beïnvloeden. Ze heeft zich vast niet gerealiseerd dat Nelson Rob misschien ook nooit meer zal willen zien, wat impact zal hebben op hun hele familie. Ze heeft vast niet door dat Jess mij misschien nooit meer wil zien, en dat Kirin met een enorm loyaliteitsprobleem wordt opgescheept omdat Jess haar schoonzus is. Ze heeft vast niet door dat Josh verafschuwd zal zijn door wat ze heeft gedaan, ze beseft vast niet dat het voor Cleo verschrikkelijk zal zijn om erachter te komen dat haar beste vriendin een verhouding met haar vader heeft. Het is onmogelijk dat Marnie zich hier iets van heeft gerealiseerd, want anders weet ik niet of ik het haar ooit kan vergeven.

21.00 – 22.00 UUR

Adam

'Pap?'

Ik wend me af van Izzy. 'Ja, Josh?'

'Sorry dat ik stoor. Tante Izzy, mag ik papa even van je lenen?'

'Natuurlijk. En zorg ervoor dat hij iets tegen die migraine neemt. Hij ziet er beroerd uit.'

'Zullen we even naar je schuur gaan?' oppert Josh.

Als ik me omdraai om hem te volgen zie ik Amy met Rob en Max praten, en merk ik dat Max weliswaar lijkt te luisteren, maar feitelijk over haar schouder naar iets of iemand staat te kijken. Ik volg zijn ogen en zie dat ze op Livia gericht zijn, die in de partytent verdwijnt. De manier waarop hij naar haar kijkt verwondert me en ik blijf even stilstaan. Wat is er gaande tussen Livia en Max?

'Kom je, pap?'

We banen ons een weg naar de schuur. Eenmaal binnen leunt Josh tegen de werkbank, met zijn armen over elkaar geslagen. Ik herinner me weer dat ik een foto had moeten zoeken van de ring voor Livia.

'Ik heb er geen gevonden,' zeg ik.

'Wat?'

'Een foto.'

Hij haalt diep adem. 'Sorry, pap, maar ik ga niet.'

'Waarheen?' vraag ik. Denkt hij nu echt dat ik wil dat hij de ring gaat ophalen, terwijl de winkel dicht is?

'Naar New York.'

'New York?'

'Ja. Ik wil die stage niet gaan doen.'

Het is zoiets anders dan wat ik dacht dat hij zou gaan zeggen, dat het even duurt voordat ik begrijp wat hij me wil vertellen.

'O,' zeg ik. 'Oké.'

Hij zet zich af tegen de werkbank en begint heen en weer te ijsberen. 'Ik snap het als je teleurgesteld bent. En ik weet dat mijn reden om niet te gaan een beetje pathetisch klinkt. Het punt is dat ik van Amy hou en dat ik geen jaar bij haar vandaan wil zijn. Het is de afgelopen zes maanden moeilijk genoeg geweest dat ik in Bristol en zij in Exeter zat.' Hij lacht een beetje ongemakkelijk. 'Ik denk dat zij de ware is, pap, echt. Ik weet dat ik nog maar tweeëntwintig ben – nou ja, bijna drieëntwintig – en dat ik haar niet al heel lang ken, maar Amy heeft iets...'

'Josh,' onderbreek ik hem. 'Het is goed. Het is geen probleem. Als je niet naar New York wilt, ga je gewoon niet.'

Hij staart me aan, de opluchting is van zijn gezicht af te lezen. 'Meen je dat?'

'Ja.' Ik slik moeizaam. 'Het leven is kort. Doe wat je gelukkig maakt.'

Hij schudt langzaam zijn hoofd. 'Je gelooft nooit hoe erg ik ertegen opzag om het je te vertellen.'

'Waarom?'

'Omdat jij die stageplek voor me hebt geregeld.'

'Dat betekent niet dat je verplicht bent om te gaan.'

Hij strijkt met een hand door zijn haar. 'Ik lijk vast heel ondankbaar.'

'Helemaal niet.' Ik word overspoeld door een golf van uitputting. 'Luister, kunnen we het hier later over hebben? Ik weet niet... Misschien kan Bill je stage naar Londen verplaatsen. Ik neem aan dat je daar graag naartoe wilt? Dicht bij Amy?'

'Ja. Marnie is het ermee eens, trouwens. Volgens haar is het geen goed idee om naar het buitenland te gaan als ik me daar het grootste deel van de tijd ongelukkig voel.'

Marnie. 'Laten we er morgen over praten,' zeg ik. 'We kunnen nu beter weer naar buiten gaan.'

'Ik ga op zoek naar Amy. Ze denkt dat jij nijdig op haar bent, dat je vindt dat het haar schuld is dat ik niet naar New York wil.'

'Vertel haar alsjeblieft dat ik dat niet vind.'

Hij kijkt me onderzoekend aan. 'Waarom deed je dan chagrijnig tegen haar toen ze voor de deur stond, als je er niet van wist?'

'Het is de migraine, meer niet.'

'Dank je, pap.' Hij loopt naar me toe en geeft me een onverwachte knuffel. 'Je bent echt geweldig.'

Hij gaat naar buiten en ik blijf staan om tot me door te laten dringen wat hij me zojuist heeft verteld. Het lijkt zo onbelangrijk vergeleken met Marnie. Zou ik echt teleurgesteld zijn geweest – bitter, zelfs – als hij me eerder op een willekeurige dag had verteld dat hij de stageplek niet zou accepteren? Waarschijnlijk wel.

Ik verlaat mijn schuur. Ik wil heel graag weten hoe laat het is, maar voor het eerst vanavond kan ik het niet verdragen op mijn telefoon te kijken. Amy was hier rond vijf over halfnegen, dat weet ik nog. Daarna werd ik staande gehouden door Nelson, vervolgens heb ik met nog wat mensen gesproken, een drankje voor ze gehaald, gecheckt hoe het met Jess ging, wat te drinken voor haar en Kirin gehaald – dat zal allemaal zo'n dertig minuten in beslag hebben genomen. Daarna hield Izzy me minstens tien minuten aan de praat, en Josh daarna nog eens tien. Het zal nu dus ongeveer halftien zijn. In de wereld waar ik voorheen verkeerde, zou Marnie er inmiddels zijn. Ik zou haar berichtje hebben ontvangen dat ze bij het zijhek stond, ik had haar na een snelle knuffel binnengelaten, de doos onder de tafel vandaan gehaald en haar erin geholpen. En nu, op dit moment, zouden we allemaal op het terras staan.

Ik loop over het gazon, me er vaag van bewust dat Livia met Max het huis in verdwijnt. Ik houd mijn ogen op een punt in de verte gericht zodat ik niet staande word gehouden door mensen die een praatje willen maken, en als ik bij de treden ben, sta ik stil. In gedachten zie ik iedereen verzameld op het terras beneden mij, wachtend tot Livia haar cadeau gaat openmaken. Ik sta naast haar als ze vooroverbuigt om de doos open te doen. Marnie springt eruit. Iedereen lacht en roept, en nadat ze Marnie heeft omhelsd tot ze allebei in tranen zijn, slaat Livia haar armen om me heen en zegt ze dat dit het mooiste cadeau ooit is. Ik zie het allemaal voor me. En dan zie ik niets.

Hoewel... Er komt iemand door het zijhek, dat langzaam wordt opengeduwd. Mijn hart gaat als een razende tekeer, net als toen Amy aanbelde. *Verwacht er nou maar niets van*, zeg ik tegen mezelf. *Je wordt alleen maar teleurgesteld.* Maar ik ren de trap al af en haast me over het terras.

Ik loop naar het hek en ruk eraan; het hout blijft steken als ik het opentrek. En dan stop ik. Want het is Marnie niet. Mijn lichaam leunt tegen de houten planken. Ik bijt hard op de binnenkant van mijn wang tot ik bloed proef, en ik staar naar een oudere vrouw die ik nooit eerder heb gezien.

'Hallo, Adam,' zegt ze, en als ik haar stem herken, besef ik dat het Livia's moeder is.

'Patricia,' zeg ik mat.

'Ik heb je brief ontvangen.' Ze wacht tot ik iets zeg. 'En een uitnodiging voor vanavond,' voegt ze eraan toe als ik geen antwoord geef. 'Ik zou Livia graag willen zien als dat mag.'

Er stroomt een golf van paniek door me heen. Is dit nog iets wat ik verkeerd heb gedaan? Wat als Livia haar moeder niet wil zien, niet hier, niet nu, niet op haar feest? En wat als haar moeder niet is gekomen om vrede te sluiten maar om meer problemen te maken?

Ze doet nog een poging. 'Ik blijf niet lang; er wacht een auto op me.'

'Ik wil geen problemen,' zeg ik als ik mijn stem hervonden heb. 'Het is een speciale dag voor Livia.'

'Ja, dat weet ik.'

'Nee, dat weet je niet,' zeg ik bot. 'Dit feest is een goedmaker voor de bruiloft die ze nooit heeft gehad.'

Haar gezicht wordt rood. 'Ik wou dat het allemaal anders was gelopen.'

'Waarom nu?'

Ze blijft me aankijken. 'Haar vader is een paar maanden geleden overleden.'

Ze zegt verder niets meer, maar het is genoeg. Livia's vader was een dominante dwingeland, en nu ik er zo over nadenk, was *híj* degene die Livia liet weten dat ze niets meer met haar te maken wilden hebben. Misschien had haar moeder geen keus. Ik bekijk haar nog eens goed. Het is niet verrassend dat ik haar niet herkende. Haar haar was altijd samengebonden in een streng knotje, maar nu hangt het in zachte golven tot op haar schouders.

'Ik weet eigenlijk niet of dit het moment is om haar dat te vertellen,' zeg ik, en ik wens meer dan ooit dat ik die brief niet had geschreven.

'Ik zou haar toch graag willen spreken,' houdt ze vol. 'Josh en Marnie ook, gewoon om ze even gedag te zeggen. Is Marnie er al?'

Livia

Het beste aan de vele gasten op het feest is dat niemand heeft opgemerkt dat ik er even tussenuit geglipt ben. Ik was misschien nog wat langer in de partytent gebleven als het kon, maar Liz en haar team begonnen de gerechten er binnen te dragen, en nu bedienen de mensen zichzelf. Ik verlaat de tent en kijk vlug rond. Josh staat bij Amy en Max. Rob is gelukkig nergens te bekennen, maar opgaan in de massa is het veiligst, dus als ik een groep van mijn collega's zie staan kletsen, loop ik ernaartoe. Terwijl ik ze aanmoedig om iets te eten te gaan halen, vraag ik me af hoe Adam het nieuws dat Josh niet naar de States wil heeft opgevat. Gelukkig voor Josh zal zijn vaders teleurstelling snel worden overtroffen door iets groters.

Daarnet, toen ik alleen was in de partytent, probeerde ik te bedenken of het beter is om Adam pas over Marnie en Rob te vertellen als we in Frankrijk zijn. Ik krijg visioenen van hem op zijn motor, op weg naar Rob om hem in elkaar te slaan, en hoewel die gedachte akelig aangenaam is, kan ik niet riskeren dat hij dat doet. Als we ons niet in hetzelfde land bevinden, zal de confrontatie minder direct zijn, dus hopelijk minder traumatisch voor iedereen. En dan is er nog dat andere gegeven – als ik het Adam meteen na het feest vertel, zal hij denken dat ik het hem niet eerder heb verteld omdat ik wilde dat het koste wat kost zou doorgaan.

Ik kijk rond en zie Cleo op het muurtje zitten, waar ze uitrust van het dansen. Ik loop naar haar toe en neem naast haar plaats.

'Hoe gaat het met mijn favoriete peetdochter?' vraag ik, en ik sla een arm om haar heen.

'Gefeliciteerd, Livia,' zegt ze, me omhelzend. 'Heb je een leuke dag?'

'Heerlijk,' antwoord ik.

'Het spijt me dat ik je niet even kwam begroeten toen we aankwamen, maar je werd de hele tijd door anderen in beslag genomen.'

'Maar jij bent belangrijker. Fijn dat je er bent. Het is jammer dat Marnie er niet is.' Ik weet dat ik haar zou moeten vragen of ze het leuk gehad heeft in Hongkong, want het zal vreemd overkomen als ik dat niet doe, maar ik vind het zo erg dat Rob er alleen maar met haar naartoe is gegaan om te zorgen dat hij en Marnie samen konden zijn.

'Heb je het leuk gehad in Hongkong?' vraag ik desondanks.

'Ja, het was heel fijn om Marnie te zien, hoewel ze vaker op de universiteit moest zijn dan ik had verwacht. En papa moest veel werken, dus heb ik veel tijd in mijn eentje doorgebracht.'

Hoe kón je, Marnie, denk ik bij mezelf, *hoe kon je?*

'En hoe gaat het ermee?'

Ze trekt een gezicht. 'Ik denk dat Charlie me misschien wel bedriegt. Verder is alles goed.'

'O, Cleo, wat naar. Zal ik eens een hartig woordje met hem gaan spreken?' voeg ik eraan toe om het moment te verluchtigen.

Ze glimlacht. 'Je klinkt net als papa.'

Iets ergers had ze niet kunnen zeggen. Er welt grote woede in me op om Rob die dreigt een hartig woordje met het vriendje van zijn dochter te gaan spreken, terwijl niet eens zeker is dat die jongen haar bedriegt en hijzelf ondertussen een verhouding heeft met mijn dochter – de beste vriendin van zíjn dochter.

'Wat een mooie jurk heb je aan,' zeg ik, om het logischer te maken dat ik abrupt ben opgestaan. 'Ik ga maar eens op zoek naar Adam, ik heb hem amper gezien sinds het begin van het feest. Hij blijft maar verdwijnen.'

'Mama zegt dat hij last van migraine heeft.'

Ik knik. 'Misschien kan ik hem zover krijgen dat hij wat eet, dan voelt hij zich vast beter. Ik zie je nog wel.'

'Geniet van je feest!' roept ze me na.

'Dank je wel!'

Ik loop naar het midden van het gazon en draai langzaam in het rond in de hoop dat ik Adam zal zien. Er glijdt een arm om mijn middel.

'Hallo, jarige jet. Het lijkt wel of je me ontloopt.'

Daar is het dan, het moment waarvoor ik heb gevreesd. Mijn huid rilt van de aanraking van zijn hand. Hij is altijd een flirt geweest – misschien een van de redenen waarom Adam hem niet zo graag mag – en hoewel ik het best vervelend vond voor Jess heb ik er nooit zo zwaar aan getild. Zo is Rob, zo is hij altijd geweest. Maar nu word ik overweldigd door walging bij de gedachte dat hij me heeft aangeraakt, omhelsd en gekust op die talmende manier van hem, want ik weet dat hij ook mijn dochter heeft aangeraakt, omhelsd en gekust. Er gloeit een witte woede in me op. Ik wurm me met een ruwe draai onder zijn arm uit.

'Hé, wat is er?' vraagt hij, van zijn stuk gebracht.

De drang om naar hem uit te halen, hem te slaan, te krabben, tegen hem te schreeuwen, is sterker dan alles wat ik ooit heb gevoeld. Ik zet een stap naar voren, mijn tanden op elkaar geklemd, mijn vuisten gebald. Maar voor ik iets kan uitrichten pakt iemand me bij mijn pols en trekt me weg bij Rob.

'Sorry, Rob.' Max' stem klinkt achter me. 'Livia is nodig in de keuken. Het schijnt iets te maken te hebben met smeltende desserts.'

Rob legt zijn handen opeen als in een bidgebaar. 'Laat er alsjeblieft niets gebeuren met de desserts, Livia. Je weet hoe gek ik op toetjes ben!'

Het is onvoorstelbaar dat hij zichzelf kan wijsmaken dat de blik op mijn gezicht onmogelijk iets met hem te maken kan hebben, aangezien hij zo'n toffe kerel is, en bovendien niemand kan weten van hem en Marnie, omdat iedereen goedgelovig genoeg is om alles wat hij zegt voor waar aan te nemen.

Ik ben nog steeds ziedend terwijl Max me meeneemt naar de keuken. Liz is nergens te bekennen.

'Ze zal dan wel in de eetkamer zijn,' zegt Max, die me meeloodst. Daar is ze ook niet, maar mijn gedachten zijn nog te vol van Rob om te merken dat er iets aan de hand is totdat Max de deur sluit en ertegenaan leunt, zodat er niemand naar binnen kan.

'Wat doe je, Max?' vraag ik. Maar ik weet al wat hij doet, ik kan er alleen niet bij dat hij mijn feest heeft uitgekozen als de gelegenheid om me te vragen waarom ik de afgelopen maanden zo onaardig tegen hem heb gedaan. 'Ik moet me echt weer onder de gasten begeven.'

Hij zegt niets, kijkt me alleen aan, zijn blauwe ogen nemen me doordringend op.

'Luister, het spijt me dat ik de laatste tijd onaardig tegen je heb gedaan,' zeg ik ongeduldig. 'Ik kwam gewoon voor Marnie op omdat ik weet dat jullie onenigheid hebben. Ik weet dat ik geen partij mag kiezen, maar Marnie heeft het de laatste tijd moeilijk gehad en ik dacht...' Ik stop, want hoe kan ik hem vertellen dat ik dacht dat hij en Marnie een relatie hadden?

'Ga verder,' zegt hij.

'Ik dacht dat jij misschien een relatie met haar wilde en zij niet met jou,' zeg ik.

Max fronst. 'Getver. Marnie is als een zus voor mij. En daarom ben ik ook zo verrekte kwaad op haar!' Hij flapt het eruit. 'Ik weet het, Livia. Ik weet het van haar en Rob.'

Mijn hart slaat een slag over. 'Hoe bedoel je?'

Hij kijkt me geschrokken aan. 'O god, zeg nou niet dat jij het niet weet.' Hij loopt bij de deur weg. 'Ik dacht, vanwege de manier waarop jij Rob de hele avond al ontloopt, en omdat je zojuist keek alsof je hem wel kon vermoorden, dat je het wist.' Hij strijkt met een hand door zijn haar. 'Shit.'

Ik leg een hand op zijn arm. 'Het is oké, Max, ik weet het inderdaad. Ik dacht alleen dat ik de enige was. Hoe ben jij erachter gekomen?'

De opluchting die over hem heen golft, wordt snel weer vervangen door boosheid. 'Ik wilde Marnie op een dag verrassen in Durham, en toen zag ik ze samen.'

'Wanneer?'

'Ongeveer een jaar geleden. Misschien iets langer. In maart, denk ik.'

Niet lang nadat Rob twee dagen per week in Darlington ging werken, bedenk ik bitter.

'Waarom heb je niets tegen mij of Adam gezegd?'

'Omdat Marnie, toen ik haar ernaar vroeg, zei dat ik me vergiste. Toen ik haar vertelde wat ik had gezien, zei ze dat het een vlaag van verstandsverbijstering was geweest en dat het voorbij was. En ik geloofde haar – tot afgelopen december, toen Josh vertelde dat Rob voor zijn werk een week naar Singapore moest. Ik weet dat het niet heel dicht bij Hongkong ligt, maar het wekte toch mijn argwaan, want wat moest hij ineens in Singapore? Ik heb de website van de firma bekeken en ze hebben daar inderdaad kantoren. Maar het voelde niet goed. Ik bleef me maar afvragen of hij Marnie zou gaan opzoeken, dus mailde ik haar met de vraag of ík haar kon komen opzoeken rond de tijd van Robs reis naar Singapore. En ze deed haar uiterste best om me ervan te weerhouden: eerst vertelde ze me dat ze aan haar paper moest werken, en vervolgens dat ze weg zou gaan.'

Bij de gedachte dat Marnie mij bij die specifieke leugen had betrokken, sluit ik mijn ogen. *Ik wil niet dat Max komt*, had ze gezegd, waardoor ik dacht dat híj de vader was van de baby die ze had verloren.

Had ze geweten dat ik die conclusie zou trekken, had ze het expres gezegd, zodat ik voor haar zou liegen?

'Ik heb uiteindelijk naar Robs werk gebeld in de week dat hij zogenaamd in Singapore moest zijn, en ik vroeg of ik hem mocht spreken,' gaat Max verder. 'Ze zeiden dat hij op vakantie was. Dus toen heb ik Marnie gebeld en haar onomwonden gevraagd of hij bij haar was. Ze zei – en dit is de beleefde versie – dat ik er niets mee te maken had, en toen hing ze op. Sindsdien heb ik haar niet meer gesproken.'

'Het spijt me, Max,' zeg ik hulpeloos.

'Ik wist dat ik het jullie eigenlijk moest vertellen, maar dat kon ik niet. Ik bedoel, Marnie had gelijk, het was feitelijk niet mijn probleem en ik had geen bewijs dat hij daar was.' Hij zwijgt even. 'Hoelang weet jij het al?'

'Sinds hij en Cleo voor Cleo's verjaardag op bezoek gingen bij Marnie. Ik facetimede met haar en zag hem op de achtergrond. Hij was...'

Ik haper bij de herinnering en het woord *naakt*. 'Ze weet niet dat ik het weet. Ik moet eerst met Adam praten.'

'Waarom heb je dat nog niet gedaan? Sorry, maar ik geloofde het bijna niet toen ik Josh vroeg of Rob en Jess vanavond ook zouden komen, en hij daar ja op zei. Ik dacht daarom dat jullie het geen van beiden wisten, met name toen ik zag dat Adam heel gewoon deed tegen Rob. Maar jij gedroeg je anders; ik zag dat je het wist. Ik ben blij dat Josh het niet weet. Hij zou Rob waarschijnlijk vermoorden. En dat zou ik zelf ook wel willen.'

'Adam ook – en daarom vind ik het lastig om het hem te vertellen. Maar dat is het niet alleen, het gaat ook om Marnie. Adam zal er kapot van zijn. Hij heeft haar altijd op een voetstuk geplaatst.'

Max schudt zijn hoofd. 'Ongelooflijk dat ze zo stom is geweest. Sorry,' zegt hij met een verontschuldigende blik.

'Je hoeft je niet te verontschuldigen, ik ben ook woedend op haar.'

'Je gaat het Adam toch wel vertellen?'

'Ja, na het feest. Ik wilde graag dat we nog een laatste keer allemaal samen konden zijn.' Hij knikt, maar ik weet niet of hij het begrijpt.

'Ik ben gewoon bang voor wat het met ons gaat doen,' zeg ik, en ik loop naar de deur. 'Ik kan maar beter weer naar de gasten gaan. En dank je, Max, dat je hebt verhinderd dat ik Rob op zijn gezicht timmerde. Dat ga ik nog wel doen – maar mijn feest is niet de juiste gelegenheid.'

Ik loop weer naar buiten en zie Adam bij het zijhek staan praten met een oudere vrouw. Hopelijk is ze niet gekomen om over het lawaai te klagen. Ik heb bij alle huizen in de buurt een briefje in de bus gedaan, met de waarschuwing dat er tot drie uur 's nachts muziek zou zijn. Adam ziet eruit alsof hij zich geen raad weet met de situatie, dus ik loop naar hem toe.

'Adam?' zeg ik. 'Is alles in orde?'

22.00 – 23.00 UUR

Adam

Ik loop terug naar Livia's moeder, die ik bij het hek heb achtergelaten terwijl ik Livia ging zoeken.

Even daarvoor had ik haar samen met Max het huis in zien gaan, dus ik was naar binnen gelopen en had ze horen praten in de eetkamer. Ik stond op het punt om de deur open te doen toen ik Max mijn naam hoorde zeggen: *Je gaat het Adam toch wel vertellen?* En in plaats van ze te onderbreken bleef ik staan luisteren naar wat ze zeiden tot Livia zei dat ze zich weer onder de gasten zou begeven. Toen was ik snel weggelopen.

Nu zou ik willen dat ik gewoon die stomme deur had opengedaan, want ik heb geen idee wat Liv me zou moeten vertellen. Ze zei dat ze wilde dat we nog een laatste keer allemaal samen konden zijn, maar ze kan het niet weten van Marnie, dat kan niet, ze zou nooit doen wat ik heb gedaan. Het drukt zo zwaar op me dat het moeilijk is om adem te halen. Ik wil alleen zijn, ik wil naar boven gaan en me verschuilen. Maar Livia's moeder kijkt me verwachtingsvol aan.

'Ze was met iemand in gesprek,' zeg ik. 'Ik wilde haar niet storen. Maar ze komt zo naar buiten.'

'Dank je.'

Hoe ga ik Livia waarschuwen dat haar moeder hier is voordat ze naar buiten komt en haar ziet?

'Adam?' Ik draai me vlug om bij het geluid van haar stem achter me. 'Is alles in orde?'

Ik zet snel een stap opzij om haar het zicht op haar moeder te belemmeren, want ik wil haar voorbereiden.

'Er is hier iemand die jou graag wil zien,' zeg ik aarzelend.

De kleur trekt weg uit haar gezicht, want ze vermoedt al, misschien door de gespannen blik op mijn gezicht, over wie ik het heb.

We lijken geen van beiden in staat te zijn te bewegen, dus stapt Livia's moeder achter me vandaan.

'Hallo, Livia.' En wanneer haar ogen op de dochter vallen die ze drieëntwintig jaar niet heeft gezien, vullen ze zich met tranen.

Een ogenblik lang staat Livia alleen maar te staren. 'Mam?' Ze zet een stap in haar richting, alsof ze niet goed kan geloven wat ze ziet en ze beter moet kijken. Ze ziet er zo beduusd uit dat ik haar in mijn armen zou willen nemen. 'Ben jij het echt?'

Livia's moeder brengt haar hand omhoog en reikt beschroomd naar haar loshangende haar.

'Ja. Ik vond dat ik maar eens langs moest komen om je te feliciteren met je verjaardag,' zegt ze, en ze doet een poging te glimlachen.

Livia kijkt achter haar. 'Is pa er ook?'

Ik draai me om naar de tafel, waaronder de doos op Marnie staat te wachten, en pak de twee stoelen waar Livia en ik op hebben gezeten toen we Kirins champagne dronken.

'Waarom gaan jullie hier niet even zitten?' opper ik, waarop ze langzaam naar de tafel lopen, hun blik op elkaar gericht. 'Roep me maar als je me nodig hebt,' zeg ik tegen Livia, en ik geef haar een kus. 'Ik ben in de buurt.'

Bovenaan de treden naar het gazon bots ik tegen mijn moeder op, die me zonder iets te zeggen meetrekt naar de plek waar Izzy en Ian zitten, samen met Jess, Rob, Nelson en Kirin.

'Ga zitten,' zegt ze, me op een stoel duwend. 'Ik haal wel wat te eten voor je.'

Ik laat me in de stoel vallen. Mijn ellebogen zoeken de tafel en ik leg mijn hoofd in mijn handen.

'Gaat het wel, Adam?' vraagt Jess.

'Livia's moeder is hier,' zeg ik.

'Wat?' Kirin gooit bijna haar water omver.

'O jee, gaat het met haar?' vraagt Jess bezorgd.

Nelson geeft me een glas wijn en mijn vingers grijpen de steel onhandig vast.

'Ik geloof het wel. Ik heb haar op het terras achtergelaten.'

'Wat, met die ouwe tang?' zegt Rob. 'Is dat wel een goed idee?'

Ik ben zo moe dat ik de energie niet heb om tegen hem in te gaan. 'Ze komt nu heel anders over. Livia's vader blijkt overleden te zijn.'

'O nee. Die arme Livia!' Kirin kijkt ontdaan.

'Geen groot verlies, als je het mij vraagt,' zegt Rob. 'Het was een rottige klootzak.'

Hij zegt het alsof hij Livia's vader heeft gekend, terwijl ik weet dat hij hem nooit heeft ontmoet. Ik neem een slok wijn en sla dan het hele glas in één keer achterover. De alcohol vermengt zich met mijn vermoeidheid en begint de angst te verdoven dat ik Marnie nooit meer zal zien. *Ze kan niet in dat neergestorte vliegtuig hebben gezeten*, zeg ik tegen mezelf, overmoedig door de alcohol. *Ik zou het weten als er iets met haar was gebeurd, dan zou ik het gewoon weten.*

Kirin en Izzy hebben het over de komst van Patricia, hun stemmen klinken gejaagd. Toen Patricia me vroeg of Marnie er al was, heb ik haar verteld dat de vlucht vertraagd was en dat ze er pas na middernacht zou zijn. En ik herinnerde haar eraan dat ze niets tegen Livia mocht zeggen.

Wat heb ik vanavond veel leugens verteld. Ik reik naar mijn glas maar realiseer me dan dat het leeg is.

'Adam, heb je me wel gehoord?'

Ik kijk over de tafel heen naar Rob. Hij leunt achterover in zijn stoel, met zijn rechtervoet rustend op zijn linkerknie en zijn handen achter zijn hoofd.

'Sorry?'

'Ik vroeg of jij ooit had gedacht dat Aldershot Leeds zou verslaan in de derde ronde van de FA Cup.'

Ik probeer te volgen wat hij zegt. 'Wat?'

'Kom op Rob, natuurlijk zou dat nooit zijn gebeurd!' zegt Nelson aan de andere kant van de tafel.

Robs gezicht verhardt even. 'Ik vroeg het aan Adam,' zegt hij. 'Tja,' voegt hij eraan toe, zijn gelaatstrekken weer in een glimlach geplooid, 'Leeds zou Aldershot hebben verslagen als de scheidsrechter niet partijdig was geweest. En daarna had het Man United afgeslacht!'

Een paar mensen lachen en ik voel me merkwaardig gedesoriënteerd. Ik geloof niet dat ik hier zit te luisteren naar mensen die het over voetbal hebben. Ik moet weg. Ik kan hier niet blijven.

Ik schuif mijn stoel naar achteren als de woorden 'neergestort vliegtuig' in mijn bewustzijn inslaan. Mijn hart slaat een slag over en ik staar naar Rob, want ik ben er zeker van dat hij de woorden heeft uitgesproken. Maar hij kijkt naar Ian, niet naar mij.

'Je bedoelt de vlucht van Pyramid Airways?' vraagt Ian. 'Ja, dat heb ik op het nieuws gezien. Hartverscheurend.'

'Ik heb de nieuwsberichten erover niet gelezen, ze zijn mij te droevig,' zegt Jess.

'Het is gecrasht vlak na vertrek uit Caïro,' legt Rob uit, naar voren leunend. 'Het was op weg naar Amsterdam. Met rond de tweehonderdveertig mensen aan boord. Er schijnen geen overlevenden te zijn.'

Jess huivert en trekt een sjaal om haar schouders. 'Ik heb een hekel aan vliegen. Daarom wilde ik niet naar Hongkong. Bovendien wilde Rob niet dat ik zou gaan.'

'Alleen omdat ik dacht dat de vlucht te zwaar voor je zou zijn,' zegt Rob, en hij legt zijn hand op haar knie.

'Ik heb ook een hekel aan vliegen,' zegt Izzy. 'Elke keer dat ik over een crash hoor, zweer ik dat ik nooit meer een vliegtuig in stap. Maar ik doe het wel.'

'Zullen we van onderwerp veranderen?' stelt Ian voor. 'Het voelt niet goed dat wij hier zitten te drinken en te kletsen terwijl er zoveel mensen verdriet hebben.'

'Je hebt gelijk – maar het leven is kort,' zegt Rob. 'En de wereld draait door.' Hij heft zijn glas. 'Proost.'

Ik hoor het geluid van brekend glas en voel een steek van pijn. Als ik omlaagkijk, zie ik dat het wijnglas in mijn hand is geknapt.

'Adam! Je bloedt!' roept Izzy uit.

Mijn hand bloedt inderdaad, maar beeft ook oncontroleerbaar. Ik pak een servet, vouw het eromheen en sta op. 'Ik moet hier even wat aan doen.'

'Zal ik met je meekomen?'

'Nee, laat maar, het valt wel mee.'

'Adam? Wat is er gebeurd?'

Ik kijk op en zie Livia voor me staan. *Ik denk dat Marnie waarschijnlijk in het neergestorte vliegtuig zat, Livia. Dat is er gebeurd.*

'Hij heeft zich aan een glas gesneden,' zegt Izzy. 'Het valt wel mee, hij gaat de wond even verbinden.'

Livia trekt het servet van mijn hand. 'Au,' zegt ze, turend naar de snee. 'Die is best diep. Het zal wel pijn doen.'

'Gaat het met jou wel goed, Livia?' vraagt Jess.

'Ja, prima.'

'Adam zegt dat je moeder er is?'

Livia glimlacht naar haar. 'Was. Ze is net weg.'

'Hoe ging het?' vraagt Kirin voorzichtig, alsof ze het bijna niet durft te vragen.

Livia's adem stokt even. 'Wel goed, geloof ik.'

'De kloof overbrugd, dus,' zegt Ian knikkend.

'Het is allemaal nog vers.' Livia wendt zich tot mij. 'Kom, laat me even naar je hand kijken.'

Ik volg haar naar het muurtje. We gaan naast elkaar zitten en ze neemt mijn hand in de hare. Als er niet zoveel mensen in de weg stonden, zouden we de foto's van Marnie kunnen zien.

De zachte aanraking van haar vingers en de scherpe fysieke pijn als ze de wond inspecteert, laten alles verdwijnen tot er geen Marnie meer is, geen menigte, geen geluid, geen feest, alleen Livia en ik.

'Het zal wel helen,' zegt ze, op zoek naar een schoon stukje servet dat ze op de snee drukt, waarna ze mijn hand erover sluit om het op zijn plek te houden. 'Maar je moet het wel desinfecteren.'

Ze reikt omhoog en legt haar hand op mijn wang. 'Gaat het wel?'

'Ik ben vergeten me te scheren, het spijt me.'

'Dat hoeft je niet te spijten, je bent perfect zoals je bent.'

'En hoe gaat het met jou? Nu je moeder zomaar kwam opdagen?'

Ze knikt langzaam. 'Ze zei dat jij haar hebt geschreven.'

'Ik dacht dat ik er goed aan deed… maar nu weet ik het niet meer.'

'Je hebt er goed aan gedaan. Dank je wel.' Ze geeft me een kus.

'En je vader?'

'Ik ben blij dat hij dood is,' zegt ze fel. 'Ik weet dat ik dat niet mag zeggen, maar het is zo. Als hij nog leefde, zou ma hier vanavond niet geweest zijn. Ze vertelde me iets over haar leven met hem. Ik had niet door hoeveel controle hij over haar uitoefende. Ik was vermoedelijk te jong om het te merken. Ik dacht dat ze het prettig vond dat hij alle beslissingen nam, maar het lijkt erop dat ze geen keus had.'

'Gelukkig ben je blij dat ze is gekomen. Maar pas op jezelf, hè?'

'Maak je geen zorgen, ik val haar heus niet meteen in de armen. We moeten het stap voor stap gaan doen. Maar ze zou Josh graag willen ontmoeten voordat hij morgenavond vertrekt.' Ze draait haar gezicht naar me toe. 'Ze logeert bij de Graingers. Herinner je je hen nog? Irene heeft haar vanavond gebracht. Ma zei dat ze bijna niet was gekomen, dat ze niet durfde, maar Irene heeft haar overgehaald, gezegd dat ze er spijt van zou krijgen als ze niet zou gaan. Ze wachtte in de auto, dus mam kon niet langer blijven. Zou je het erg vinden als ze morgenmiddag komt, een uurtje maar?'

'Natuurlijk niet,' zeg ik. In gedachten probeer ik me een beeld te vormen van Livia's moeder morgenmiddag, zittend op de bank met Josh en Marnie aan weerszijden van haar. Ik wil heel graag geloven dat het zo zal gebeuren.

'En, ben je gelukkig?' ga ik verder, want ik heb het nodig dat ze het zegt. Als ze gelukkig is, kan ik leven met het besluit niets over Marnie te zeggen.

'Belachelijk gelukkig,' zegt ze, naar me glimlachend, haar ogen glanzend van niet-geplengde tranen. Ze tilt haar hand op en laat hem tegen mijn wang rusten. 'Dit is een nieuw begin voor me, Adam. Dank je, want jij hebt dit mogelijk gemaakt.'

Haar woorden snijden als een mes door me heen.

'Blijven de tortelduifjes hier de hele avond zitten?' roept een stem uit. 'Moeten jullie je niet onder de gasten begeven? Adam, je moeder heeft je een bordje eten gebracht, kom terug!'

Livia verstijft bij Robs onhandige onderbreking.

'Kom, laten we ons weer in het feestgedruis storten.'

Ik knik. 'Ga jij maar bij Jess en de anderen zitten terwijl ik een pleister voor mijn hand ga halen.'

'Nee!' Ze zegt het zo scherp dat ik ineenkrimp. Ze schenkt me een flauw glimlachje. 'Ik kan maar beter even een praatje met de buren gaan maken.'

Ze maakt aanstalten weg te lopen, maar ik grijp haar vast en trek haar naar me toe.

'Is het feest zoals je het je had voorgesteld?'

'Het is zo mogelijk nog fijner dan ik me had voorgesteld,' zegt ze, haar armen om me heen en haar hoofd tegen mijn borst. 'Op Marnies afwezigheid na.'

Marnie. Een vreemde slapte maakt zich van me meester, en als Livia me niet had vastgehouden, was ik misschien wel door mijn benen gezakt. Maar de adrenaline treedt weer in werking.

'Ik weet dat het niet altijd zo lijkt,' zegt ze. 'Maar soms is er een reden voor hoe de dingen gaan.'

Dat Josh niet naar New York gaat – heeft dat misschien een reden? Geeft het ons een reden om verder te gaan zonder Marnie? Dat we Josh in de buurt zullen hebben in plaats van op een ander continent?

'Zoals mijn moeder, die vanavond haar opwachting maakte,' gaat Livia verder. 'Ik weet dat ze kon komen omdat mijn vader is gestorven, maar waarom is hij nu overleden en niet jaren geleden, toen ze Josh en Marnie had kunnen leren kennen? Er moet een reden voor zijn waarom ze op dit moment is gekomen, nu het bijna te laat is om een relatie met ze op te bouwen.' Ze zwijgt even voor ze verdergaat. 'Ze wil terug hiernaartoe verhuizen, trouwens.'

Heeft het lot er iets mee te maken gehad dat haar moeder vanavond is gekomen? Ik geef Marnie niet op, dat kan ik niet. Nooit. Maar als het ergste is gebeurd – als Marnie nooit meer thuis zal komen – is de gedachte dat Livia haar moeder in de buurt zal hebben een kleine troost.

Livia

'Geweldig feest, Livia,' zegt Nelson. Hij glimlacht door zijn volle baard heen en zijn ogen speuren mijn gezicht af. 'Het zal wel vreemd voelen dat je moeder kwam opdagen.'

'Inderdaad, al helemaal omdat ik haar eerst niet herkende. Maar ik ben blij dat ze is gekomen. De afwijzing was afkomstig van mijn vader, namelijk, en ze had geen andere keus dan erin mee te gaan. Het is verschrikkelijk om het te moeten zeggen, maar zijn dood heeft haar bevrijd. Ik zeg niet dat het gemakkelijk wordt, maar haar komst is wel de kers op de taart van deze heerlijke, heerlijke avond.' En dan denk ik er pas aan. 'Gefeliciteerd, trouwens. Wat een prachtig nieuws!'

'Jazeker, maar ik moet er nog wel aan wennen.' Er verschijnt een lichte frons op zijn voorhoofd. 'Livia, gaat het wel goed met Adam?'

'Ja, afgezien van zijn migraine. Hoezo?'

'Nou ja, ik word vader van vijf kinderen en hij heeft me er niet eens mee geplaagd.'

'Wees gerust, dat komt vast nog wel,' zeg ik lachend.

Iets achter mij trekt zijn aandacht en als ik me omdraai, zie ik dat hij naar Jess kijkt.

'Hoe denk jij dat Jess eraan toe is?' vraagt hij. 'Jij hebt haar een paar weken niet gezien – vond je dat er iets was veranderd toen jullie vandaag gingen lunchen?'

'Ik vond haar wel broos,' zeg ik. 'Ze staat wat wankeler op haar benen dan eerder.'

Hij knikt langzaam. 'Volgens mij is ze snel aan het aftakelen, en Kirin denkt dat ook, maar toen ik er met Rob over probeerde te praten, zei hij dat dat helemaal niet zo was. Ik denk dat hij het verdringt.'

En ik denk dat hij een vuile vreemdganger is, bries ik bij mezelf.

'Hij heeft zelfs gezegd dat ze met de dag zelfstandiger wordt en dat ze het prima in haar eentje aankan. Dat vind ik een beetje zorgelijk. Nou, meer dan een beetje eigenlijk, hoewel ik niet goed weet waarom.'

Er loopt een rilling over mijn rug. Alsjeblieft, laat het niet waar zijn wat ik denk – dat Rob van plan is om Jess voor Marnie te verlaten.

'Het is zoiets raars om te zeggen,' gaat Nelson verder. 'Misschien zet zijn werkgever hem onder druk. Misschien willen ze daar dat hij weer gaat reizen en probeert hij zichzelf ervan te overtuigen dat Jess het wel zonder hem redt.'

Nee, hij bereidt ons voor, besef ik. Hij bereidt ons voor, zodat hij op de dag dat hij Jess verlaat kan zeggen dat hij dacht dat ze het zonder hem best zou redden.

'Ik maak me zorgen om hem,' zegt Nelson ten slotte. 'Sorry, Livia, ik had je hiermee niet moeten lastigvallen op deze speciale avond.'

'Het is oké. Ik ben gewoon blij dat we hier allemaal samen zijn.' *Misschien voor de laatste keer,* wil ik eraan toevoegen, en een dwaas moment lang wil ik Nelson vertellen wat Rob heeft gedaan en wat ik vrees dat hij gaat doen.

'Op Marnie na,' zegt hij.

'Ja, op Marnie na.'

Maar ik kan het Nelson niet vertellen, niet voordat ik met Adam heb gesproken. Voorlopig is het genoeg dat Max het weet, genoeg dat er nog iemand is die het net zo afschuwelijk vindt als ik. Het was deprimerend om de bevestiging te krijgen dat Rob in december inderdaad bij Marnie in Hongkong was, en niet in Singapore. Ik had gehoopt dat ik dat bij het verkeerde eind had, dat hij niet over zijn zakenreis gelogen had, tegen Jess, tegen ons, om zijn verhouding met Marnie nieuw leven in te blazen. Waarom had hij haar niet met rust kunnen laten?

Nelson geeft een kneepje in mijn arm. 'Ik zie je later.'

Terwijl hij wegloopt, probeer ik me voor te stellen hoe het zou zijn geweest als Marnie geen miskraam had gehad en een baby van Rob had gekregen. Ik snap nu waarom ze per se niet wilde dat Josh van de miskraam zou weten. Ze was bang dat hij het Max zou vertellen, en dat die zou hebben vermoed dat Rob de vader was, omdat hij haar en Rob samen in Durham had gezien. Hij vond het misschien niet zijn taak om mij en Adam over hun verhouding te vertellen, maar als hij had geweten dat er een baby in het spel was, was het waarschijnlijker geweest dat hij ons op de hoogte had gesteld.

Opnieuw voel ik een flits van medeleven met mijn ouders – of eerder mijn vader, want misschien zou mam mijn zwangerschap hebben geaccepteerd als hij er niet was geweest. Dat ik zwanger was, moet het ergst mogelijke zijn geweest wat er kon gebeuren, het einde van de wereld zoals hij die kende. Het verschil is dat ik vrees voor degenen van wie ik houd terwijl hij alleen voor zichzelf vreesde, bang hoe het over zou komen op andere mensen.

'Livvy?' Ik kijk op en zie Mike, zijn voorhoofd gerimpeld van bezorgdheid, zijn lange gestalte naar me toe gebogen. Ik vind het super dat hij vanavond in een jasje en met een stropdas is gekomen, hoewel hij nu beide niet meer aanheeft. 'Gaat het wel?'

'Ja, uitstekend.' Ik verdring de gedachte aan Marnie en Rob. Jeannie loopt naar ons toe en ik sla mijn armen om hen beiden heen. 'Weten jullie al dat mijn moeder is geweest?'

'Ja, dat hebben we gehoord,' zegt Jeannie. 'We zijn heel blij voor je, Livvy.'

'Ik kan het nog steeds niet geloven. Daar hoopte ik heel erg op voor vanavond, dat mijn ouders zouden komen. Als dat niet was gebeurd, had ik de droom opgegeven dat we ons op een dag met elkaar zouden verzoenen. En nu is mijn droom uitgekomen, en dat is een heerlijk gevoel.' Ik kus hen op hun wangen, eerst Jeannie, dan Mike. 'Ik heb met jullie zoveel geluk gehad. Ik weet niet wat ik in de loop der jaren zonder jullie had gemoeten. Jullie zijn fantastische schoonouders voor me.'

'We zijn er altijd voor je, dat weet je,' zegt Mike.

'Ja, dat weet ik, en ik waardeer dat enorm. Heeft Josh jullie verteld dat hij heeft besloten niet naar New York te gaan?'

'Ja. Het zal voor Adam wel een teleurstelling zijn geweest. Toen hij vanmiddag belde, hoorde ik dat er iets was wat hem dwarszat.'

'Dat kan het niet geweest zijn, want Josh heeft het hem vanavond pas verteld,' zeg ik verwonderd. 'Heeft hij niet gezegd waarom hij belde?'

'Nee, niet echt. Het voelde alsof hij ergens compleet door uit het lood geslagen was.'

'Ik denk dat dit feest de reden kan zijn geweest,' zeg ik schuldbewust. 'Hij heeft zich er meer zorgen over gemaakt dan ik. Hij weet hoe belangrijk het voor me is en misschien werd de druk hem te veel. En,' zeg ik zachter, 'ik denk dat er een probleempje is met mijn cadeau. Josh heeft me ingelicht om teleurstelling te voorkomen. Niet dat dat nodig was.'

Mike knikt. 'Dat zal het dan wel zijn. Je kent Adam, hij is in staat helemaal van slag te raken om iets wat vandaag minder perfect maakt. O, dit is mijn keuzeliedje,' zegt hij bij de intro van 'Uptown Girl'. Hij steekt zijn arm uit naar Jeannie. 'Mag ik je naar de dansvloer begeleiden?'

Mike en Jeannie zijn heel geliefd, en als iedereen zich om hen heen verzamelt om ze samen te zien dansen, heb ik even een moment voor mezelf. Ik kan nog steeds niet geloven dat mam is gekomen. Het was zo vreemd om haar daar te zien staan omdat ik haar, als ik me onze verzoening voorstelde, altijd voor me zag zoals ik me haar herinnerde: haar haar naar achteren getrokken in een knotje, haar gezicht strak, omdat mijn vader haar zowel fysiek als – realiseer ik me nu – mentaal domineerde. En ik had haar in mijn gedachten ook niet ouder laten worden. Bizar genoeg lijkt ze jonger, misschien vanwege haar nieuwe haardracht. Ze heeft me verteld dat ze haar haar de dag na mijn vaders uitvaart heeft laten knippen omdat ze, toen ze zijn kist in de grond zag verdwijnen, besefte dat ze vrij was, dat ze kon doen wat ze wilde zonder hem over alles te raadplegen. Ze zei dat er, hoewel ze van mijn vader hield, een grote last van haar schouders was gevallen.

Mijn moeder is niet de enige die zich lichter voelt. Mijn gevoel van lichtheid komt niet alleen doordat het verlangen om me met mijn ouders te verzoenen – een behoefte die zo rauw was dat ze pijn deed – eindelijk verdwenen is. Maar ook doordat ik over een paar uur vrij zal zijn van iets anders wat mijn leven jarenlang heeft beheerst – en dat is dit feest. Ik heb er misschien niet elke dag van die twintig jaar aan gedacht, maar zeker elke week. Als ik een mooie jurk in een winkel zag hangen, vroeg ik me af of ik zo'n jurk misschien op mijn feest zou willen dragen. Als ik een verrukkelijk gerecht proefde, dacht ik aan het buffet. Als ik ideeën voor decoratie in een tijdschrift zag staan, vroeg ik me af of zoiets leuk zou zijn. Ik kon niet ontsnappen aan mijn feest. Het was er altijd, niet per se op een vervelende manier, maar het nam in mijn hoofd wel ruimte in beslag. En nu het er is, nu het alles is waar ik van heb gedroomd, afgezien van Rob, verheug ik me ergens op morgenavond, als de tent is weggehaald, als het laatste gerecht is opgegeten en iedereen weg is. Als alleen Adam en ik hier nog zijn.

23.00 – 0.00 UUR

Adam

Ik kan niet voor altijd in de badkamer blijven. Ik sta hier al te lang bij de wastafel, waar ik kijk hoe het bloed uit de snee in mijn handpalm druppelt. Ik voel er niets van. De dreun van de muziek buiten komt overeen met het bonzen in mijn hoofd. Ik ben zo dicht bij het punt van instorten dat ik de tuin in zou willen lopen en tegen iedereen zou willen schreeuwen dat ze verdomme weg moeten gaan. Om mezelf tegen te houden, stel ik me voor welke chaos dat zou veroorzaken: iedereen zou me geschrokken aankijken, dan zouden Livia, mijn vader, Josh en Nelson proberen me te kalmeren, ze zouden me vragen wat er mis is, ze zouden bang zijn dat ik een zenuwinzinking had.

Zou ik het voor me kunnen houden? Dat het kan zijn dat Marnie in het neergestorte vliegtuig zat? Of zou ik mijn pijn en woede eruit gooien, ze vertellen dat ik hen allemaal haat omdat zíj leven en Marnie misschien wel dood is? Ze zouden onthutst zijn, totaal ontdaan. En niemand zou begrijpen, ook niet een beetje, waarom ik het feest heb laten doorgaan.

Ik hoor voetstappen op de trap. Josh.

'Pap? Waar ben je?'

Ik knijp mijn hand dicht en voel de warmte van het bloed. 'Ik ben even een pleister aan het plakken!'

Zijn stem klinkt door de deur heen. 'Ik heb je overal gezocht.'

'Ik kom zo.'

'Over twee minuten?'

'Ja, twee minuten.'

'Oké. Je moet er echt bij zijn.'

Hij dendert de trap weer af. Ik heb niet veel aan Josh gedacht, realiseer ik me, aan wat het verlies van Marnie voor hem zal betekenen. Maar daar kan ik me nu niet mee bezighouden. En er is nog hoop. Ik wil geloven dat er nog hoop is.

Ik plens wat water in mijn gezicht en loop naar beneden; mijn blik probeert de deur van Marnies slaapkamer te vermijden. Ik ben halverwege de trap als de muziek midden in een liedje ophoudt, waarop een plotselinge stilte volgt. Er klinkt een zacht gemompel van stemmen, met hier en daar een luide lach, een uitroep. Het gemompel wordt luider, alsof er iets te gebeuren staat, waarschijnlijk Livia's speech.

En dan, vanuit het niets, hoor ik: 'Hier ben ik dan, mam!'

De wereld komt schuddend tot stilstand. Ik verbeeld het me, ik hoor dingen die er niet zijn. Dan slaakt Livia een verheugde kreet en lacht en juicht iedereen, en ren ik door de keuken, over het terras, de stenen treden op, naar het gazon, waar iedereen over elkaars schouders probeert te kijken naar de plek waar Livia staat – door de menigte heen vang ik een glimp van haar jurk op. Ik hoor Marnie enthousiast vertellen dat ze deze verrassing met Josh heeft geregeld, en als ik me een weg naar voren baan, merkt niemand me op, iedereen heeft het te druk met lachen. Maar eindelijk, eindelijk ben ik er bijna, en duw ik Nelson en Rob opzij.

'Kijk uit!' zegt Rob.

'Laat hem erlangs, Rob, hij wil zijn dochter zien,' zegt Nelson, en ik zoek Marnie, die ik wel hoor maar niet zie. Ik zie alleen Livia, haar ogen vol blijdschap op Marnie gericht. Ik volg haar blik. En dezelfde vreselijke slapte die ik eerder voelde komt terug. Ik wankel tegen Nelson aan. En Nelson, die zijn ogen gericht houdt op Josh' computerscherm, waar Marnie Livia vertelt dat ze zich verheugt op haar thuiskomst, slaat een arm om mijn schouders.

'Is dit niet geweldig? Moet je Livia's gezicht zien! Dit maakt voor haar het feest helemaal af. Wat ziet Marnie er goed uit, hè!' Hij draait zijn gezicht naar me toe. 'Wist jij ervan?'

Maar ik kan alleen maar naar Marnies video staren, gevangen in de nachtmerrie haar wel te kunnen zien maar niet te kunnen vasthouden. Ze is hier, maar ook weer niet. En Nelson, die merkt dat ik geen woord kan uitbrengen, geeft een kneepje in mijn schouder.

'Ze komt binnenkort terug,' zegt hij. 'Ze komt snel thuis.'

'En pap, waar ben jij? Ah, daar!' roept Marnie, die doet alsof ze me ziet. Iedereen lacht. 'Ik verheug me er ook op jou weer te zien. Nog een paar weken. En wie weet, kijken we dit wel samen,' voegt ze eraan toe, met een glimlach die alleen voor mij bedoeld is. Een samenzweerderige glimlach, omdat ik de enige ben die de betekenis van haar woorden begrijpt. De overige aanwezigen staan er niet bij stil, die hebben het te druk met haar uitzwaaien terwijl ze van het scherm verdwijnt.

Livia loopt naar me toe, een rode blos op haar gezicht, haar ogen glanzend van ingehouden tranen. 'Was dat niet prachtig? Heb jij dat geregeld?'

'Nee, ik,' zegt Josh, die naar ons toe is gelopen, zijn laptop nu gesloten en onder zijn arm gestoken. Ik blijf ernaar staren. 'Ik wilde graag dat Marnie vanavond zou facetimen, maar toen ze zei dat dat misschien niet zou lukken omdat ze weg zou gaan, heb ik haar gevraagd of ze een filmpje wilde sturen, voor het geval dat. Ze zei dat ik moest wachten tot halftwaalf. Als het tegen die tijd nog niet was gelukt, mocht ik de video afspelen.

Maar misschien lukt het later nog wel via FaceTime,' voegt hij eraan toe.

Nee, dat gaat niet lukken, besef ik. De pijn snijdt door me heen nu ik eindelijk accepteer wat ik zo hard heb geprobeerd te ontkennen. Ze zal nooit meer facetimen. Marnie heeft het filmpje alleen gemaakt zodat Josh niet zou vermoeden dat ze naar huis zou komen. Ze had niet verwacht dat het op het feest zou worden vertoond, omdat ze hier al zou zijn. Omdat alles zou gaan zoals we het hadden gepland.

De geluiden zijn te luid, de kleuren – ballonnen, jurken, lichtjes – te fel. Alles wordt wazig. Ik kan me niet bewegen, ik kan niet spreken. Naast mij omhelzen Livia en Josh elkaar, en het zachte materiaal van haar jurk strijkt langs mijn hand. Ik zie onze familie en onze vrienden in groepjes staan, drinkend en lachend. Maar het voelt alsof ik hier niet ben.

Livia

Nu iedereen nog in groepjes op het gazon staat, na het kijken van Marnies video, lijkt het me een goed moment om onze gasten te bedanken voor hun komst. Adam is er, dus kan ik hem zijn cadeau geven voordat hij weer een nieuwe verdwijntruc uitvoert. Ik weet niet wat er met hem aan de hand is, maar er klopt iets niet. Eerder, toen ik mijn armen om hem heen had geslagen, zakte hij eventjes tegen me aan, alsof hij ineens geen kracht meer in zijn lijf had. Maandagochtend vraag ik hem om meteen een afspraak met de huisarts te maken.

Ondanks alles wat ze heeft gedaan, was het fijn om Marnie op het scherm te zien. Ik stond met Izzy te praten toen Josh het filmpje begon af te spelen, en toen ik haar *Hier ben ik dan, mam!* hoorde zeggen, klonk ze zo dichtbij dat ik even dacht dat ze er daadwerkelijk was, dat ze onverwacht was gekomen om me te verrassen. En alles – alle boosheid die ik voor haar voelde – verdween. Ik wilde alleen maar mijn armen om haar heen slaan en haar tegen me aan houden. Ik zou het Josh nooit vertellen, maar toen ik me realiseerde dat het om een video ging, en dat ze niet echt hier was, waren de tranen die me in de ogen sprongen deels tranen van teleurstelling. En ik denk dat Adam hetzelfde voelde, want toen hij gehaast door de menigte aan kwam lopen, zag ik hoe verrast hij was. Ik wou dat ik hem had kunnen waarschuwen en hem de teleurstelling had kunnen besparen, maar dat kon ik niet, want ik kon zelf mijn ogen niet van Marnie afhouden.

Toen de video was afgelopen en iedereen klapte en juichte, vielen mijn ogen op Rob, en de bezitterige blik op zijn gezicht terwijl Marnie gedag zwaaide vanaf het scherm, veroorzaakte weer een golf withete woede in mijn binnenste. Maar toen zag ik Adam, die er zo grauw, zo verslagen uitzag dat ik Robs bedrog meteen weer vergat.

Kirin en Izzy duiken voor me op, hun armen volgeladen met pakjes.

'Tijd om je cadeautjes open te maken!' roept Izzy.

Voordat ik doorheb wat er gebeurt, loodst Izzy me mee naar een van de tafels, waar alle schalen en bordjes af zijn gehaald.

Josh stopt de muziek weer en ik begin mijn cadeautjes te openen. De meeste van mijn vrienden hebben botje bij botje gelegd om een mooi gouden halskettinkje voor me te kopen, en Adams ouders hebben me bijpassende oorringetjes gegeven. Er zijn ook heerlijke badoliën en geurtjes, bonbons, een kookboek, een strandtas van canvas, een leren portemonnee en van Josh een fijnbewerkte zilveren armband, die ik echt prachtig vind. Tegen de tijd dat ik iedereen persoonlijk heb bedankt, ben ik zo emotioneel dat ik niet meer weet wat ik moet zeggen, want ik heb ook nog eens niets opgeschreven. Maar het lukt me om de woorden te vinden en als ik bijna aan het slot ben, pak ik Adams hand; de grote pleister herinnert me eraan dat ik niet te hard moet knijpen.

'Het mooie is dat mijn verlangen naar een speciale dag, om goed te maken dat ik nooit mijn droombruiloft heb gehad, na vanavond eindelijk uit mijn systeem zal zijn. Dankzij iedereen hier heb ik mijn droom waargemaakt. Maar degene aan wie ik het meest te danken heb, is Adam. Hij vond dat ik mijn droom niet hoefde op te geven, heeft nooit gezegd dat die onbereikbaar of dom of egoïstisch of onredelijk was, of wat hij er ook over had kunnen zeggen. Hij heeft me gesteund en is altijd achter me blijven staan.' Ik wend me tot Adam. 'Je hebt me zoveel gegeven, en nu is het mijn beurt om jou iets te schenken.' Ik loop naar een van de grote plantenbakken en trek de grote bruine envelop tevoorschijn die ik er eerder vandaag onder verborgen heb. 'Dit is voor jou. Ik hou van je.'

Terwijl Adam de envelop aanneemt, neem ik een zweem van paniek waar in zijn ogen, wat me een rotgevoel geeft. Ik wist best dat hij het vreselijk zou vinden om mijn cadeau en plein public te ontvangen, maar ik heb er toch voor gekozen het hem nu te geven, omdat ik alle vanavond aanwezige familie en vrienden wil laten weten dat ik niet alleen maar zelfzuchtig ben geweest, dat ik ook aan Adam heb gedacht, dat dit feest ook voor hem is. Maar dat is niet zo, realiseer ik me. Het feit dat ik ze dat wil laten geloven, toont juist aan dat ik alleen maar aan mezelf denk, aan hoe ik overkom.

'Je mag hem later openmaken, als iedereen weg is,' zeg ik, in een poging om de situatie recht te zetten. Maar het is al te laat; boven het geklap en gejuich uit klinkt een roep die Adam aanmoedigt de envelop te openen. Er worden enkele suggesties gedaan over de inhoud, waaronder een abonnement op *Playboy* door Rob, en een seizoenskaart voor Manchester United door Nelson. Adam verbergt zijn ongemak, glimlacht goedmoedig en geeft me een kus.

'Dank je wel,' zegt hij.

Hij neemt de tijd om de envelop te openen, en ik weet niet of hij dat doet om iedereen in spanning te laten of omdat hij niet weet wat hij ervan moet verwachten. Wat dat betreft maak ik me geen zorgen. Ik weet zeker dat hij er heel blij mee zal zijn.

'Is het een parachutesprong?' vraagt iemand.

'Een rit in een Ferrari, misschien?' zegt Mike.

Ik kijk naar zijn gezicht terwijl hij de foto van het viaduct van Millau tevoorschijn haalt.

'Nou, wat is het?' vraagt Rob ongeduldig.

Adam schraapt zijn keel. 'Ik geloof dat mijn fantastische echtgenote me gaat meenemen naar iets wat ik altijd al dolgraag heb willen zien,' zegt hij, en ik slaak een zucht van opluchting. Hij houdt de foto omhoog. 'Het viaduct van Millau in Zuid-Frankrijk.'

De betekenis ervan gaat aan de meeste mensen voorbij, dus begint Nelson het uit te leggen.

'Er zit nog iets in de envelop,' zeg ik tegen Adam, omdat ik wil dat hij weet dat de reis al is geboekt, dat we echt gaan, dat het niet een vage belofte voor de toekomst is die nooit zal worden waargemaakt omdat er andere dingen in de weg komen te staan. Met een vragende blik trekt hij het mapje met de tickets tevoorschijn, waarnaar hij blijft staan staren. Het hart zinkt me in de schoenen omdat iets in zijn gezicht me vertelt dat hij het niet open wil maken, dat hij vreest iets te zien te krijgen wat hij niet wil zien.

'Kom op, man, wanneer gaan jullie?' roept Rob. 'We willen het weten!'

In het besef dat hij zich niet gedraagt zoals van hem wordt verwacht, glimlacht Adam kort.

'Ik probeer alleen maar de spanning op te voeren!' zegt hij, maar ik zie dat het hem moeite kost om het grapje te maken. En ik wil me omdraaien en tegen Rob schreeuwen dat hij Adam met rust moet laten, ik wil iedereen vertellen dat het circus voorbij is, want om de een of andere reden wordt dit hele cadeaugedoe Adam te veel.

Hij opent het mapje en trekt de tickets eruit. 'Dinsdag.' Alleen ik hoor de weifeling in Adams stem. 'Dinsdag,' zegt hij nog eens, nu wat luider. 'We gaan dinsdag!'

'Hoelang?'

Adam neemt de tijd om het uit te rekenen. 'Vier dagen! We komen op zaterdag terug.' En iedereen begint weer te juichen en te roepen.

'Het is toch wel goed, hè?' vraag ik Adam als de muziek weer klinkt en de gasten zich verspreiden.

Hij slaat zijn armen om me heen. 'Het is geweldig,' zegt hij, me stevig vasthoudend.

'Want ik dacht dat je... niet zozeer teleurgesteld was, maar... ik weet het niet.'

'Het is perfect,' zegt hij. 'Ik was gewoon enorm verrast dat je nog wist hoe graag ik het viaduct van Millau wilde zien. Ik had niet verwacht dat je me iets zou geven. Ik was een beetje aangedaan, eerlijk gezegd.'

Ik beweeg achteruit om hem in zijn ogen te kunnen kijken. 'Weet je het zeker?'

'Ja,' houdt hij vol. 'Dank je wel, ik verheug me erop.'

'Was het niet lief van Josh en Marnie, dat filmpje?'

'Ja, heel lief.'

'Ik dacht even dat ze er was toen ik haar hoorde zeggen: "Hier ben ik dan, mam!" Jij ook, volgens mij, hè?'

'Ja,' zegt hij. 'Ik ook.'

Vanuit mijn ooghoek zie ik Rob staan kletsen met wat collega's van me. Het is moeilijk voor me om mijn wrok jegens hem even opzij te zetten, maar als je hem objectief bekijkt – iets wat ik eigenlijk nog nooit heb gedaan – snap ik waarom vrouwen hem aantrekkelijk vinden. Wat ik niet begrijp, is dat Marnie voor hem is gevallen terwijl ze weet wat Adam van Rob vindt. Ze heeft hem vaak geplaagd dat hij Rob niet erg mag omdat hij knapper is. Ze is dol op Adam – en toch is ze aan een relatie begonnen waarvan ze ongetwijfeld weet dat ze zijn hart daarmee zal breken. Wat gebeurt er als Adam weigert Rob te accepteren als de vriend van Marnie, wat hij vrijwel zeker zal doen?

Plotseling kan ik het niet verdragen zo dicht bij Adam te zijn, gewoon omdat ik weet wat ik weet. Ik laat zijn hand los.

'Ik ga even naar Jess,' zeg ik, hoewel het niet veel gemakkelijker zal zijn om bij Jess te zijn dan bij Adam. 'Ik zie je later.'

Ik loop naar Jess toe, die in de verte zit te staren.

'Jess, gaat het wel?'

Haar ogen richten zich op mij. 'Ja hoor. Maar Cleo lijkt ineens een beetje down te zijn.' Ze kijkt om zich heen. 'Heb jij Rob gezien?'

'Ja, die staat daar. Zal ik je even die kant op brengen?'

'Als je het niet erg vindt.'

'Natuurlijk niet.'

En ik neem haar aan mijn arm mee naar de plek waar Rob de charmante man staat uit te hangen bij mijn collega's.

ZONDAG 9 JUNI

0.00 – 1.00 UUR

Adam

De verschrikkingen van het afgelopen uur zijn onbeschrijflijk. Eerst de video van Marnie, daarna het cadeau van Livia. Toen ik de foto van het viaduct van Millau tevoorschijn haalde, was het ongelooflijk moeilijk om blij te kijken, want ik kon alleen maar denken dat we niet daarnaartoe zouden gaan, maar naar Caïro.

Het is donker waar ik sta, in de schaduw van de partytent. De nachtelijke lucht is zwart, maar de tuin is een felle spotlight van kleur en beweging. Ik verberg me hier sinds ik de menigte heb weten te ontvluchten na Livia's speech. Ik weet niet meer wie ik moet zijn of waar ik het zoeken moet.

Ik heb het blauwe mapje dat Liv me heeft gegeven in mijn hand, maar ik weet me er geen raad mee. Het ziet er precies zo uit als het mapje dat ik vanochtend in het reisbureau heb gekregen, en een verschrikkelijk moment lang dacht ik dat ik de tickets naar Caïro erin zou aantreffen. Mijn angst was zo groot dat ik dichtsloeg, waardoor ik niet kon doen wat ik werd geacht te doen, niet kon reageren op de manier die men van me verwachtte, en voor de verandering was ik Rob dankbaar om zijn botte aansporing, omdat die me terugbracht waar ik wezen moest. Mijn opluchting toen ik zag dat het tickets voor een reis naar Montpellier waren, verdween toen ik zag dat de vertrekdatum aanstaande dinsdag was. De misselijkheid draait rond in mijn maag; we gaan nergens heen behalve naar Caïro.

'Meneer Harman?'

Ik vloek in mezelf.

'Amy.' Ik ken Amy niet goed. Josh heeft haar een paar keer een weekend mee naar huis genomen, maar ik heb haar sinds Pasen niet gezien. Ik weet dat ze in Exeter studeert, psychologie, meen ik. Of misschien antropologie. Ze lijkt me een aardig meisje en ze is blijkbaar heel belangrijk voor Josh. Ik herinner me hoe onvriendelijk ik tegen haar was en het lukt me te glimlachen.

'Het spijt me dat ik zo bot was toen je voor de deur stond. Ik was mijlenver weg met mijn gedachten en ik had niet verwacht je te zien.'

'Het is mijn schuld, ik had niet onaangekondigd moeten komen. Maar ik wilde Josh graag verrassen.' Ze aarzelt. 'Ik weet dat hij u heeft verteld van New York en ik wil u vertellen dat ik heb geprobeerd hem over te halen toch te gaan, omdat ik niet wil dat hij er later spijt van krijgt. Maar hij wilde niet naar me luisteren.'

'Het is oké, Amy, echt.'

'Bent u niet teleurgesteld?'

'Nee, het zal fijn zijn om jullie beiden in de buurt te hebben.'

Ze reikt omhoog en geeft me een kus op mijn wang. 'Bedankt, lief dat u dat zegt.'

'Ik ga iets te drinken halen,' zeg ik. 'Zal ik ook wat voor jou meenemen?'

'Nee, dank u, Josh heeft een drankje voor me.'

We lopen langs de zijkant van de tent en gaan met een glimlach ieder ons weegs. Het voelt alsof mijn hoofd op ontploffen staat door de inspanningen steeds het juiste te zeggen, steeds te zijn wie iedereen nodig heeft, of het nou Livia, Josh, Amy of iemand anders is. Het enige waardoor ik het volhoud is dat het feest over nog maar een paar uur is afgelopen. De cateringmedewerkers zullen straks met een taart naar buiten komen en Livia zal haar veertig kaarsjes uitblazen, iedereen zal zingen en dan zullen de gasten – hopelijk – geleidelijk vertrekken. Ik kan niet wachten tot ze weg zijn, maar ik weet dat ik daarna, als ik alleen ben met Livia en Josh, iedereen terug wil roepen zodat ik ze niet over Marnie hoef te vertellen, ze niet hoef te vertellen wat ik heb gedaan.

'Adam!'

Deze keer is het Nelson.

'Sorry, nu even niet.' Ik dwing mezelf te glimlachen en loop langs hem heen. Ik bereik zonder verdere hindernissen de eetkamer en ga voor het raam staan kijken naar de straat zonder iets te zien. En dan begint er een geluid tot in mijn hoofd door te dringen, een geluid dat zo zacht is dat ik eerst denk dat ik het me verbeeld.

Ik luister nog eens. Het komt van boven mij, het geluid van iemand die niet praat of rondloopt, maar er wel is. En ik voel de woede in me opborrelen, want boven mij is Marnies slaapkamer, en niemand, maar dan ook niemand, heeft het recht daar te zijn.

Ik ren de gang in en storm de trap op, zo boos dat ik de deur met een ruk opentrek. Het kan me niet schelen wie daarbinnen is. Cleo zit op het bed. Ze springt op en het enige wat me ervan weerhoudt tegen haar te schreeuwen omdat ze in Marnies slaapkamer is zonder Marnie te zijn, is de uitdrukking op haar gezicht.

'Adam, waar is Marnie?' vraagt ze.

Ik grijp de deurpost vast.

'Hoe bedoel je?'

Ze aarzelt en met een groeiend gevoel van afgrijzen stap ik de kamer in en doe de deur achter me dicht.

'Ik weet dat ik het eigenlijk niet mocht weten,' zegt ze. 'Maar Marnie heeft me verteld dat ze zou komen om Livia te verrassen, want ze wilde dat ik haar van het vliegveld zou ophalen. Ze zei dat het sneller zou gaan dan een taxi bellen en ze wilde hier zo snel mogelijk zijn. Ik moest beloven dat ik het niemand zou vertellen, zelfs papa en mama niet, en dat heb ik ook niet gedaan, echt niet.' Haar handen bewegen terwijl ze spreekt; ze kan haar vingers niet stilhouden. 'Maar ik kreeg vanochtend een berichtje van haar dat haar vlucht vertraagd was en dat ze haar overstap in Caïro niet zou halen. En dat ik haar niet hoefde op te halen omdat ze geen idee had hoe laat ze precies in Londen zou zijn, aangezien dat zou afhangen van de vraag of ze een ander vliegtuig kon nemen. Ze vroeg me gewoon naar het feest te gaan en zei dat ze een taxi zou nemen vanaf Heathrow. Dus ik wacht al de hele avond op haar, en nu is het al middernacht geweest. Heb jij iets van haar gehoord?'

Ik schraap mijn keel. 'Nee, nog niet.' Ik weet dat ik meer zou moeten zeggen, maar het feit dat Cleo weet dat Marnie thuis zou komen, heeft me compleet van mijn stuk gebracht.

'Het punt is...' gaat Cleo verder, en dan zwijgt ze.

'Wat?'

'Nou, ik hoorde van die vreselijke vliegtuigcrash en toen ik het checkte, zag ik dat het ging om het vliegtuig waar Marnie in zou zitten. Ik was zo blij dat ze de overstap had gemist en ik bleef maar denken hoeveel geluk ze had gehad dat haar eerste vlucht vertraging had opgelopen. Maar nu...' Ze kijkt me aan, haar ogen donker van angst. 'Het kan niet zo zijn dat ze die vlucht wél gehaald heeft, toch? Ik bedoel: ze zou inmiddels toch wel contact met ons hebben opgenomen om te vertellen hoe laat ze aankomt?'

Ik kan haar niet aankijken. 'Niet per se. Ze heeft mij verteld dat ze het me zou laten weten als ze in Londen aankwam, en het kan zijn dat ze een langere omweg moet maken.'

Ze knikt langzaam. 'Dus je maakt je niet ongerust?'

Ik wil niet tegen haar liegen, maar hoe kan ik haar vertellen dat ik doodsbang ben?

'Een beetje wel,' zeg ik.

'Want je ziet er – sorry dat ik het zeg – heel slecht uit. Iedereen zegt dat je migraine hebt, maar ik vroeg me af, nou ja, of het misschien met Marnie te maken had.'

'Ik heb absoluut last van migraine,' zeg ik met een grimas.

Ze haalt beverig adem. 'Ik bedacht wel iets.'

'Wat?'

Ze kijkt alsof ze het me eigenlijk niet wil vertellen. 'Er is een nummer dat je kunt bellen als je denkt dat er misschien iemand in het vliegtuig zat die je kent. Ik vraag me af... Ik bedoel, zou het een idee zijn om het te bellen?'

Ik knik. 'Dat kan ik zeker doen als ze er nog steeds niet is tegen de tijd dat het feest is afgelopen.'

'O,' zegt ze bedrukt.

'Nog maar een uur ongeveer.'

Ze kijkt me ernstig aan. 'Ik neem aan dat ze het jullie hadden laten weten als ze echt in dat vliegtuig zat. Ze wachten vast of mensen bellen en als ze dat niet doen, nemen zij contact op.'

Ik voel een sprankje hoop opflakkeren. Misschien heeft Cleo gelijk. Als Marnie in dat toestel had gezeten, waren we dan niet inmiddels op de hoogte gesteld?

'Ja, dat denk ik ook.'

'Dus als ze jullie niet hebben gebeld, zal er waarschijnlijk niks aan de hand zijn.'

Ik glimlach geruststellend. 'Probeer je geen zorgen te maken, Cleo. Ga anders gewoon terug naar het feest.'

'Is het goed als ik hier nog even blijf?'
'Natuurlijk.'
'Laat je het me weten als je iets van haar hoort?'
'Natuurlijk,' zeg ik weer.

Livia

'Gaat het?'

Ik kijk op. Josh heeft zijn blik op me gericht, zijn ogen bijna zwart in het donker.

'Sorry, ik zat ergens anders met mijn gedachten.'

'Bij Marnie, zeker,' zegt hij.

Ik lach. 'Nee, niet bij Marnie. Ik dacht aan je vader.'

'Hij is toch wel in orde?'

'Ja, maar ik denk dat hij blij zal zijn als dit feest straks achter de rug is.'

'Dat was heel lief van je, dat je dat reisje naar Frankrijk hebt geboekt.'

'Hij verdient het. Ik had er wel een langere reis van willen maken, maar ik weet dat hij zich zorgen zou maken over zijn werk.' Ik kijk hem dankbaar aan. 'Dank je voor het filmpje van Marnie. Dat was fijn.'

'Ik hoop dat het een beetje heeft goedgemaakt dat ze er niet bij kon zijn?'

'Ja, absoluut.'

Hij knikt naar het terras. 'Dus het ziet ernaar uit dat ik er een oma bij heb?'

Ik kijk hem aan, vol spijt. 'Sorry Josh, ik had je zelf moeten vertellen dat ze is komen opdagen.'

'Wilde ze mij niet zien?' Ik hoor de pijn in zijn stem.

'Jawel, maar ze kon niet langer blijven omdat er iemand op haar stond te wachten, wat op zich wel goed was, want we voelden ons allebei een beetje overweldigd. Maar ze komt morgenochtend weer, om jou te zien voor ze vertrekt.'

'Cool.' Hij buigt door zijn knieën zodat hij me recht in de ogen kan kijken. 'Ik vind het heel erg van je vader. Nelson zei dat hij is overleden.'

'Ja, maar ik heb er eigenlijk wel vrede mee. Hij was niet zo'n prettige man. En alleen omdat hij er niet meer is, had mijn moeder het gevoel dat ze hier vanavond naartoe kon komen. Dus tja... elk nadeel heeft zijn voordeel.'

Mijn aandacht wordt getrokken door een lichtflits, gevolgd door een collectief ingehouden adem.

'Prachtig!' roept Kirin, klappend in haar handen, als twee van de cateringmedewerkers een enorme taart komen aandragen, met daarop, neem ik maar aan, veertig kaarsjes. In feite zijn het drie taarten, naar grootte op elkaar gestapeld.

'Chocolade, vanille en – je favoriet – mokka,' deelt Josh me mee. Hij pakt mijn hand. 'Kom, mam, kom je kaarsjes uitblazen.'

'Waar is je vader?' vraag ik aan Josh boven het vrolijke rumoer uit als hij me meetrekt naar de tafel.

'Ik geloof dat hij ergens binnen is. Wil je dat ik hem ga halen?'

'Nee, laat hem maar even,' zeg ik, mijn teleurstelling omdat hij niet naast me staat verdringend. Hopelijk hoort hij iedereen 'Happy Birthday' zingen – want dat doen ze behoorlijk luid – en komt hij dan tevoorschijn. Ik sta te luisteren en mijn hart zwelt van emotie. En dan, net op tijd om het helemaal volmaakt te maken, komt Adam aanlopen, door de menigte, de laatste regel meezingend. En hij komt naast me staan terwijl ik de kaarsjes uitblaas.

Als iedereen klaar is met klappen omdat het me in één adem lukt, neemt hij me in zijn armen.

'Ik hou van je,' zegt hij zacht, onder het gejuich en gefluit. 'Dat heb ik altijd gedaan en zal ik altijd blijven doen.'

'Dank je.' Ik kan mijn tranen niet inhouden. 'Dank je dat je dit de mooiste dag ooit hebt gemaakt, dat je altijd aan mijn zijde staat, dat je alles doet wat in je macht ligt om me gelukkig te maken. Ik bof ontzettend met jou.'

'Blijf alsjeblieft van me houden.'

'Ik zal altijd van je blijven houden,' zeg ik. 'Altijd.'

En achter zijn ogen, achter zijn glimlach, zie ik schrikwekkende twijfel, en ik wil hem vragen waarom hij denkt dat ik ooit zou kunnen stoppen van hem te houden.

'Je moet je taart aansnijden, mam,' zegt Josh, die het moment verbreekt.

Adam geeft me nog een kus. 'Ga je gang. Ik geloof dat Nelson verlost moet worden van Rob.'

Onze dochter ook, denk ik bitter.

Josh overhandigt me een mes, en terwijl ik mijn taart aansnijd, besef ik dat, mocht ik Marnie inderdaad van Rob kunnen verlossen, ik wellicht het uiteenvallen van onze groep zou kunnen voorkomen. Als ik haar tot inkeer kan brengen en ze met Rob breekt, hoeft niemand ooit van hun verhouding te weten en kunnen we verder zoals we altijd hebben gedaan. Nou ja, niet precies natuurlijk, het zal nooit meer hetzelfde zijn. Er zou dat vreselijke geheim bestaan tussen mij, Marnie en Rob. Bovendien zou ik beleefd moeten zijn tegen Rob, om niemand te laten merken hoezeer ik hem veracht, wat enorm moeilijk wordt, zo niet onmogelijk. Nog erger is het dat ik Marnie nooit meer op dezelfde manier zal zien. En als ik daaraan denk, breekt mijn hart.

Jess vangt mijn blik en zwaait even naar me. Rob staat naast haar, zijn arm om haar middel, en ik wil naar haar toe rennen en haar smeken mij niet te haten, wat ze vast zal doen als ze erachter komt van hem en Marnie. Ze zal automatisch Marnie de schuld geven, want Rob zal er ongetwijfeld een verhaal omheen verzinnen om de schuld op haar af te schuiven. Hij zal tegen haar blijven liegen zoals hij steeds heeft gedaan. Hij zal haar vertellen dat Marnie hem heeft verleid, dat het van zijn kant een moment van zwakte was, dat het wat hem betrof voorbij was toen ze naar Hongkong vertrok – maar dat ze hem niet wilde loslaten en hem bleef smeken om haar op te zoeken. En Jess zal, in de hoop haar huwelijk te kunnen redden, ervoor kiezen hem te geloven. Daarom zal ik, wat ze ook te weten komt, haar nooit over de baby vertellen. Ik zal haar nooit vertellen dat Marnie zwanger was en dat Rob haar vroeg het kindje te laten weghalen. Dat zou te veel zijn.

Mijn grootste angst – die ik amper durf te overwegen – is dat áls Rob Jess inderdaad verlaat, en Marnie thuiskomt om hem te steunen, ze dat openlijk zullen doen, niet in het geheim. Dat ze in het openbaar met hun relatie zullen pronken in plaats van discreet te zijn. Als ze dat doen, zal dat buitengewoon kwetsend zijn. En hoe zullen Adam en ik omgaan met de situatie als zij een stel vormen? Willen we ze op bezoek hebben, kunnen we toekijken hoe Rob onze dochter kust en omhelst? Als het de enige manier zou zijn om Marnie te zien, welke keuze hebben we dan? Maar dat zou alle kansen om mijn vriendschap met Jess te redden tenietdoen.

De enige uitweg uit deze hele toestand, denk ik bitter, is als er vanuit de hemel een dodelijke bliksemflits op Rob neerdaalt. En dat gaat natuurlijk niet gebeuren.

1.00 – 2.00 UUR

Adam

Ik ben nog niet terug naar het feest geweest sinds mijn gesprek met Cleo. Ik kan het nog niet. In plaats daarvan zit ik in de slaapkamer met mijn mobiele telefoon in mijn hand. Er zijn geen gemiste telefoontjes. Mijn berichtjes aan Marnie zijn nog steeds niet aangekomen. Zelf heb ik alleen maar spam ontvangen. Ook op Livia's telefoon is niets binnengekomen. Nadat ik bij Cleo wegging, ben ik meteen naar de bijkeuken gelopen, waar ik het licht uit liet en Livs mobiel uit de wasmand haalde. Ze had veel berichtjes en wat gemiste telefoontjes – maar niets van Marnie en niets van een onbekend nummer.

Mimi is weer in onze slaapkamer, ze houdt enige afstand. Kijkt me aan vanuit de hoek van de kamer. Ik zou het noodnummer moeten bellen, ik heb het al ingetikt op mijn telefoon. Ik hoef alleen nog op 'bellen' te drukken. Maar ik kan het nog steeds niet.

Ik denk na over wat Cleo heeft gezegd, dat de autoriteiten vast zelf bellen als er niemand contact heeft opgenomen over een passagier in een neergestort vliegtuig. Wachten ze een bepaalde tijd voordat ze contact opnemen met de familie? Heeft Marnie mij wel opgegeven als naaste familie op het aanvraagformulier voor haar paspoort? Had ze dat gedeelte ingevuld?

Misschien was dat niet verplicht, misschien is ze het vergeten. Misschien heeft ze Josh ingevuld in plaats van mij of Livia, zodat wij niet de eersten zouden zijn die het hoorden als er iets met haar was gebeurd.

Het geluid van de gasten die 'Happy Birthday' zingen, herinnert me eraan waar ik moet zijn.

Met twee treden tegelijk ren ik de trap af. Ik hol de tuin in en bereik Livia net op tijd. Het lijkt allemaal heel onwerkelijk. Maar ik sta naast haar en ondanks de verpletterende pijn van wat er waarschijnlijk met Marnie gebeurd is, lukt het me om Liv een kus te geven, haar te vertellen dat ik van haar houd en degene te zijn die ze nu nodig heeft.

'Adam!'

Ik zie Nelson zwaaien en geef Liv nog een kus. 'Ik geloof dat Nelson verlost moet worden van Rob.'

'Waarom zijn sommige mensen zo geobsedeerd door slecht nieuws?' moppert Nelson. Hij komt naar me toe en laat Rob in zijn eentje achter. 'Hij blijft maar doorgaan over die vliegtuigcrash van vanochtend. Die in Caïro.'

Ik loop naar het muurtje, waar Livia en ik eerder vanavond zaten, tegenover Marnies schutting, me bewust van Nelson, die achter me aan loopt. Marnies schutting. Zo zal die voortaan altijd bekendstaan, besef ik. Zelfs nadat de foto's zijn verwijderd, zal het nog Marnies schutting zijn.

Nelson gaat naast me zitten en strekt zijn benen.

'Gaat het wel? Je hebt volgens mij niet veel gedronken.'

'Migraine, meer niet.'

Hij draait zijn gezicht naar me toe. 'Is er iets gebeurd?'

Ik probeer zijn blik te ontmoeten, maar het lukt me niet. 'Hoe bedoel je?'

'Nou, je krijgt alleen migraine als je ergens stress van hebt.' Hij zwijgt even. 'Je weet dat je het me kunt vertellen, toch?'

Wat zou ik graag willen dat ik het hem kon vertellen. Ik wou dat ik hem kon vertellen dat Marnie vermoedelijk in het neergestorte vliegtuig zat. Ik kan het niet verdragen. Als het waar is, hoe moet ik Livia dan vertellen dat haar dochter is overleden? Wat zal ze zeggen als ze beseft dat ik het feest desondanks door heb laten gaan? Ze zal het me nooit vergeven.

Ik buig voorover, mijn ellebogen op mijn knieën en mijn hoofd gebogen, in een poging mijn radeloosheid voor Nelson te verbergen.

'In godsnaam, Adam, vertel het me alsjeblieft!' zegt hij.

'Dat kan niet.' Mijn stem klinkt gesmoord. 'Eerst moet Livia het weten.'

Ik voel dat hij stil wordt. 'Ben je ziek, is dat het? Is dat wat je Livia moet vertellen?' Er klinkt bezorgdheid door in zijn stem, en ik herinner me dat Jess eerst Nelson en dan pas Rob had verteld dat ze MS had.

'Nee, nee, ik ben niet ziek,' zeg ik. 'Het gaat om iets wat ik heb gedaan.' Ik moet ophouden met praten want mijn stem begeeft het, maar ik kan hier niet gaan zitten huilen, niet nu iedereen bijna gaat vertrekken.

'Zo erg zal het niet zijn,' zegt Nelson.

'Jawel. Livia vergeeft het me nooit.'

'Natuurlijk wel,' zegt hij. 'Ze houdt van je.'

Ik schud mijn hoofd.

'Als het om iemand anders ging, zou ik vrezen dat je was vreemdgegaan,' zegt Nelson, en eventjes zou ik willen dat dat het was: bedrog, een afschuwelijke vergissing. 'Maar ik weet dat jij dat niet zou doen,' gaat hij verder. 'Dat past niet bij jou, zo zit je niet in elkaar.'

Er breekt iets in me. Ik begin te lachen, want het alternatief is in huilen uitbarsten.

Een ogenblik lang laat Nelson me lachen. En dan legt hij een zware hand op mijn schouder.

'Je zult wel denken dat ik gek ben geworden,' zeg ik, met de muis van mijn hand tegen mijn ogen duwend.

'Wat het ook is, jullie komen er wel doorheen,' zegt hij. 'Jullie en wij allemaal. Wat het ook is.'

Livia

Als ik Nelson en Adam samen op het muurtje zie zitten, draagt een nieuw laagje bezorgdheid bij aan de onrust die ik al voel over Adam.

Ik kijk een minuut toe en zie hoe van streek Adam lijkt, en dan vang ik mijn naam op. Mijn hart zinkt me in de schoenen. Het gaat toch zeker niet om het cadeau dat hij me nog steeds niet heeft gegeven?

Net als ik me afvraag of ik ze moet onderbreken, begint Adam te lachen. Ik heb hem de hele dag nog niet horen lachen en eerst ben ik dan ook blij dat hij zich een beetje lijkt te ontspannen. Maar dan hoor ik dat er iets bijna wanhopigs doorklinkt in zijn lach, en Nelson merkt het ook, want die legt zijn hand op Adams schouder en zegt zachtjes iets tegen hem. Dan is Adams gelach net zo snel verdwenen als het gekomen was.

Ik ben blij dat Adam – waar hij ook gezeten heeft – op tijd uit zijn schuilplaats is gekomen voor de taart. Ik dacht dat hij de doos misschien zou meenemen, die ik eerder onder de tafel uit zag steken, maar dat deed hij niet. Ik geloof eigenlijk niet dat ik vanavond mijn cadeau nog zal krijgen. Onwillekeurig vraag ik me toch af wat het kan zijn. De doos is veel te groot voor de dure handtas waar ik aan dacht, maar misschien wil Adam me foppen.

Ik ben niet de enige die aan de doos denkt, want plotseling draagt Rob hem wankelend de treden op, niet omdat hij zwaar is, maar vanwege de grootte.

'Hé, Adam!' roept hij. 'Ben je niet iets vergeten? Dit is voor Livia, toch? Maar... zo te voelen ben je vergeten het cadeau erin te doen.'

'Zet neer!' Adams stem klinkt dwars door de muziek heen. 'Blijf eraf!' Hij springt op, zijn gezicht donker van boosheid. Er draaien hoofden zijn kant op. Het lijkt alsof hij gaat uithalen naar Rob, en ik heb sterk de neiging hem aan te moedigen.

Nelson legt een kalmerende hand op zijn arm en een moment lang staat alles stil.

'Sorry, man,' zegt Rob, en hij laat de doos op de grond vallen. Hij valt op zijn kant en de bovenkant flapt open en laat de lege binnenkant zien. 'Ik had geen kwaad in de zin.'

Ik weet hoe hard Adam zijn best moet doen om zichzelf in bedwang te houden.

'Het is al goed,' zegt hij met een geforceerde glimlach. 'Maar er is een probleem ontstaan met mijn cadeau voor Livia en ik hoopte dat niemand zou merken dat ik haar nog niets heb gegeven. Nu heeft iedereen het door.'

'Het maakt niet uit!' roep ik. 'Dit prachtige feest is het beste cadeau ooit!'

Iedereen begint te juichen en te klappen en het moment is al snel weer vergeten, vooral door Rob, die van de treden naar het terras springt en begint te dansen op 'YMCA' van Village People, terwijl Jess haar gezicht quasigegeneerd achter haar handen verbergt.

Ik keer het tafereel mijn rug toe, want ik kan Rob niet meer zíén, en ik bots tegen Paula op.

'Ik ga nu, Livia,' zegt ze.

'Nu je taart hebt gehad?' plaag ik.

Ze lacht. 'Ik ben heel blij voor je dat je moeder is geweest,' zegt ze, want iedereen weet het inmiddels. 'Wat zou het fijn zijn als het lukt het verleden achter jullie te laten en de draad op te pakken.'

'We gaan het in elk geval heel hard proberen,' zeg ik. Er wellen tranen in me op.

'Maak er het beste van,' zegt ze. 'Familie is alles. Ik wou dat mijn familieleden niet zo ver weg waren. Soms voel ik me heel alleen.'

'O, Paula,' zeg ik ontdaan. 'Je bent niet alleen. Je hebt vrienden om je heen, en kijk eens wat je allemaal doet sinds je met pensioen bent.'

'Maar dat is niet hetzelfde als je familie in de buurt hebben, toch? Kijk eens naar jou en Adam, naar zijn familie – Jeannie en Mike zijn super, nietwaar? Kijk naar Josh, en Marnie, die binnenkort thuiskomt. Ik benijd je, Livia, niet op een nare manier, maar ik benijd je.'

'Ik weet dat ik bof,' zeg ik, wensend dat ik me er niet zo schuldig over voelde.

'En ik... ik ben een individu dat de tijd doodt. Ja, ik ontmoet mensen, maar naderhand gaan zij terug naar hun gezin en ik naar een leeg huis.' Ze schudt treurig haar hoofd. 'Ik kan nog steeds niet geloven dat mijn beide zoons ervoor hebben gekozen zo ver weg te wonen.'

'Ik denk dat het leven misschien voor hen gekozen heeft.'

'Dat weet ik wel,' zegt ze. 'Ik weet dat het geen bewust besluit was om ver bij mij vandaan te gaan. En ze verwachtten ook niet dat hun vader zo jong zou sterven. Wat ze verwachtten was dat Tony en ik een lange oude dag samen zouden hebben terwijl zij hun eigen leven leidden.'

'Precies. Als hij was overleden voordat zij naar het buitenland verhuisden, waren ze misschien niet gegaan.'

'Ze vragen me steeds of ik ze kom opzoeken,' gaat ze verder. 'Ze zeggen dat ik zo lang kan blijven als ik wil. Maar het is zo duur.'

'Waarom begin je niet te sparen, zoals ik voor dit feest heb gedaan? Denk je dat je iets van je pensioen opzij kunt zetten?'

'Ja, dat denk ik wel.'

'Dan heb je om de zoveel jaar genoeg voor een reis naar of Australië of Canada. Zo heb je iets om naar uit te kijken.'

Paula knikt. 'Je hebt gelijk. Wat een goed idee... Je weet nooit, misschien ga ik volgend jaar rond deze tijd wel naar Australië!'

'Ik zou in de wintermaanden gaan, als ik jou was. Dan heb je ook nog de zon om van te genieten.'

'Ik mik op november volgend jaar. Tegen die tijd heb ik zeker genoeg gespaard.' Ze omhelst me. 'Dank je, Livia, ik voel me ineens veel beter.' Ze kijkt naar het terras. 'Misschien ga ik nog een laatste keer dansen voor ik vertrek.'

'Doe dat maar,' zeg ik.

Ik kijk haar na en neem me voor haar vaker uit te nodigen. Adam vindt het prima, en hij kan altijd naar zijn schuur gaan, zodat Paula en ik samen kunnen kletsen. Ik ben erdoor aangedaan dat ze zo eenzaam klonk, en dat ze zei dat ze me benijdde. Ik vind het vervelend dat ik haar dat gevoel heb gegeven, maar in haar ogen heb ik dan ook alles wat mijn hartje begeert. Ik weet hoe blij ik mag zijn met mijn familie, mijn vrienden en mijn gezondheid. In elk geval vooralsnog.

2.00 – 3.00 UUR

Adam

Ik pak de doos die Rob op het gazon heeft achtergelaten en zet hem weg. Ik weet dat ik niet tegen Rob had moeten schreeuwen, maar de doos was Marnies idee en ik wil niet dat hij beschadigd raakt.

Mijn gedachten gaan naar de andere dingen die ik zal willen bewaren, dingen die ik normaal zou hebben weggedaan, zoals haar oude fiets. Die staat tegen de muur in de garage te wachten tot ik hem naar de kringloop breng. Maar dat ga ik niet doen, nu niet meer. Die fiets was een cadeau voor haar twaalfde verjaardag, ik zie haar er nog op fietsen, haar haar op en neer wippend terwijl ze zo snel mogelijk peddelde. En haar oude bureau, dat ik als brandhout zou gebruiken, ga ik opknappen. Hoe kan ik ooit iets weggooien wat Marnie heeft aangeraakt, wat nog steeds iets van haar in zich draagt?

En dan zijn er nog alle dingen die Marnie me heeft gegeven, dingen die ik nooit heb gebruikt of gedragen. Zoals de kleurige Red Herring-sokken die ze me afgelopen kerst heeft gestuurd, helemaal uit Hongkong. Ze liggen in mijn la, nog steeds in het doosje, want felgekleurde sokken zijn niet mijn ding. Ik wou dat ik ze gedragen had, één keer maar, en er een foto van had genomen om naar haar op te sturen – *Kijk, ik heb ze aan!* En de dure kurkentrekker die ze me voor mijn laatste verjaardag heeft gegeven en die ik nooit heb gebruikt, omdat het exemplaar in de la het prima doet. Ik had hem moeten gebruiken, ik had haar in elk geval moeten vertellen dat ik hem gebruikte.

'Dus je gaat naar Millau.'

Ik voel pa's hand op mijn schouder. Ik draai me om en alleen al zijn aanblik geeft me kracht, want ik weet dat hij er voor me zal zijn in de komende uren, dagen, weken, maanden, zoals hij er altijd voor me is geweest. Hij zal begrijpen waarom ik het feest heb laten doorgaan, hij zal begrijpen dat ik Livia deze laatste paar uren geluk gunde voordat haar wereld zou instorten. En als hij het niet begrijpt – nou, dan zal hij doen alsof, omdat dat is wat ouders doen: als het erop aankomt, zeggen ze precies waar we behoefte aan hebben.

'Ja,' zeg ik.

'Het zal je goeddoen er even uit te zijn, ook al is het maar voor vier dagen. Hier.' Hij reikt me het glas aan dat hij in zijn hand heeft. 'Je kunt wel een biertje gebruiken, zo te zien.'

'Dank je.' Ik neem het aan, maar kan mezelf er niet toe brengen het te drinken. 'Pa, als iemand iets ergs heeft gedaan maar met goede bedoelingen, zou jij dat dan begrijpen?'

Hij denkt erover na. 'Je bedoelt als iemand bijvoorbeeld een bank berooft omdat zijn gezin honger heeft?'

'Ja, zoiets.'

'Zijn er doden of gewonden gevallen bij de roof?'

'Nee.'

'Dan zou ik er geen probleem mee hebben, ook al is het moreel gezien fout. Als zijn gezin tenminste echt honger had en het niet was om een Xbox voor de kinderen te kunnen kopen.'

'Maar wat als zijn vrouw verschrikkelijk boos op hem zou zijn omdat hij de bank had beroofd, ook al had hij het beste met haar voor?' zeg ik, zijn denkrichting volgend.

'Als hun maag eenmaal gevuld is, bedoel je?'

'Ja.'

Hij loopt naar het muurtje en ik loop mee. 'Ik denk dat haar boosheid eerder zou voortkomen uit schuldgevoel,' zegt hij als ik naast hem ga zitten. 'Omdat ze het eten heeft gegeten terwijl ze, als ze had geweten dat het met gestolen geld was gekocht, ervoor had gekozen het niet te eten.'

'Maar als hij haar had verteld waar het geld vandaan kwam, en zij had besloten om niet te eten, waren ze gestorven van de honger,' merk ik op.

'Wat voor hem reden was om het niet te vertellen.'

'Precies.'

'Hij wilde alleen maar dat zijn gezin nog een keertje onbezorgd zou kunnen eten.'

Ik krijg een brok in mijn keel. 'Ja.'

'Dat zou ik oké vinden.'

'Zelfs als zijn gezin hem erom zal verfoeien?' zeg ik met verstikte stem. 'Zelfs als hij hun liefde voor altijd verliest?'

'Ze zullen hem niet verfoeien. Misschien eerst wel. Maar niet op de lange duur.'

'Ik hoop dat je gelijk hebt.'

Hij draait zijn gezicht naar me toe en kijkt me aan. 'Deze persoon... Misschien had hij zijn vader advies moeten vragen voordat het zover kwam.'

'Ja,' zeg ik zacht. 'Misschien had hij dat moeten doen.'

'Waarom kan hij het hem nu niet vertellen?'

'Omdat zijn vrouw het eerst moet weten.'

Hij blijft een tijdje zwijgend zitten om me de kans te geven van gedachten te veranderen.

'Het feest is straks voorbij,' zegt hij uiteindelijk. 'Het is geweldig geweest, precies waar Livia van heeft gedroomd.'

'Hoe laat is het?'

Hij kijkt op zijn horloge en houdt het schuin om het licht dat vanuit de partytent komt op te vangen. 'Tien over twee.'

'Kun je Josh vragen om de boel langzaam af te bouwen? Laat hem "Unchained Melody" maar draaien. Dat is mijn liedjeskeuze, voor Livia.'

'Ik hoop dat je hem hebt gevraagd om de versie van de Righteous Brothers.'

'Natuurlijk.'

Het duurt een paar minuten voor ik de openingsmaten hoor en de herinnering aan onze huwelijksdag terugkomt, hoe we hierop dansten in de oude pub en hoeveel ik toen van haar hield. Hoeveel ik nu van haar houd.

Ik loop naar het terras, waar Livia op me wacht, en ik neem haar in mijn armen. We zeggen niets, we dansen alleen maar, dicht tegen elkaar aan, haar hoofd op mijn schouder, mijn hand in haar haar. En ik vraag me af of dit de laatste keer is dat ik haar mag vasthouden.

Livia

Adam en ik dansen, en ik kan mijn tranen amper bedwingen. Ik weet dat iedereen die toekijkt ze zal opvatten als tranen van vreugde, maar er welt een enorme droefheid in me op. Die is afkomstig van Adam, sijpelt van zijn poriën in de mijne, vult me met een verdriet dat ik niet begrijp. Ik voel dat hij het amper volhoudt, dat hij alleen maar wil dat het feest voorbij is en dat iedereen weggaat.

Hij heeft gezegd dat hij niet ziek is, maar ik geloof hem niet meer. Het kan niet om zijn werk gaan; als er een bestelling voor een meubelstuk wordt afgezegd, is dat niet zo erg. Of misschien is een van zijn ouders ziek? Terwijl we langzaam rondcirkelen, kijk ik of ik Jeannie en Mike ergens zie, en als ik ze samen zie lachen, weet ik dat het ook niet om hen kan gaan.

Jeannie ziet dat ik kijk en wuift. Ik glimlach terug. Als het liedje is afgelopen, besluit ik op te houden erover in te zitten. Wat het ook is, ik krijg het vast snel te horen.

Ik zie dat Jess wat onzeker mijn aandacht probeert te trekken. Ik loop naar haar toe en leg mijn hand op haar arm. ‘Gaat het wel?’

‘Het is Cleo. Ze is nogal van streek, dus we gaan maar.’

‘O nee! Om Charlie?’

'Ik weet het niet. Ze kwam naar me toe en vroeg of we konden gaan. Ik zag dat ze had gehuild, maar ze wilde niet zeggen waarom.'

'Waar is ze?'

'Ze is op zoek naar Adam, om afscheid te nemen. En ik moet Rob zien te vinden.'

'Hier ben ik,' zegt hij, opduikend boven haar linkerschouder. Hij kijkt me mistroostig aan. 'Het ziet ernaar uit dat we jouw mooie feest gaan verlaten, Livvy.'

'Het is toch al zo'n beetje afgelopen,' zeg ik nijdig. Ik heb er een hekel aan als hij Livvy zegt, want zo noemt Mike me altijd en ik wil niet dat iemand anders die naam gebruikt, Rob al helemaal niet.

'Ik zal de auto gaan halen.' Hij maakt aanstalten me te omhelzen, maar ik wend me snel tot Jess.

'Dank je voor je komst, het wellnessuitje en het badpak. Je bent de beste vriendin van de wereld,' zeg ik, haar steviger omhelzend dan ik ooit heb gedaan, me ervan bewust dat dit misschien wel een van de laatste keren is dat ze met me wil praten. 'Ik zal me vandaag altijd herinneren als een van de beste dagen uit mijn leven.'

Ze lacht zacht. 'Je doet net alsof we elkaar nooit meer zullen zien. Heel veel plezier in Frankrijk, en kom me er maar gezellig over vertellen als je weer terug bent.'

'En zorg jij goed voor jezelf?' vraag ik nadrukkelijk.

'Zal ik doen.' Ze kijkt rond. 'Zou jij Cleo willen zoeken? En haar vertellen dat we wachten in de auto?'

'Natuurlijk,' zeg ik met een laatste omhelzing. 'Dag, Rob.' Ik keur hem geen blik waardig.

'Dag, Livvy, een fijne vakantie gewenst,' zegt hij terwijl Jess hem bij zijn arm pakt.

Maar ik ben al weg, want ik zie Cleo en Adam aan de andere

kant van het terras, dicht bij elkaar, en hoewel ze met hun rug naar me toe staan, zie ik dat Cleo huilt. Ik haast me naar hen toe om Adam te verlossen.

'Je moet het Livia vertellen,' hoor ik Cleo met bibberige stem zeggen. 'Je moet het haar vertellen van Marnie, ze moet het weten.'

Ik verstijf. De ontzetting dringt door tot in mijn haarvaten. Cleo weet ervan? Ik stap snel achter de grijze regenton, want ik wil niet dat ze me zien. Mijn hart bonst in mijn keel en er schieten allerlei vragen door mijn hoofd. Hoe is Cleo erachter gekomen? En wanneer? Eerder was er met haar nog niets aan de hand, dus het moet vanavond zijn geweest. Heeft Marnie het haar verteld? Nee, dat zou ze nooit doen, niet vanavond, niet tijdens mijn feest. Max, dan? Maar waarom zou hij dat doen, waarom zou hij zo wreed zijn? Of zou Cleo het hebben vermoed? Misschien had ze iets aan Marnie en Rob gemerkt toen ze in Hongkong waren, en heeft ze erover gesproken met Max, heeft ze hem verteld wat haar dwarszat. En Max zou niet tegen haar liegen. Of misschien heeft ze een belastend bericht op Robs telefoon gezien, of heeft ze een gesprek tussen hem en Marnie afgeluisterd, misschien heeft Marnie hem tijdens het feest gebeld? Maar als ze wifi had, zou ze mij dan ook niet hebben gebeld?

'Ik ga het haar vertellen, zodra ik het zeker weet.' Adam klinkt zo wanhopig, zo gebroken, dat ik een hekel aan mezelf krijg. Ik had het hem weken geleden moeten vertellen, dan had hij er niet op deze manier achter hoeven komen.

'Denk je dan dat de kans nog steeds bestaat dat het niet zo is?'

'Ja,' zegt hij op stellige toon, en ik voel me slap worden van dankbaarheid omdat ze het niet zeker weten, maar het alleen vermoeden.

'Maar wanneer weet je het dan zeker? Wanneer ga je erachteraan?'

'Zodra iedereen weg is.'

'Laat je het me weten? Meteen? Al is het midden in de nacht. Ook als het slecht nieuws is.' Haar stem klinkt gesmoord.

'Ja,' zegt hij, en hij geeft haar een knuffel.

'Beloofd?'

'Beloofd.'

Ze kijkt hem aan. 'Je bent heel dapper.'

'Nee, dat ben ik niet.' Zijn stem klinkt zacht. 'Allesbehalve zelfs.' Hij pakt haar bij haar bovenarmen en trekt haar een stukje naar zich toe, zodat hij haar recht in de ogen kan kijken. 'Mag ik je iets vragen, Cleo? Wil je nog niets tegen je ouders zeggen? Ik moet het Livia eerst vertellen.'

Ze knikt. 'Goed.'

Zijn lichaam ontspant van opluchting. 'Dank je wel.'

Hij laat haar los. Als hij nu opkijkt, kan hij mij in de schaduw van de regenton zien staan, besef ik, dus ik kom tevoorschijn en doe net alsof ik zojuist ben komen aanlopen.

'Cleo, wat vervelend, ik hoorde van je moeder dat je je niet goed voelt.' Ik leg een arm om haar heen. 'Ze is al met je vader naar de auto gelopen.' Ik zwijg abrupt. Hoe kan ik zo ongevoelig zijn en hem noemen terwijl ze er net achter is gekomen dat hij een verhouding met Marnie heeft? Ik verwacht dat ze in tranen zal uitbarsten, maar dat doet ze gelukkig niet. 'Zal ik met je meelopen?'

'Nee, dat hoeft niet, dank je wel,' mompelt ze. 'Bedankt voor het mooie feest.'

Ze loopt weg en Adam en ik blijven achter. Ik ben zo gespannen dat ik hem niet kan aankijken.

'Die arme Cleo,' zegt hij, en ik realiseer me dat hij mij ook niet aankijkt. 'Is het Charlie, denk je?'

'Waarschijnlijk wel,' zeg ik, het spel meespelend. 'Ik geloof dat ze wat problemen hebben.'

'Zullen we de gasten de deur uit gaan werken?'

'Ja, het zal nu wel ongeveer halfdrie zijn.'

Het volgende halfuur gaat voorbij in een waas van telefoons matchen met de eigenaar, afscheid nemen en bedanken.

Op een bepaald moment vanavond heb ik – omdat ik zag dat er nogal wat eten zou overblijven – Jeannie en Mike, Izzy en Ian, en Kirin en Nelson uitgenodigd om morgen te komen lunchen, maar alleen omdat ik wist dat Jess en Rob niet zouden kunnen, want Jess had al verteld dat ze plannen hadden.

'Misschien kunnen we blijven slapen,' hoor ik Izzy gekscherend zeggen.

'Hoezo?' vraagt Adam.

'Nou, we moeten hier over een paar uur alweer zijn voor de lunch.'

Hij fronst. 'Hoe bedoel je?'

'Livia heeft ons uitgenodigd om de restjes te komen opeten. Pa en ma ook.'

'En Nelson en Kirin,' zeg ik.

'O,' zegt hij, langzaam knikkend.

'Jullie kunnen best blijven, als je wilt,' zeg ik tegen Izzy. 'Dan maak ik Marnies bed voor jullie op.'

'Nee!' We kijken allemaal verbaasd naar Adam. 'Sorry, Izzy, ik vind je hartstikke lief, maar je blijft vannacht niet logeren. Mijn migraine speelt me parten.'

'Waarom komen jullie niet bij ons slapen?' biedt Jeannie aan.

'Dank je, mam,' zegt Izzy dankbaar.

'Dan kunnen jullie de auto net zo goed hier laten staan en met ons meerijden,' zegt Mike.

Ian kijkt verontwaardigd op. 'Zeg je me nou dat ik meer dan slechts één glas champagne had kunnen nemen? Dat ik niet de hele avond vruchtensap had hoeven drinken?'

'Dat zal Izzy morgen dan wel goedmaken door terug naar Southampton te rijden,' zegt Mike lachend.

'Maar dan kan ik morgen niets drinken!' zegt Izzy.

'Willen jullie nu gewoon weggaan?' zegt Adam. Ik zie dat hij het moeilijk heeft. 'Alsjeblieft?'

Na nog een paar minuten is het stil in de tuin. Josh kijkt op zijn horloge.

'Kwart voor drie,' zegt hij. 'Geweldige timing, toch?'

'Perfect,' zeg ik, tegen hem aan leunend. 'Dank je, Josh, je hebt het fantastisch gedaan, ook met de muziek. En de versiering. Is Max al weg?'

'Ja, hij heeft geen afscheid van je genomen, want er stonden heel veel mensen om je heen.'

Ik kijk naar Adam en Josh. 'Daar zijn we dan. Met zijn drietjes.'

'En Amy,' zegt Josh.

'Waar dan?' vraag ik.

'In de tuin. Ze mag toch wel blijven slapen?'

'Nee,' zegt Adam abrupt. 'Sorry.'

Josh fronst. 'Wat?'

'Sorry, Josh, maar Amy kan niet blijven slapen.'

'Waarom niet?'

'Hoe is ze hier gekomen? Met de auto?'

'Nee, ze heeft geen auto. Ze is met de trein.'

'Dan bestel ik een taxi voor haar.'

Josh schudt zijn hoofd. 'Helemaal naar Exeter? Waarom?'

'Wacht even, Adam,' kom ik tussenbeide. 'Amy kan toch best blijven slapen? Ik bedoel, ze heeft hier wel vaker de nacht doorgebracht.'

'Dat weet ik,' zegt hij. 'Maar vanavond kan het niet.'

'Ik begrijp er niets van,' zegt Josh. 'Waarom niet?'

'Daarom niet. Het kan normaal gesproken altijd. Maar vannacht niet.'

'Dus je neemt haar toch kwalijk dat ik om haar de stageplek in New York laat lopen!'

'Dat is onzin!'

Josh' mond valt open door de toon in Adams stem en ik zie dat hij op het punt staat uit te vallen. Ik werp hem een waarschuwende blik toe.

'Josh.' Adam klinkt doodop, alsof hij amper nog de kracht heeft om te spreken. 'Ophouden nu. Amy logeert hier vannacht niet, oké?'

'Nee. Niet oké.' Josh legt zijn armen over elkaar. 'Als Amy weggaat, ga ik mee.'

'Sorry, Josh, ik heb jou hier nodig,' zegt hij beslist.

'Waarvoor? We gaan gewoon naar bed. Doe niet zo idioot, pap!'

'Alleen familie. Is dat zo moeilijk te begrijpen?'

'Het is goed, Josh.' Amy's stem klinkt achter ons. 'Ik kan vannacht wel bij Maggie logeren – je weet wel, die vriendin die in Guildford woont. Ik heb haar al verteld dat ik misschien kom, omdat ik morgen op opa's feest moet zijn, en daar woont ze dichtbij. Het is best praktisch als ik bij haar ga slapen.'

Adam draait zich om naar waar ze in de deuropening staat en ik vraag me af hoeveel ze heeft gehoord.

'Dat zou ik zeer waarderen, Amy, dank je wel,' zegt hij, duidelijk opgelucht.

'Het slaat nergens op,' gromt Josh.

Amy legt een sussende hand op zijn arm. 'Het is echt geen probleem. En je vader heeft er vast een goede reden voor.'

'Waarom vertelt hij dan niet wat die reden is?'

'Nou, misschien kan hij dat nog niet.' Ze haalt haar schouders op. 'Zo gaat dat soms in families. Soms gebeuren er dingen.’ Ze schenkt Adam een glimlachje.

‘Ik zal een taxi voor je bellen,’ zegt hij. ‘Waar zei je dat die vriendin woont?’

‘Guildford.’

Josh pakt zijn mobiele telefoon. ‘Ik doe het wel.’

Gelukkig is de taxi er snel, zodat ons ongemak, terwijl we zwijgend in de keuken staan, Josh met zijn arm om Amy heen geslagen, niet van lange duur is.

‘Tot ziens, Amy,’ zegt Adam. ‘Dank je voor je begrip.’

Ik omhels haar snel en mompel nog even dat het me spijt. Josh loopt met haar mee naar buiten, waar de taxi wacht, en Adam en ik blijven alleen achter.

‘Zullen we naar bed gaan?’ vraag ik.

‘Ja. Maar ik moet eerst nog wat doen.’ Zijn gezicht ziet grauw van vermoeidheid. ‘Wacht je boven op me?’

Ik voel een golf van paniek door me heen gaan. Hij gaat nu toch niet proberen Marnie te bellen om haar te vragen of ze iets met Rob heeft?

Ik leg mijn hand op zijn arm. ‘Kan het niet tot morgen wachten?’

‘Nee.’ Hij maakt zich los en ik laat mijn hand langs mijn lichaam vallen. ‘Ik zie je zo.’

3.00 – 4.00 UUR

Adam

Ik zit op de vloer van mijn schuur, wankelend op de rand van een leegte. Ik weet niet hoeveel tijd er is verstreken sinds ik het noodnummer heb gebeld en hoorde dat mijn dochter, Marnie Sarah Harman, een van de passagiers was op vlucht PA206.

Tijd heeft geen betekenis meer. Alle hoop is vervlogen, er is alleen nog duisternis. Ik wil alleen nog dat het duister me meeneemt, zoals het Marnie heeft meegenomen. Maar er is geen genade, alleen het kale besef dat ze dood is.

Ik buig voorover, leg mijn hoofd op mijn knieën en klem mijn handen om mijn benen – een zinloze poging om mezelf te beschermen tegen wat er al is gebeurd. Ik knijp mijn ogen dicht om de beelden van Marnies laatste ogenblikken te verdringen. Het helpt niet. Ik hoor alleen maar haar gegil.

Hoe moet ik verder leven in de wetenschap dat ik er niet voor haar was toen ze me het meest nodig had? Als ik bij haar was geweest, had ik haar gezicht tegen mijn schouder gedrukt en mijn armen stevig om haar heen geslagen zodat ze de dood niet had zien aankomen. Zelfs als we, over weken of maanden, te horen krijgen dat Marnie er niets van heeft meegekregen, dat het vliegtuig vanuit het niets explodeerde, zal in mijn hoofd altijd de mogelijkheid blijven bestaan dat ze nog leefde toen ze uit de lucht begon te vallen.

Verpletterd door een allesoverheersend, hopeloos, verschrikkelijk verdriet ben ik me nauwelijks bewust van het gesnik dat door mijn lichaam schokt, de tranen die uit mijn ogen stromen. Hoe heb ik het in mijn hoofd gehaald om haar drie vluchten te laten nemen om naar huis te komen, terwijl ze één directe had kunnen nemen? Door haar niet te willen voortrekken heb ik haar kans om te sterven verdrievoudigd. Mijn lichaam verkrampt van pijn en ik voel een vlaag van haat jegens Livia. Zélf zou ik Marnie de duurdere, directe vlucht hebben laten nemen, maar ik wist dat zij dat zou afkeuren vanwege Josh en hoe die zich daaronder zou voelen. Eventjes haat ik Josh ook. Maar die zal het vreselijk vinden om te horen dat ik zijn zusje drie vluchten heb laten nemen, enkel en alleen omdat hij in twee vluchten naar New York zou hebben moeten vliegen. En rechtvaardigde haar korte verblijf bij ons – vier dagen – eigenlijk geen directe vlucht? De enige die ik iets kan verwijten, ben ikzelf. Hoe heb ik zo stom, zo kortzichtig, zo onlogisch kunnen handelen?

Uiteindelijk dringt het leven zich weer op, samen met het doffe besef dat er dingen zijn die ik moet doen. Cleo, ik had beloofd dat ik het Cleo zou laten weten.

Ik pak mijn telefoon, zoek haar naam op en druk op het berichtensymbooltje. Hoe moet ik het in godsnaam zeggen? Ik kan niet nadenken, niets lijkt oké. De enige woorden die ik kan vinden zijn: *Cleo, het spijt me zo.* En dan wacht ik op haar bericht terug, mijn ogen starend naar het schermpje, omdat ik niet meer alleen wil zijn in mijn wanhoop.

Dan komt het. *Mij ook.*

En nu is het echt. Ik moet het Livia vertellen. Maar hoe? Hoe kom ik voorbij de woorden *Livia, ik moet je iets vertellen*? Hoe kan ik de woorden uitspreken die ik in mijn hoofd niet eens kan zeggen: *Marnie is overleden.* Het is te meedogenloos, te onmenselijk. Ik heb meer woorden nodig – *Livia, ik moet je iets vertellen. Marnie en ik hadden een verrassing voor je verjaardag geregeld.* Ik stop, want ik zie haar gezicht al opfleuren. Misschien is het beter om direct te zijn: *Livia, ik moet je iets vertellen – je hebt gehoord van het vliegtuig dat gisteren op weg naar Amsterdam is neergestort? Nou, Marnie zat in dat toestel* – en dan iets toe te voegen om de pijn te verzachten: *Maar luister, alles komt goed, we komen hier doorheen, jij, ik en Josh.* Want in al je verdriet zeg je de stomste dingen.

En ik realiseer me dat er geen woorden bestaan om een moeder te vertellen dat haar kind dood is.

Ik sta op. Het moment is gekomen om Livia's wereld ineen te laten storten.

Ik verlaat werktuiglijk mijn schuur, loop over het gazon in de richting van het huis, de treden naar het terras af en de keuken in. Maar dan zie ik de sleutels van mijn motor op de bijzettafel liggen, waar ik ze een eeuwigheid geleden heb neergelegd, en in plaats van de trap op te lopen naar de slaapkamer, pak ik de sleutels en loop terug door de keuken en over het zijpad. Ik ren nu en denk niet langer na over hoe ik het Livia moet vertellen, maar aan die keer dat ik Marnie van een feestje ophaalde en we in plaats van naar huis te gaan helemaal naar Southampton reden voor een strandwandeling. Ik ga de garage in, neem mijn helm van de topkoffer, stap op, start de motor en rijd ronkend weg.

Ik race door verlaten straten, verjaag een kat bij een vuilniszak, snijd een hoek te scherp af en verbrijzel de dodelijke stilte van de nacht met het gebrul van mijn motor. Voor mij doemt de invoegstrook van de M4 op. Ik draai de gashendel open, maak snelheid, scheur de snelweg op en haal met een zwaai een kruipende auto in. Mijn motor versnelt verder onder me als ik nog meer gas geef.

De kracht van de wind op mijn gezicht is bedwelmend en ik

vecht tegen de overweldigende neiging om het stuur los te laten en een wisse dood tegemoet te buitelen. Is het heel vreselijk dat Livia en Josh niet genoeg reden voor me zijn om te willen blijven leven? Het schuldgevoel voegt zich bij de kwelling van de afgelopen veertien uur, en een withete woede voegt zich bij het lawaai van de motor terwijl ik over de snelweg jakker, uit op zelfvernietiging.

Dan zie ik in de spiegel, door het waas van vocht dat uit mijn ogen stroomt, een auto over de snelweg achter me aan jagen, met blauw flitslicht, en mijn gebrul van verdriet wordt een schreeuw van frustratie. Ik drijf de snelheid op tot honderdzestig kilometer per uur, wetend dat ik de motor zo nodig nog harder kan laten gaan, aangezien niets me nu nog kan stoppen. Maar de politieauto verkleint de afstand tussen ons behoorlijk vlug en schuift vlot in de baan naast me. Vanuit mijn ooghoeken zie ik een agent vanaf de passagiersstoel wild naar me gebaren.

Ik verhoog mijn snelheid, maar de politieauto schiet voorbij en rijdt mijn baan op om me te blokkeren. Ik sta op het punt de gashendel verder open te draaien en hem in te halen op de hoogste snelheid die mijn motor in zich heeft, maar iets weerhoudt me daarvan. De auto gaat geleidelijk langzamer rijden om me staande te houden. Ik weet niet precies waarom ik het laat gebeuren. Misschien omdat ik niet wil dat Livia nog meer scherven zal moeten oprapen. Of misschien is het de smekende stem van Marnie: '*Niet doen, pap, niet doen!*' Ik zou zweren dat ik een moment lang haar armen om mijn middel voel klemmen, haar hoofd tegen mijn nek gedrukt.

Mijn ledematen trillen als ik de motor achter de politieauto stilzet. Er stappen twee agenten uit, een man en een vrouw. Eerstgenoemde beent naar me toe.

'Hebt u een doodswens of zo?' roept hij, terwijl hij zijn pet op zijn hoofd zet.

De tweede agent – de bestuurster – komt ook dichterbij. 'Meneer, stap van die motor af,' gebiedt ze streng. 'Meneer, hebt u me gehoord? Afstappen.'

Ik probeer mijn handen los te trekken van het stuur, mijn benen los te maken van de motor. Maar ik lijk eraan vastgeklonken te zijn.

'Meneer, als u weigert mee te werken, zal ik u moeten arresteren.'

'We moeten hem sowieso arresteren,' zegt de eerste agent. Hij doet een stap in mijn richting. Ik schrik zo van de handboeien die aan zijn riem bungelen dat het me lukt iets te zeggen.

Ik zet mijn helm af. 'Wacht!'

Er moet iets hoorbaar zijn in mijn stem, of misschien lezen ze iets af van mijn gezicht, want beide agenten staan stil.

'Ja?'

'Het gaat om Marnie.'

'Marnie?'

'Ja.'

'Wie is Marnie?'

'Mijn dochter.' Ik slik gekweld. 'Marnie is mijn dochter.'

Ze wisselen een blik. 'Waar is uw dochter, meneer?'

Livia

Ik sta aan het slaapkamerraam en zie Adam over het gazon naar zijn schuur lopen. Zijn hoofd is gebogen, alsof dat wat hem te doen staat ondraaglijk voor hem is. Gaat hij echt Marnie bellen? Of Rob, zelfs? Ik voel me ineens misselijk bij de gedachte dat Jess er nu achter zal komen, midden in de nacht. Maar dan herinner ik me dat hij Cleo heeft gevraagd niets tegen haar ouders te zeggen, omdat hij het – als het waar was – eerst aan mij wilde vertellen.

Daarom wilde hij niet dat Amy zou blijven slapen, realiseer ik me. Hij wil niet dat ze er morgenochtend bij is als wij Josh moeten vertellen over Marnie en Rob. We zullen ons hier als gezin doorheen moeten slaan. Adam verdwijnt uit het zicht en ik zie voor me hoe hij zich door de smalle doorgang naast de tent een weg naar de schuurdeur wurmt. Nu iedereen weg is, ziet de tuin er vreemd verlaten uit, de partytent midden op het gazon voor anker liggend als een enorm wit schip op zee. Er liggen wat witte servetten op de grond, bij het opruimen gemist door de cateringmedewerkers, als achtergelaten vlaggetjes die even geleden nog een SOS hebben uitgezonden. Enkele geknapte ballonnen hangen treurig aan hun touwtje en het spandoek met GEFELICITEERD erop is aan één kant losgeraakt. Het tafereel oogt als de nasleep van een of andere ramp en er loopt een huivering over mijn ruggengraat.

Ik blijf even kijken en stel me voor hoe Adam met Marnie belt om haar te vragen of ze inderdaad een verhouding met Rob heeft. Is hij daarom nog niet weer de schuur uit gekomen? Probeert hij het voor zichzelf op een rijtje te zetten? Ik zou bij hem moeten zijn; we zouden dit samen moeten verwerken. Of wacht hij, nu hij de verschrikkelijke waarheid weet, tot ik slaap, zodat hij me er pas over hoeft te vertellen als ik wakker word? Het is wel echt iets voor hem, dat hij mijn dag niet wil bederven en het nare nieuws zo lang voor zichzelf houdt om mij nog wat uren slaap te gunnen. Wat zal hij zeggen als hij hoort dat ik het al weken weet?

Ik rits mijn jurk open, laat hem van me af glijden en schop mijn schoenen uit, blij dat ik mijn pijnlijke voeten kan bevrijden. Ik spreid de jurk uit over het bed; afgezien van een piepklein vlekje vlak bij de zoom is hij nog verbazingwekkend schoon, dus schuif ik er een plastic hoes overheen en hang hem aan de deur. Ik denk niet dat ik deze jurk ooit nog zal dragen, tenzij ik hem nog eens aantrek als Marnie terugkomt, zodat zij een foto van me kan nemen met haar boeket gele rozen. Hoewel ik me niet kan voorstellen dat dat scenario ooit zal plaatsvinden, niet nu.

Iemand – Kirin, vermoed ik – heeft mijn cadeaus naar de slaapkamer gebracht, en als ik de oliën en geurtjes zie, krijg ik zin om in bad te gaan. Hoe graag ik ook zou willen slapen als Adam naar boven komt, ik weet dat het niet zal lukken, want ik ben te gespannen en ik ga niet liggen doen alsof.

In de badkamer vul ik het bad en ik voeg een royale hoeveelheid van een van de oliën en wat badschuim toe. Ik bind mijn haar weer in een knot op mijn hoofd, stap in het water en laat me erin zakken tot het mijn schouders omsluit. Het voelt zalig.

De film van de avond speelt zich af in mijn hoofd, van het moment dat iedereen arriveerde tot het moment dat de gasten vertrokken. Ik wil het dolgraag allemaal met Adam bespreken. Ik wil weten wat hij ervan vindt dat Kirin een tweeling verwacht, dat mijn moeder is gekomen en dat Josh niet naar New York gaat. Maar al die dingen zullen worden overschaduwd door de relatie van Marnie en Rob. Ik voel een steek van woede omdat zij het slot van deze prachtige avond hebben verpest. Is dat waar Adam het eerder vanavond met Nelson over had? Heeft hij hem over Rob verteld? Maar dat kan niet, hij wist het op dat moment nog niet. Cleo heeft hem daarna pas gesproken, toch? Mijn oogleden voelen zwaar aan terwijl ik probeer het in gedachten na te gaan.

Ik word wakker in het afgekoelde badwater. Gedesoriënteerd ga ik snel rechtop zitten, waarbij het sop bij de rand omhoog klotst, en ik vraag me af hoelang ik heb geslapen. Ik haal de stop eruit en het afvoerputje gorgelt – een te luid geluid in een stil huis.

Terwijl ik me droogwrijf, trekt er een huivering over mijn huid. Vanuit mijn achterhoofd dient zich een herinnering aan. Ik was wakker geworden van een geluid: het gebrul van een motor buiten op straat. Ik sta even stil met de handdoek over mijn rug gestrekt. Het kan Adam niet geweest zijn, toch? Hij zou op dit nachtelijke tijdstip toch niet op de motor weggaan?

Met de handdoek om me heen gewikkeld haast ik me naar de slaapkamer en kijk uit het raam. Het schuldige kloppen van mijn hart vertraagt als ik achter de partytent een gele gloed uit zijn schuur zie komen. Hij is er gewoon; hij is niet bezig de rekening te vereffenen. Eigenlijk zou ik naar beneden willen gaan om te checken of het goed met hem gaat, maar iets, misschien een zesde zintuig, houdt me tegen, vertelt me dat hij naar me toe zal komen als hij er klaar voor is. Heel even heb ik het angstige gevoel dat ik in een afgrond kijk. Maar het zijn alleen maar de duisternis en de verlaten tuin.

Ik wend me af van het raam en ga op het bed liggen. Hij krijgt nog tien minuten van me en als hij dan nog niet terug is, ga ik hem zoeken.

4.00 – 5.00 UUR

Adam

De politieauto volgt me langzaam naar huis. De agenten geven me een waarschuwing, maar in vriendelijke bewoordingen. Ze zeggen dat ik moet proberen te slapen, en ik zeg dat ik dat ga doen zodra ik mijn vrouw op de hoogte heb gesteld. Maar ik weet dat er van slaap niets zal terechtkomen, niet als ik het Livia eenmaal heb verteld.

Ik loop het huis in, de dagen die voor me liggen drukken zwaar op me. Ik moet het nieuws aan iedereen vertellen, op een vliegtuig naar Caïro stappen en de hel van een vijf uur durende vlucht ondergaan, denkend aan Marnie in haar vliegtuig, met Livia huilend naast me.

In de gang loop ik naar de kast, zoek mijn leren jack en haal het blauwe mapje van het reisbureau uit de binnenzak. We hebben deze tickets niet nodig, de vliegtuigmaatschappij heeft voor ons geregeld dat we maandag – morgen dus – met Josh naar Caïro vliegen. Ik scheur het mapje doormidden en gooi het in de keuken in de afvalbak. Dan ga ik naar boven.

Liv ligt in een badhanddoek gewikkeld te slapen op het bed. Natuurlijk slaapt ze, ik ben een hele tijd weggeweest. Ik blijf even naar haar staan kijken, neem haar in me op, sla haar gade – haar ontspannen slapende gezicht, het haar dat om haar schouders welft, haar rechterarm boven haar hoofd gekromd – en probeer de aanblik in mijn geheugen te prenten, zodat ik me voor de geest zal kunnen halen hoe ze eruitzag voor ik het haar vertelde.

Ik ga op de rand van het bed zitten.

'Livia,' zeg ik zacht.

Maar ze is diep in slaap en plotseling kan ik het idee haar wakker te maken niet verdragen. Het zal toch geen kwaad kunnen om haar nog een poosje te laten rusten, nu ze nooit meer zo vredig zal slapen? Het belangrijkste is om het haar te vertellen voordat anderen wakker worden, voordat iemand, ergens, te weten komt wat er is gebeurd en het haar vertelt voor ik het kan doen.

Ik sta op van het bed en trek mijn kleren uit. Ik reik langs haar heen en knip het licht uit. De beweging verstoort haar en ze verroert zich in haar slaap. Mijn hart begint sneller te slaan en ik houd mijn adem in, hopend dat ze niet wakker wordt.

Ze wordt weer rustig en ik ga naast haar liggen, starend in het donker. Ik voel me alleen, zo verschrikkelijk alleen. De behoefte om vastgehouden te worden is zo overweldigend dat ik me naar Livia toe draai en haar zachtjes tegen me aan trek. Haar armen glijden als in een reflex om me heen en een paar gezegende seconden lang voel ik me getroost. Zo kan ik het haar vertellen, in het donker. Ik kan het in haar oor fluisteren en haar omvatten als ze breekt. Ik zal er voor haar zijn, zoals ik er niet voor Marnie was.

'Je bent lang in je schuur gebleven,' mompelt ze.

'Sorry.'

'Ik wilde niet in slaap vallen.'

'Het geeft niet. Je bent moe.'

Haar handen vinden in het donker mijn gezicht en strijken langs de lijntjes. 'Jij ook.'

'Wel een beetje.'

'Het was een perfecte dag.' Haar mond vindt de mijne. 'Dank je, voor alles.'

Ik moet het haar vertellen. 'Livia...'

'Niet nu.' Ze trekt de handdoek om zich weg en schuift dichter tegen me aan, duwt haar lichaam in de volle lengte tegen het mijne, verlangend, en ik deins terug, want ik kan dit niet, we kunnen dit nu niet doen. Maar de zachtheid van haar huid en de aanraking van haar vingers voeren me mee tot ik alleen nog maar wil vergeten – wat wil ik graag vergeten wat er is gebeurd en zijn zoals we altijd waren, zoals we nooit meer zullen zijn. Dus ik maak mijn hoofd leeg en denk alleen maar aan Livia, aan ons, voor de laatste keer.

Livia

Adams hoofd ligt zwaar op mijn schouder, ik heb mijn armen om zijn rug geslagen. Zijn vermoeidheid is zo intens dat ik me afvraag of iets hem nu wakker zou kunnen maken. Ik voel me schuldig omdat ik in slaap ben gevallen, omdat ik niet heb gewacht tot hij terug was uit zijn schuur, en nog schuldiger omdat ik seks heb gebruikt om niet te hoeven horen wat ik wist dat hij me zou gaan vertellen. Arme Adam. Ik zou nooit het woord kwetsbaar gebruiken om hem te omschrijven, maar hij heeft nu een bepaalde kwetsbaarheid die me bang maakt. Binnen een dag is er diep in hem iets veranderd. Het verbaast me niet: te ontdekken dat je dierbare dochter een verhouding heeft met een van je vrienden, iemand die je eigenlijk niet graag mag, moet wel een van de ergste dingen zijn die een man kan doormaken. Was hij er maar niet achter gekomen op mijn feest.

Maar dan realiseer ik me dat hij al gestrest was voordat het feest begon, dus wanneer heeft hij het precies gehoord? Ik ga het in gedachten allemaal weer na. Er was niks met hem aan de hand toen we gisterochtend wakker werden, en bij het ontbijt gedroeg hij zich ook gewoon. Daarna ging ik op pad met Kirin en Jess, hem en Josh achterlatend. Op een gegeven moment ging hij naar de stad om mijn cadeau te halen, maar kwam hij terug met een migraineaanval. En 's middags heeft hij zijn ouders gebeld over schijnbaar helemaal niets. Dan is er nog de botte manier waarop hij Amy ontving toen ze voor de deur stond, en zijn gesprek met Nelson, dat er gespannen uitzag. Het is allemaal niets voor hem. En wat wilde hij me vertellen toen we samen in de tuin waren, voordat het feest begon? Ging dat over Marnie en Rob? Zo ja, en ik kan niets anders bedenken, dan is hij achter hun verhouding gekomen toen hij in de stad was.

Alles wijst erop. Daarom was hij vanmiddag zo gestrest. De inspanning om te doen alsof hij nergens van wist, moet vreselijk zijn geweest, vooral naar Rob toe. Het was voor mij al moeilijk, maar voor Adam zal het veel moeilijker zijn geweest omdat zijn instinct hem ertoe zou aansporen om Rob in elkaar te beuken. Ik heb in het geheim twee dagen vreselijk gehuild toen ik erachter was gekomen. Adam had niet de luxe om het in zijn eentje al een beetje te verwerken voordat hij Rob weer tegenkwam. Daarom leek het alsof hij Rob wel kon vermoorden bij dat voorval met de doos. Dus zijn gesprek met Nelson ging kennelijk toch over Marnie en Rob. Nelson weigerde het te geloven en zei waarschijnlijk iets als *Mijn broertje zou zoiets nooit doen*, wat Adam die bijna hysterische lach ontlokte.

En het telefoontje 's middags naar zijn vader... Misschien wilde hij erover praten met Mike en besloot hij op het laatste moment er toch over te zwijgen omdat hij vond dat hij het mij eerst moest vertellen. Dan heeft Cleo het Adam dus ergens in de ochtend verteld. Misschien waren ze elkaar in de stad tegengekomen, waren ze koffie gaan drinken en was het allemaal boven tafel gekomen. Daarom had Adam dus geen cadeau voor me, omdat hij er niet meer aan had gedacht nadat ze het hem had verteld. Het verklaart ook zijn migraine: die had hij verzonnen om zijn neerslachtige stemming te verbergen.

Arme Cleo, arme Adam, ik voel met ze mee. Ik zou Adam

wakker moeten maken om hem te vertellen dat ik het al weet van Marnie en Rob, dat ik het weet sinds Rob en Cleo in Hongkong waren. Maar de moed zinkt me in de schoenen. Hij zal woedend zijn dat ik hem heb laten proosten en lol maken met de man die ons op zo verachtelijke wijze heeft bedrogen. Het is waar ik al die tijd al bang voor ben: dat hij zal denken dat ik het zes weken voor me heb gehouden – zes weken, niet slechts een aantal uren, zoals hij – omdat ik per se eerst mijn feest wilde hebben.

Ik blijf nog even liggen peinzen, mezelf verfoeiend om wat ik denk, namelijk dat ik Adam als hij wakker wordt misschien wel zal aanhoren over Marnie en Rob, en zal doen alsof ik het niet wist. Dat moet ik Max dan wel vertellen, zodat hij me niet zal verraden. Er gaat een golf van schaamte door me heen: wat erg dat het überhaupt in me opkomt om tegen Adam te liegen en Max daarbij te betrekken. Maar het zou alles wel een stuk eenvoudiger maken. De spanning zal hoog oplopen. Waarom zou ik die nog groter maken door Adam te vertellen dat ik al weet wat hij me in al zijn wanhoop wil vertellen?

Langzaam schuif ik mijn schouder onder Adams hoofd weg en haal ik mijn armen om hem vandaan, klaar om te stoppen als hij beweegt. Maar hij slaapt door, zich er niet van bewust dat ik hem niet langer vasthoud. Ik stap zachtjes uit bed, trek een T-shirt over mijn hoofd, stap in een jeans, steek mijn voeten in een paar slippers en loop stilletjes de trap af. Hoewel de medewerkers van de catering het servies, het bestek en de glazen hebben meegenomen, staan er wat van onze eigen borden opgestapeld in de gootsteen, en de vloer kan ook wel een goede dweilbeurt gebruiken.

Mijn verjaardagstaarten staan op het aanrecht, bedekt met vershoudfolie. Alleen al door het zien ervan krijg ik trek, en ik besef dat ik tijdens het feest niet veel heb gegeten of gedronken.

Elke keer dat iemand me een glas aanreikte, nam ik maar één slok voordat ik het weer ergens neer moest zetten. Ik ga aan het werk, zet de meeste vaat in de afwasmachine en was de grotere schalen met de hand af. Ik zet alles weg, veeg de werkbladen schoon en zet koffie voor mezelf voordat ik de vloer dweil.

Ik neem mijn koffie mee de tuin in. Het voelt alsof ik de enige op de wereld ben die wakker is. Toen Josh en Marnie nog klein waren, stond ik vaak heel vroeg op om alvast het nodige aan het huishouden te doen. Dan had ik daarna altijd een goede dag, zonder de stress van alles wat er nog moest gebeuren. Ik ben blij dat ik het huis nu alweer zo ongeveer aan kant heb, want later op de dag komen er weer gasten.

Het duurt even voor ik me realiseer dat er vandaag niemand komt lunchen, niet nu Adam het weet van Marnie en Rob.

5.00 – 6.00 UUR

Adam

Ik schrik wakker, met luid bonzend hart. Ik weet dat er iets afschuwelijks is gebeurd en even kan ik me niet herinneren wat het is. Maar dan weet ik het weer. Marnie is dood. Ik blijf stil liggen en laat de pijn van het verlies tot diep in mijn lijf doordringen. Zo zal het altijd zijn, besef ik. Een paar seconden van onbewustzijn voordat de werkelijkheid over me heen komt golven, met alle smart die daarbij hoort.

Is het goed dat Livia niet langer naast me ligt? Ja, want anders zou ik het haar nu moeten vertellen, nu meteen. Ze zal wel in de badkamer zijn, wat betekent dat ik nog een klein beetje langer kan wachten. Ik probeer nergens aan te denken, me af te sluiten voor de verschrikking van Marnies dood, mezelf te ontzien, zodat ik het Livia zal kunnen vertellen zonder te breken. Maar het is onmogelijk.

Het is het niet-weten dat me gaat achtervolgen. Niet weten of Marnie wist dat ze zou gaan sterven. En omdat ik dat nooit te weten zal komen, zal ik mezelf altijd martelen met de gedachte dat ze zich ervan bewust was, dat er seconden waren, minuten misschien zelfs, waarin ze wist welk noodlot haar te wachten stond. Ik zal er nooit overheen komen dat Marnie de dood in haar eentje onder ogen heeft moeten zien, nooit.

Een van de dingen uit mijn leven waar ik het meest spijt van heb, is dat ik niet bij haar geboorte aanwezig was omdat ik met Nelson in de pub zat. Tegen de tijd dat Jess me had gevonden, was de bevalling al achter de rug. Is het veelzeggend dat ik er ook niet bij was toen ze stierf? Misschien is dat de prijs die ik heb moeten betalen voor mijn onverschilligheid voordat ze werd geboren. Voor het feit dat ik haar eigenlijk niet had gewild.

Het geluid van de achterdeur die opengaat en van voetstappen op het terras vertelt me dat Livia beneden is, niet in de badkamer. Ik vraag me af hoelang ze al op is. Door het open raam hoor ik haar neuriën en ik voel een steek van droefheid. Vandaag is de laatste dag dat ze is opgestaan met plezier in de dag die voor haar ligt.

De inspanning die het me kost om mijn mobiele telefoon te pakken is enorm. Het lukt me alleen omdat ik moet weten hoe laat het is, omdat ik moet weten hoelang ik nog kan wachten voordat ik het Livia vertel. Het is kwart voor zes. De zon komt straks op. Het zal prachtig zijn in de tuin, misschien een beetje fris, maar prachtig. Is dat de plek om het haar te vertellen, in de tuin, gezeten op het muurtje, omringd door herinneringen aan gisteren, met uitzicht op Marnies schutting? Of zullen de foto's van Marnie het nog erger maken, als dat al mogelijk is?

Over een kwartier ga ik het haar vertellen, voordat Josh wakker wordt, voordat iedereen ons begint te bellen om ons te bedanken voor het mooie feest.

Livia

Ik ben dol op de tuin in de vroege ochtend, voordat het gezang van de vogels wordt vervangen door het geluid van stemmen, het geronk van grasmaaiers en elektrisch gereedschap. Ik loop over het gras, onderwijl de achtergelaten servetten en flesdoppen oprapend. Ik betrap mezelf erop dat ik 'Unchained Melody' neurie, het lied waarop Adam en ik gisteravond hebben gedanst, en ik vind het ongelooflijk dat ik me zo ontspannen voel terwijl ik weet wat voor dag er voor ons ligt. Ik denk dat het komt omdat Adam míj over Marnie en Rob gaat vertellen in plaats van andersom, wat de onrust wegneemt. Ik voel me wel schuldig dat ik ga doen alsof ik nergens van weet om mijn eigen hachje te redden. Misschien moet ik dat niet doen, denk ik bezorgd, misschien moet ik gewoon de waarheid vertellen.

Ik probeer de geknapte ballonnen los te halen, maar ik heb een schaar nodig om de touwtjes door te knippen, dus loop ik naar de keuken, en ik neem de servetten en flesdoppen mee. Als ik ze in de afvalbak wil gooien, verstijf ik. Want daar, boven op de etensresten, ligt het mapje van het reisbureau dat ik Adam op het feest heb gegeven. En dat niet alleen, het is doormidden gescheurd.

Ik haal de beide stukken eruit, met bloedend hart. Ik begrijp het niet. Waarom heeft Adam de tickets die ik voor hem heb gekocht weggegooid? Ik dacht dat een reisje naar het viaduct het perfecte geschenk voor hem was. Hoe heb ik het zo verkeerd kunnen inschatten?

Ik neem de gescheurde stukken mee naar de tafel en ga zitten. Het huilen staat me nader dan het lachen. Het is waar dat hij niet heel enthousiast leek toen ik hem de tickets gaf. Ik dacht dat het kwam doordat hij zich zorgen maakte over de voortgang van zijn werk; nu lijkt het erop dat hij helemaal niet wil gaan. Het is niets voor hem om zo ondankbaar met een cadeau om te gaan, zelfs als hij het eigenlijk niet leuk vindt, zoals de kersttrui die zijn tante hem elk jaar geeft. Hij draagt die dan misschien nooit – hij heeft een la vol ongebruikte cadeaus – maar hij doet altijd alsof hij er heel blij mee is. Hij zou een ander nooit willen kwetsen – maar hij heeft mij nu wel gekwetst, niet omdat hij het viaduct van Millau niet wil gaan zien, maar omdat hij de tickets doormidden heeft gescheurd. Hij moet boos, geërgerd of gefrustreerd zijn geweest.

Gefrustreerd. Misschien is Adam er nooit helemaal overheen gekomen dat hij geen civiel ingenieur is geworden. Zou die teleurstelling nog steeds in hem huizen, diep in hem verborgen, samen met andere onvervulde verlangens? Heb ik een domme, tactloze vergissing gemaakt? Ik heb er nooit aan gedacht het er met Mike of Nelson over te hebben, ze te vragen wat zij ervan vonden voor ik de reis boekte. Misschien hadden zij me voor een fout kunnen behoeden en een alternatief gesuggereerd. Als Adam nog spijt heeft van dingen die hij niet heeft kunnen doen, van wat hij niet heeft kunnen worden, ben ik de laatste aan wie hij dat zal vertellen.

Er druppen tranen uit mijn ogen en ik veeg ze nijdig weg. Ik had liever gehad dat hij het me gewoon verteld had, in plaats van de tickets te verscheuren. Wat moet ik nu doen? Het met hem gaan uitpraten? Ik schud mijn hoofd. Er klopt niets van, niets van dit alles snijdt hout. Ik ken Adam, en als hij het viaduct echt niet wilde gaan zien, zou hij daarover niet alleen eerlijk zijn geweest, maar ook een oplossing bedenken. Hij zou hebben geopperd naar een andere plaats in de buurt van Montpellier te gaan, in plaats van Millau zelf, om het landschap er te verkennen. Misschien wilde hij het me gisteren niet vertellen. Dat is dus nóg een gesprek dat we vanochtend zullen moeten voeren. En ik zal zeggen dat het prima is, dat we kunnen doen wat hij oppert. Het is belangrijk dat hij kan genieten van een paar dagen weg.

Ik weet niet of het reisbureau de tickets eventueel wil terugnemen, maar ik kan het altijd vragen. Eerst moet ik ze weer aan elkaar proberen te plakken, want ze zullen er daar al net zomin blij mee zijn als ik dat ze doormidden zijn gescheurd.

Ik haal de tickets uit het mapje en plak de stukken aan elkaar, eerst van Adams ticket, dan van het mijne. En vervolgens zit ik ernaar te staren, want in plaats van Montpellier is de bestemming Caïro. Ik ga achterover tegen de muur zitten en breek me er het hoofd over. Ik snap niet hoe die vergissing gemaakt kan zijn. Ik weet nog dat het meisje in het reisbureau de gegevens op de tickets met me doornam voordat ze ze in het mapje stopte, en ze kan er ook niet per ongeluk de tickets van een ander in hebben gedaan, want onze namen staan erop. En ik zie de vertrekdatum en het tijdstip – 9 juni om halfelf. Vandaag. Over een paar uur.

In mijn hoofd is het één grote brij. Dit zijn niet de tickets die ik heb gekocht, deze zijn door iemand anders gekocht. Het moet Adam wel zijn geweest.

Maar waarom zou Adam tickets naar Caïro kopen en vandaag willen vertrekken zonder er tegen mij iets over te zeggen? Tenzij hij me wilde verrassen, zoals ik een verrassing voor hem had geregeld. Alleen was ik hem voor geweest.

Wat erg. Geen wonder dat hij niet erg geestdriftig reageerde toen hij de tickets naar Montpellier zag. Hij wist dat we dinsdag niet konden gaan, want dan zouden we in Caïro zijn. Het verklaart ook de afwezigheid van een cadeau op mijn feest – hoe kon hij me dit geven terwijl hij wist dat het mijn geschenk aan hem zou bederven? Maar hij heeft waarschijnlijk een resort geboekt, dus dan zou het logischer zijn om de trip naar Frankrijk te cancelen dan de reis naar Egypte.

De gedachte dat Adam deze reis heeft gepland, maakt me emotioneel. We hebben een tijd geleden een reisprogramma over Egypte gezien, en ik herinner me dat ik hem heb verteld dat ik de piramiden altijd al eens had willen zien, al vanaf mijn jeugd, toen ik archeologe wilde worden totdat mijn ouders vonden dat ik geneeskunde moest gaan studeren. Hij had me vast vanochtend met de tickets willen verrassen. Of misschien zou hij ze me niet hebben gegeven, maar me alleen hebben gevraagd een koffer in te pakken omdat we op reis zouden gaan. Dan zou ik pas op het vliegveld zien waar we naartoe gingen. Wat grandioos zou dat zijn geweest. Dat kan het nog steeds zijn. Vanuit mijn eigen egoïstische perspectief zou ik liever de piramiden gaan bekijken dan het viaduct van Millau.

6.00 – 7.00 UUR

Adam

Ik sta op het punt uit het bed te stappen om Livia op te zoeken als ik haar hollende voetstappen op de trap hoor, alsof ze ineens iets heeft ontdekt. Ik voel een golf van brandend zuur in mijn maag. Ze weet het. Ik veer op in het bed, klaar om haar op te vangen, maar ze komt zo opgelucht en blij de kamer in rennen dat ik verstijf.

'Jij bent gewoon de meest perfecte man die er is,' zegt ze, en ze gooit zich naast me op het bed. Ze neemt mijn gezicht in haar handen en kijkt me diep in de ogen. 'Ik weet niet of ik je eerst moet bedanken of sorry moet zeggen.'

'Hoe bedoel je?' vraag ik behoedzaam.

'Het is niet te laat, we kunnen nog steeds gaan.'

Ik kijk haar niet-begrijpend aan.

'Naar Caïro!' zegt ze lachend. 'Ik heb de tickets gevonden. Het geeft niet dat ze doormidden gescheurd zijn, we kunnen ze vast zelf nog een keer printen.'

Ik haal haar handen van mijn gezicht en houd ze in de mijne. 'Livia.'

'Je had het me moeten vertellen,' zegt ze voordat ik nog iets kan zeggen. 'Ik begrijp nu waarom je niet zo blij leek te zijn met die trip naar Millau. Je had me moeten vertellen dat je zelf al een reis had geboekt. Dat had ik niet erg gevonden.'

Nu zit ik weer in een andere nachtmerrie. 'Dat is het niet. We gaan niet naar Caïro. Nou ja, dat wel, maar niet vanochtend.'

'Heb je de tickets kunnen omboeken? O, super! Nu hebben we twee reizen om naar uit te kijken! Wanneer gaan we?'

'Morgen. Maar luister, Livia...'

'Nou, dat is niet erg slim, om ze naar morgen om te boeken.' De verwarring is aan haar ogen af te lezen. 'Dan kunnen we dus toch niet naar Montpellier. Nou ja, ik heb eigenlijk liever een strandvakantie.'

'Livia!' zeg ik wanhopig. 'Wil je nu alsjeblieft even luisteren?' Ze kijkt me verbaasd aan. 'We gaan niet naar Caïro voor een strandvakantie...'

'O... Ik weet het al, het is zo'n rondreis, waarbij je op verschillende plaatsen verblijft! Dat is misschien niet hetzelfde als op het strand liggen, maar het lijkt me hartstikke leuk.'

'Nee. Dat is het niet.'

'Nou, wat dan?'

Ik pak haar beide handen weer vast.

'Livia, ik moet je iets heel ernstigs vertellen en je moet nu echt even naar me luisteren.'

Ze houdt eindelijk op met lachen en blijft roerloos zitten. En terwijl ik probeer de woorden uit mijn mond te krijgen, spreekt ze de meest ondenkbare woorden uit.

'Het is al goed, Adam, ik weet ervan.'

Ik word heet, dan koud, dan weer heet. Een gezegend moment lang verdwijnt de wereld, samen met Livia.

'Nee,' zeg ik als ik mijn zicht terug heb. 'Dat is onmogelijk. Je kunt niet weten wat ik je ga vertellen.'

'Het gaat om Marnie, nietwaar?'

Mijn hoofd barst uit elkaar. Ik laat haar handen abrupt los. 'Je... je weet het al?'

'Ja, en ik vind het net zo vreselijk als jij.' Haar stem breekt en haar ogen vullen zich met tranen. 'Hoe moet het nu verder met ons?'

Ik gooi de lakens van me af en stap het bed uit, want ik kan niet naast haar blijven zitten. Ik probeer het te bevatten. Ze is van streek, maar zou ze niet radeloos van verdriet moeten zijn? Zou haar hart niet gebroken moeten zijn, zou ze niet hartverscheurend moeten huilen? Ze leek blij toen ze binnenkwam – ze wás blij toen ze binnenkwam. Hoe kan ze überhaupt nog functioneren?

'Adam,' zegt ze smekend, haar hand naar me uitgestoken.

'Wanneer ben je erachter gekomen?' vraag ik op ruwe toon, haar uitgestrekte armen negerend.

Een ogenblik lang aarzelt ze. 'Gisteren.'

Ze weet het al sinds gísteren? 'Hoe laat, gisteren?'

'Op het feest.'

'Hoe laat?' snauw ik.

'Waarom ben je zo boos op me? Wat maakt het uit hoe laat ik erachter ben gekomen?'

'Nadat je zo enthousiast hebt staan dansen of daarvoor?'

Ze springt het bed uit en gaat voor me staan. 'En jij dan? Jij bleef gewoon lol maken met Rob! Want wanneer ben jij erachter gekomen, Adam? Gisteren nog voor het feest was begonnen! En toch heb je het laten doorgaan!'

'Dat heb ik voor jou gedaan, Livia! Ik wilde je een laatste kans geven om nog gelukkig te zijn!'

'Doe niet zo dramatisch! Ik weet dat het moeilijk zal worden, maar om nou te zeggen dat we nooit meer gelukkig zullen zijn...' Ze beweegt dichter naar me toe. 'Luister, ik weet dat het moeilijk voor je is om te accepteren dat Marnie niet volmaakt is, maar de wereld vergaat niet.'

Ik staar haar aan. 'W... wat zei je nou over Marnie?'

'De wereld vergaat niet omdat zij niet volmaakt blijkt te zijn. Als je boos op iemand wilt zijn, wees dan boos op Rob. Hij is hier schuldig aan.'

Ik schud mijn hoofd. Ik kan amper ademhalen of nadenken. 'Liv, wat heeft Rob ermee te maken?'

Ze spert haar ogen open. 'O god,' zegt ze, haar hand halverwege op weg naar haar mond. 'Ik dacht dat je het wist, ik dacht dat je wist dat het om Rob ging.' Ze kijkt me onderzoekend aan. 'Dacht jij dat het Max was, deed je daarom gisteren wat stug tegen hem?' Ze legt een hand op mijn arm. 'Het spijt me, Adam, het is Max niet, maar Rob.'

'Wat is Rob?' vraag ik, mijn stem gesmoord van de verwarring.

'Rob is degene die iets heeft met Marnie. Dat probeer ik je te vertellen, Adam. Marnie en Rob hebben een verhouding, niet Marnie en Max – dat zou minder erg zijn, want Max is tenminste niet getrouwd, niet zoals die smerige vreemdganger!' eindigt ze woedend.

Ik dacht dat ik het dieptepunt had bereikt, ik dacht dat het niet erger kon. Maar wat Livia zojuist heeft gezegd – ik kan er met mijn verstand helemaal niet bij. Ik zak neer op het bed. Het moet een vergissing zijn. Marnie zou nooit, maar dan ook nooit een verhouding beginnen met iemand als Rob. Dat zou ze niet doen. Ze zou het Jess niet aandoen, ons niet. Livia vergist zich, dat kan niet anders.

Alsof ze weet wat ik denk, gaat ze op haar knieën op de vloer zitten en buigt zich naar me toe, zodat onze voorhoofden elkaar raken.

'Ik weet dat het moeilijk te geloven is, maar het is waar,' zegt ze zacht, en ze neemt mijn hand in de hare. 'Ze hebben al meer dan een jaar een verhouding. Van Max heb ik begrepen dat het tijdens haar eerste jaar in Durham moet zijn begonnen. Ze zijn vlak voor haar vertrek naar Hongkong uit elkaar gegaan. Ik wist dat ze iemand had, maar ik had geen idee dat het Rob was, dat zou van mijn levensdagen niet in me opgekomen zijn. Als ik het had geweten, had ik... dan had ik...' Haar stem sterft weg. 'Daarom voelde ze zich de eerste maanden daar zo ongelukkig. Maar toen is hij haar komen opzoeken, in december, toen hij zogenaamd op zakenreis in Singapore was, en moet het weer begonnen zijn.' Ze lacht wrang. 'O, en weet je? Hij ging helemaal niet met Cleo mee naar Hongkong omdat Jess niet wilde dat ze alleen ging. Hij ging om bij Marnie te kunnen zijn. Ik heb hem gezien op FaceTime, hij kwam in de hotelkamer naakt de badkamer uit lopen. Ik dacht dat het een vriendje was, maar het was Rob.'

Ik weet dat ze praat. Ik voel haar adem op mijn gezicht terwijl de woorden uit haar komen hakkelen. Maar ze komen nauwelijks binnen, want ik kan alleen maar denken dat ze het niet weet, dat ze nog steeds niet weet dat Marnie dood is.

Ik beweeg mijn hoofd naar achteren en zoek haar ogen.

'Livia, dat is niet wat ik je wilde vertellen.'

Ze kijkt me verbijsterd aan. 'Maar je zei dat het over Marnie ging.'

'Ja.'

'Wat is er dan?'

Ik trek haar omhoog en manoeuvreer haar zo dat ze naast me op het bed komt te zitten, en ik neem haar handen in de mijne.

'Livia,' zeg ik, mijn gezicht naar haar toe draaiend.

'Gaat het om de zwangerschap?'

Opnieuw word ik overrompeld door het gevoel dat ik me ergens in een parallelle wereld bevind.

'Nee, het gaat niet om de zwangerschap.' Ik kan er totaal geen wijs meer uit worden, ik begrijp niet waarom ze het nu ineens over Kirin heeft.

'Wat is het dan?' Ze klinkt bijna ongeduldig.

Ik doe mijn mond open, maar er komt niets uit behalve een beverige zucht.

'Je maakt me bang, Adam!' Haar stem klinkt scherp van angst. 'Zeg het nou gewoon.'

Dat zou ik doen, als ik de woorden kon vinden. Mijn duim wrijft over de rug van haar hand.

'Livia, het spijt me, maar er is een ongeluk gebeurd.'

Het bloed trekt weg uit haar gezicht. 'O god, met Marnie? Hoe en wat dan? Is ze gewond, ligt ze in het ziekenhuis?'

'Nee, nee, ze is niet gewond. Ze... ze is er niet uit gekomen, Livia. Marnie is er niet meer.'

De wereld staat stil. We halen niet eens adem.

'Is er niet meer?' zegt Livia als ze haar stem hervindt. 'Hoe bedoel je, ze is er niet meer? Waar is ze naartoe?'

'Het spijt me zo, Livia.' Ik had gedacht dat de pijn niet erger kon worden. 'Marnie... leeft niet meer. Ze... ze is dood.'

Ze rukt haar handen uit de mijne. 'Hou op, Adam! Hoe kun je zoiets zeggen? Hou op! Niet doen, oké? Doe niet zo idioot! Ze heeft een verhouding gehad, meer niet!'

Ik probeer haar naar me toe te trekken, maar ze wringt zich uit mijn greep.

'Livia, het is waar. Ik wou dat het niet zo was, maar het is waar. Ze zou thuiskomen als verrassing, ze zou op jouw feest zijn om jou te verrassen, maar haar vliegtuig... is neergestort. Na vertrek uit Caïro.'

'Caïro?' Ze grijpt het woord aan. 'Marnie zou niet in Caïro zijn, je hebt je vergist. Marnie is in Hongkong, ze ging een weekend weg, maar niet naar Caïro, ze zou echt niet naar Caïro zijn gegaan, dat is te ver. Ik heb gisteren wel iets gehoord over een vliegtuigcrash, inderdaad in Caïro, geloof ik. Het geeft niet, Adam, je bent in de war, je hebt raar gedroomd en je bent in de war.'

'Nee. Daarom gaan we er morgen naartoe, om te zien waar Marnie...'

'Nee!' Ze slaat haar handen over haar oren. 'Ik wil het niet horen! Ik begrijp niet wat je zegt, ik begrijp het niet!'

Dit had ik nooit verwacht. Van alle manieren waarop ze had kunnen reageren, had ik niet verwacht dat ze niet zou willen begrijpen wat ik haar vertel. Ik wil tegen haar schreeuwen dat ze het wel móét begrijpen omdat er geen andere manier is om haar te vertellen dat Marnie dood is. In plaats daarvan trek ik zachtjes haar handen van haar oren, neem haar in mijn armen en houd haar stevig vast.

'Het spijt me zo, Livia, maar Marnie zat in het neergestorte vliegtuig. Ze was op weg naar huis via Caïro en Amsterdam, om op je feest te kunnen zijn. Je weet dat ik het niet zou zeggen als het niet waar was. Het spijt me zo verschrikkelijk.'

Ergens diep in haar komt een luid gejammer omhoog, een echo van de kreet die uit haar loskwam toen ze Josh uit haar lichaam perste, dezelfde kreet als toen ze Marnie ter wereld bracht, alleen was ik er toen niet bij. Ik klem haar tegen me aan, laat mijn lijf de kracht van haar smart overnemen. De onzinnige, betekenisloze platitudes waarvan ik me vast had voorgenomen ze niet te zeggen, stromen over mijn lippen.

'Stil maar, Livia, het komt goed, stil maar, heus, alles komt goed.' Maar ze hoort niets meer, luistert niet meer, ze ervaart alleen nog de rauwe pijn van verlies.

De slaapkamerdeur vliegt open en daar staat Josh, zijn gezicht vertrokken van angst. Josh, ik had helemaal niet meer aan Josh gedacht.

'Mam!' Hij staart naar Livia, die hulpeloos tegen me aan is gezakt, en de paniek slaat toe. 'Pap, wat is er gebeurd? Wat is er? Is het opa? Oma?'

Het had niet zo moeten gaan. Eerst zou ik het Livia vertellen, dan Josh, afzonderlijk, één tegelijk, zodat ik er voor hen allebei zou kunnen zijn. Ik steek een hand naar hem uit.

'Josh. Kom hier.'

Hij blijft als aan de grond genageld staan, verlamd van angst. 'Wat is er gebeurd? Pap, wat is er gebeurd?'

Ik kan mezelf moeilijk verstaanbaar maken boven Livia's smartelijke gesnik uit. 'Alsjeblieft Josh, kom even hier.'

Hij loopt naar ons toe en gaat op het bed zitten. 'Wat is er? Wat is er aan de hand?'

Ik leg mijn hand op zijn schouder.

'Josh, het gaat om Marnie.' Ik kan niet verder praten, want bij het horen van haar naam raakt Livia nog meer overstuur.

'Hoe bedoel je, het gaat om Marnie?' Er welt paniek op in zijn ogen. 'Heeft ze een ongeluk gehad?'

'Er is een vliegtuig neergestort. Het spijt me, Josh, maar Marnie zat daarin.'

'Neergestort? Waar? Hoe?'

'In Caïro. Marnie was op weg naar huis; ze zou als verrassing het feest bijwonen. Het vliegtuig is na vertrek gecrasht.'

Josh staart me aan. 'Bedoel je... bedoel je...' Hij zoekt een andere insteek. 'Ze is toch wel in orde?'

Ik schud mijn hoofd. 'Nee, nee, het spijt me. Het spijt me verschrikkelijk.' Hij wacht. 'Ze is er niet meer. Marnie is overleden in de crash.'

Hij trekt zo wit weg dat ik bang ben dat hij zal bezwijken. Ik verplaats mijn hand naar zijn achterhoofd en trek hem en Livia naar me toe. En ik houd ze vast terwijl ze vallen.

Livia

Alles is gestopt. Ik krijg geen adem, de kamer komt op me af.

Het kan niet waar zijn. Dit gebeurt niet echt, het kan niet waar zijn. Ik begrijp het niet, ik begrijp niet waarom Marnie in Caïro was. Ze zei dat ze zou weggaan om rustig te kunnen studeren, dus wat deed ze in Caïro? Daar is het lawaaiig, daar zou ze geen rust hebben. Adam zegt dat ze onderweg hiernaartoe was, voor het feest, maar het slaat gewoon nergens op. Waarom zou ze in Caïro zijn geweest als ze hiernaartoe kwam? Adam heeft het uitgelegd, keer op keer, aan mij en Josh, want die begrijpt het al net zomin als ik. Hij zegt maar steeds dat ze op weg was naar Amsterdam, maar dat is óók niet logisch. Josh, arme Josh. Ik ben blij dat hij een beetje is bedaard, het was ondraaglijk toen hij huilde, het beven van zijn lichaam voelbaar in mijn lijf via dat van Adam. Het sneed door mijn eigen pijn heen, waardoor ik in staat was hem te troosten.

'Wat moeten we nu doen, pap?' mompelt hij. Hij klinkt zo bang dat mijn hart breekt. 'Wat moeten we doen?'

'We komen er wel doorheen, we zullen sterk zijn voor elkaar,' zegt Adam. 'We moeten ook denken aan de mensen die net zoveel van Marnie houden als wij, bedenken hoe we het ze gaan vertellen. We moeten sterk voor ze zijn, voor oma en opa...'

Hij zwijgt. De gedachte dat hij het zijn ouders moet vertellen wordt hem te veel.

'Nee.' Josh schudt zijn hoofd. 'Ik bedoel: wat moeten we zonder Marnie.'

'We komen er wel doorheen,' zegt Adam opnieuw, en ik vraag me af hoe het hem lukt zo sterk te zijn. 'Ik weet niet hoe, maar we komen erdoorheen. We moeten wel.' Zijn stem stokt. 'Dat zou Marnie ook willen.'

'Ik kan het nog steeds niet geloven. Ik wil het niet geloven.'

'Dat weet ik, Josh,' zegt Adam zacht. 'Dat weet ik.'

'Het kan niet waar zijn,' zegt hij voor de honderdste keer. 'Het kan gewoon niet. Weet je het zeker, pap, weet je het echt zeker?'

'Josh, alsjeblieft...'

Adam klinkt alsof hij op instorten staat, en dat maakt me bang, want hij moet sterk zijn, voor mij. Dus in plaats van hem te vragen of hij echt zeker weet dat Marnie in dat vliegtuig zat, omdat ik dat net als Josh niet kan geloven, geef ik een kneepje in zijn hand om hem zonder woorden te zeggen dat ik begrijp hoe onvoorstelbaar moeilijk het voor hem is om onze niet-aflatende stroom vragen te moeten beantwoorden. Maar hij moet zich vergissen, dat kan niet anders. Hij heeft alleen tijd nodig om het in te zien.

Dus ik houd me stil en geef hem die tijd, terwijl Josh hetzelfde doet. Maar de stilte duurt voort. De lucht in de kamer wordt zwaar van de wanhoop, die ik voel op mijn huid, proef in mijn mond, en zelfs kan ruiken. En dan weet ik het.

Er sijpelen tranen uit mijn ogen. Ik kan me niet voorstellen dat ze ooit zullen stoppen.

'Hoe gaan we het iedereen vertellen?' vraag ik, gebroken.

Een golf van opluchting – diep, geluidloos – verspreidt zich door Adams lichaam, nu ik de ondraaglijke waarheid eindelijk heb geaccepteerd. Hij schraapt zijn keel.

'Ik dacht dat ik Nelson zou kunnen vragen om het de mensen te laten weten. Behalve pa en ma. Ik moet het hun zelf vertellen.'

'Gelukkig is Izzy bij ze,' zeg ik, verwonderd over de kalmte in mijn stem.

'Begrijp je nu waarom ik Amy hier niet kon laten logeren?' vraagt Adam. 'Het leek me niet eerlijk tegenover haar dat ze hier zou zijn als...' Zijn stem hapert. 'Nou ja, als ik het jullie vertelde.'

'Hoe ben je erachter gekomen, pap?' mompelt Josh. 'Heb je een telefoontje gekregen of zo?'

'Nee. Ik wist welke vluchten Marnie zou nemen, het was ons geheim. Toen ik het hoorde van de crash, dacht ik eerst dat het haar vlucht niet was, en toen ik me realiseerde van wél, dacht ik dat ze niet in het toestel zat, want ze had me laten weten dat haar vlucht vanuit Hongkong was vertraagd, waardoor ze haar overstap in Caïro niet zou halen. Later bleek dat het vliegtuig vanuit Caïro ook vertraagd was, dus bestond de kans dat ze toch op tijd was geweest. Maar de kans bestond óók nog dat ze het niet had gehaald.'

Mijn hoofd beweegt met een schok omhoog. 'Wie weet, is dat zo,' zeg ik, deze laatste strohalm aangrijpend. 'Adam, kan het zijn dat Marnie het vliegtuig niet heeft gehaald?'

Hij slikt zwaar. 'Nee. Het is bevestigd.'

'Wanneer? Hoe?'

'Ik heb de luchtvaartmaatschappij vannacht gebeld, nadat Amy was vertrokken. Er was een noodnummer dat je kon bellen.'

'Nadat Amy was vertrokken? Toen je naar je schuur ging?'

'Ja.'

'Maar...' Ik beweeg van hem af en denk erover na. Als hij

wist dat Marnie... dat Marnie... Waarom heeft hij het me dan niet verteld toen hij terugkwam? En we hebben zelfs nog liggen vrijen, toch? Nee, dat kan niet, niet als Adam het al wist, dat is onmogelijk. Ik wil het hem vragen. Ik wil het weten. Maar ik kan er nu niet over beginnen, niet waar Josh bij is.

'Waarom heb je het ons niet verteld, pap?' zegt Josh boos, hoewel ik weet dat hij niet echt boos is op Adam. 'Je had dat niet in je eentje hoeven doormaken. Waarom heb je ons niet wakker gemaakt toen je het wist?'

'Het leek me beter jullie te laten slapen. Ik dacht dat een paar uur geen verschil zou maken.'

'Wel voor jóú. Het moet verschrikkelijk eenzaam voor je zijn geweest.' Hij schudt zijn hoofd. 'Je had me wakker moeten maken, pap.'

Zelfs in mijn verwarring over de vraag wanneer we nou precies hebben gevreeën, gaat mijn hart naar Adam uit vanwege zijn keuze ons te sparen en de last zolang zelf te dragen. Maar dat gevoel wordt plotseling doorkruist door een nieuwe gedachte, een nieuwe puzzel.

'Maar... hoe is het nou precies gegaan?' vraag ik.

'Dat weten ze niet. Ze wilden me niets vertellen. Ze zeiden dat er een onderzoek komt. We zullen wel meer horen als we daar eenmaal zijn, denk ik.'

'Waar?' vraagt Josh.

'Caïro. Mam en ik gaan er morgen heen. Jij mag mee, als je wilt. Ze hebben een vlucht voor ons geboekt. Maar je hoeft niet mee, als je niet wilt.'

'Natuurlijk ga ik mee!' zegt hij verontwaardigd.

'Nee,' onderbreek ik ze. 'Ik bedoelde: hoe is het gegaan? Hoe ben jij erachter gekomen, van Marnie?'

'Dat zei ik net, je kon een nummer bellen.'

'Maar daarvoor. Hoe wist je dat je dat nummer moest bellen?'

Ik voel een lichte aarzeling. 'Nou, Marnie had niet gebeld om me te laten weten dat ze veilig was. Ik bleef maar verwachten van haar te horen, maar ik hoorde niets.'

'Wacht even.' Ik sluit mijn ogen, probeer het op een rijtje te krijgen. 'Je zei dat de luchtvaartmaatschappij voor morgen een vlucht voor ons heeft geboekt.'

'Dat is ook zo.'

'Maar de tickets voor de vlucht van vanochtend, die ik in de afvalbak heb gevonden – die moet je hebben gekocht bij het reisbureau in de stad. Dat zag ik aan het mapje.'

'Ja.'

'Wanneer heb je die dan gekocht?'

'Gisteren, zodra ik over de crash hoorde. Ik dacht dat Marnie gestrand zou zijn op de luchthaven van Caïro. Ik zag voor me hoe ze – als ze de vlucht had gemist – daar helemaal in haar eentje was, bang om wat er was gebeurd, aangezien zij in het neergestorte vliegtuig had kunnen zitten. Ik dacht dat ze misschien niet zou weten wat ze moest doen. Dus kocht ik tickets voor ons, zodat we naar haar toe konden gaan, om bij haar te zijn.'

'Wat? Je wist gisteren al van die crash?' Josh staart Adam aan. 'Waarom heb je niets gezegd?'

'Omdat ik – dat zei ik net al – ervan uitging dat Marnie niet in dat vliegtuig zat. Ik wilde jullie niet onnodig ongerust maken.'

Mijn hart trekt zich terug en nestelt zich ergens diep in me.

'Dat was het dus? Daarom gedroeg je je zo vreemd? Dat wilde je me voor het feest vertellen?'

Hij zwijgt.

'Ja, toch? Je wilde me vertellen dat Marnie misschien wel in het neergestorte vliegtuig zat.'

'Ja,' zegt hij opnieuw.

'Maar waarom heb je dat dan niet gedaan? Waarom heb je het niet gewoon gezegd?'

Hij vermijdt mijn blik. 'Dat heb ik geprobeerd,' zegt hij, zijn gezicht grauw. 'Maar je was zo gelukkig. Als ik het je had verteld, zou je het feest hebben gecanceld en ik wilde dat je... Ik wist dat je net als ik doodongerust zou zijn als ik het je eenmaal had verteld, en ik wilde je dat besparen tot ik het zeker wist.'

'Maar je hebt pas gebeld om – hoe laat was het? – drie uur 's nachts. Waarom heb je niet eerder gebeld? Er wordt na zo'n crash toch altijd meteen een noodnummer uitgegeven waar familieleden naartoe kunnen bellen?'

'Omdat ik het niet wilde weten,' zegt hij met zachte stem. 'Ik klampte me vast aan de mogelijkheid dat Marnie de vlucht niet had gehaald.'

Ik kijk naar deze man, die plotseling een vreemde voor me is geworden, en mijn hart krimpt ineen tot er bijna niets van over is.

'Hoe heb je dat voor elkaar gekregen, Adam?' vraag ik met een trillende stem van woede. 'Hoe is het je gelukt om te kletsen, te lachen, te eten en te drinken terwijl de kans bestond dat onze dochter dood was? En erger nog,' ga ik met luidere stem verder als het tot me doordringt, 'hoe heb je míj kunnen laten kletsen, lachen, eten en drinken, en dansen – dánsen – terwijl er een kans was, het maakt niet uit hoe klein, dat Marnie dood was!'

'Livia, alsjeblieft!' Hij steekt zijn armen wanhopig naar me uit, maar ik wend me van hem af.

'Néé!' Ik kijk hem vol afkeer aan. 'Wat ben jij voor monster?'

'Mam, niet doen!'

Ik draai me naar Josh om. 'Hij heeft me laten dansen! Mijn dochter was dood en hij heeft me laten dánsen!' Ik haal uit naar Adam, begin hem te slaan, op zijn hoofd, op zijn borst, waar ik maar kan.

'Mam, stop!'

Maar ik ben te ver heen. Ik blijf Adam met mijn vuisten bewerken, schreeuwend, hem uitscheldend voor lafaard en nog veel meer, tot Josh me wegtrekt en ik op de vloer ineenzak.

7.00 – 8.00 UUR

Adam

Livia's geschreeuw achtervolgt me langs de trap naar beneden en de tuin in.

Ik loop versuft de treden naar het gazon op, nog naduizelend van de heftigheid van haar reactie. Ik wist dat het zo zou gaan. Ik wist dat ze het me niet zou vergeven, niet als ze eenmaal doorhad wat ik had gedaan. Ze zou misschien geaccepteerd hebben dat ik het nieuws een aantal uren voor me had gehouden omdat zij en Josh sliepen. Maar om van haar te verwachten dat ze zou accepteren dat ik al lang voordat het feest begon van de crash wist, en het toch heb laten doorgaan, was te veel gevraagd. Toen ze me vroeg hoe ik haar had kunnen laten dansen sneden haar woorden door me heen, en terwijl haar handen op me inbeukten, stelde ik mezelf dezelfde vraag: hoe had ik haar kunnen laten dansen? Want nu komt me dat weerzinwekkend voor.

Ik moet Nelson bellen. Ik ga op het stenen muurtje zitten, met mijn rug naar Marnies foto's. Ik kan Livia hier horen snikken – of misschien is het de echo in mijn hoofd. Ik ben blij dat Josh bij haar is en haar de troost biedt die ze van mij niet wil aanvaarden. Hij heeft niets tegen me gezegd. Dat was ook niet nodig: de blik van ongeloof die hij me toewierp toen hij me vroeg weg te gaan, zei genoeg.

Ik haal mijn mobiele telefoon tevoorschijn en blijf ermee in mijn handen zitten, het moment herbelevend dat ik Livia's wereld verwoestte. Het was zwaarder dan ik me ooit had voorgesteld omdat ze dacht dat ik het over iets anders had. Iets wat met Marnie te maken had, maar ook met Rob. Daar kan ik me nu niet mee bezighouden, ik moet Nelson bellen.

Zijn stem aan de andere kant van de lijn klinkt te luid. 'Adam! Hoe gaat het daar?'

'Nelson, kun je hiernaartoe komen? Alleen jij, zonder Kirin en de kinderen.'

Hij zwijgt even. 'Is alles in orde?'

'Nee, eigenlijk niet. Ik vertel het je wel als je hier bent. Ik ben in de tuin. Kun je nu komen?'

'Ik kom eraan.'

Vijf minuten, hooguit tien. Net genoeg om pa te bellen.

'Hoi Adam, waar heb ik het genoegen van dit vroege telefoontje aan te danken?'

Ik doe mijn ogen dicht en duw met mijn vinger en duim tegen de binnenste ooghoeken.

'Pa.' Mijn stem klinkt schor. 'Is ma daar ook?'

Ik hoor het geluid van beweging en dan zijn voetstappen op de trap. 'Nee. Ik zit in de keuken, je moeder ligt in bed.'

'Zit je?'

'Nee. Moet ik gaan zitten?'

'Ja.'

Geschraap van een stoel. 'Goed. Vertel.'

'Het is slecht nieuws, pa. Over Marnie.'

Ik hoor hem diep inademen om zich schrap te zetten. 'Wat is er gebeurd?'

'Ze was op weg naar huis voor Livia's feest. Het was een verrassing. Een reis met drie vliegtuigen. Een ervan is neergestort. Ze is dood, pa. Marnie is overleden.'

Er klinkt een half verstikte schreeuw die stopt zodra hij begint.

'Het spijt me, pa. Het spijt me.' De woorden blijven maar uit mijn mond komen. 'Het spijt me zo.'

'Wanneer?' Zijn stem is amper een fluistering. 'Wanneer is Marnie...' Hij kan nauwelijks iets uitbrengen.

'Gisteren. Ik wist het 's ochtends al, maar niet zeker, want ik dacht dat ze de vlucht had gemist, dat had ze me laten weten. Dus ik liet het feest doorgaan omdat ik Livia nog een aantal uren geluk gunde. Begrijp je dat, pa? Begrijp jij waarom ik het niemand heb verteld?'

'Ja, dat begrijp ik,' zegt hij, omdat hij weet dat ik die woorden van hem nodig heb. 'Het spijt me zo, Adam, ik kan me niet voorstellen... Hoe gaat het met Livia, hoe gaat het met Josh? Zijn ze in orde?' Hij gromt, boos op zichzelf. 'Natuurlijk niet, wat een vraag. Ik weet niet wat... Ik kom eraan. Blijf waar je bent. Ik kom die kant op. Is er iemand bij Livia, behalve Josh?'

'Nee. Nelson is onderweg. Ik dacht: als ik het hem vertel, kan hij het de anderen die het moeten weten vertellen. Je hoeft niet te komen; je moet bij ma zijn. Als je het haar hebt verteld... Vertel jij het ma? En Izzy? En Ian? Vertel jij het ze, van Marnie?'

'We laten jullie dit niet alleen doormaken,' zegt hij fel. 'Het komt goed. We helpen jullie hierdoorheen, je moeder en ik. We helpen jullie erdoorheen.'

Ik hang snel op voordat ik helemaal ineenschrompel, me afvragend of ik het mijn vader persoonlijk had moeten vertellen. Maar ik geloof niet dat ik het had kunnen verdragen zijn gezicht te zien, getuige te zijn van zijn immense verdriet. Ik heb ook geen idee hoe ik het Nelson moet gaan vertellen.

Ik leun voorover en concentreer me op mijn ademhaling. Ik hoef niet lang te wachten tot Nelson er is. Hij zegt niets, gaat alleen maar naast me zitten en ik realiseer me dat hij het al weet.

Josh zal het hem wel verteld hebben toen hij hem binnenliet.

'Ik vind het zo verschrikkelijk, Adam,' zegt hij amper hoorbaar.

Ik schraap mijn keel. 'Wil jij het Jess vertellen? Wil je haar vragen hiernaartoe te komen, voor Livia?'

'Ja, natuurlijk. Wat kan ik verder nog doen? Wil je – ik weet het niet – een kop thee of zo?'

Ik sta op, heb plotseling ruimte nodig. Ik kijk om me heen, maar overal zie ik herinneringen aan het feest. Ik loop wezenloos naar mijn schuur, duw met mijn schouder tegen de partytent. Het blok zwart walnotenhout voor Marnies sculptuur is waar ik het heb achtergelaten, op de vloer voor de werkbank. Ik laat me ernaast neerzakken, verlangend naar de fysieke nabijheid, en sluit mijn ogen.

De tijd verstrijkt. Pa arriveert. Hij gaat naast me zitten en trekt mijn hoofd tegen zijn schouder.

'Kom maar hier,' zegt hij zacht. 'Kom maar.'

Livia

Er wordt op de slaapkamerdeur geklopt en terwijl hij opengaat, sta ik op het punt tegen Adam te schreeuwen dat hij weg moet gaan. Ergens schaam ik me voor de manier waarop ik tegen hem tekeer ben gegaan, maar als hij weer bij me in de buurt komt, weet ik dat ik weer naar hem zal uithalen. Ik snap er niets van dat hij het feest heeft laten doorgaan.

Het is Adam niet, het is Nelson. Zodra ik zijn grote gestalte in de deuropening zie staan, begin ik weer te huilen. Josh, die zijn arm om me heen heeft geslagen, trekt me dichter naar zich toe.

Nelson komt de kamer binnen. 'Livia, Josh, ik vind het heel erg. Echt heel erg.'

Josh mompelt iets, maar ik zwijg, want wat valt er te zeggen?

'Ik heb Jess gesproken,' gaat Nelson verder. 'Ze is onderweg. Cleo brengt haar.'

Een golf van opluchting spoelt over me heen.

'Dank je,' zeg ik in tranen, want Jess is degene die ik nu nodig heb.

Ik voel dat hij de situatie in zich opneemt: Josh en ik die hier samen op het bed zitten, ik huilend, Josh die zijn best doet me te troosten.

'Josh, mag ik je vragen iets te doen? Je vader heeft me gevraagd om mensen het te laten weten, van Marnie.' Ik verwonder me over de manier waarop Nelson haar naam zonder aarzeling of schroom uitspreekt. Het is precies wat we nodig hebben. 'Heb je voor mij een lijst van namen en telefoonnummers?'

Josh komt overeind. 'Natuurlijk.' Zijn stem klinkt hol, maar er zit ook een zweem van opluchting in, en ik besef dat Nelson zijn hulp heeft gevraagd om hem iets te doen te geven.

Ze staan met hun armen om elkaar heen, en ik ben blij dat Josh van Nelson de troost krijgt die ik hem niet kon bieden. Ik zou willen dat ik sterk voor hem kon zijn, maar het afschuwelijke besef dat ik heb staan lachen en dansen terwijl we Marnie al hadden verloren, was te veel. Ik wil mijn armen naar hem uitsteken, hem omhelzen zoals Nelson doet, maar nieuwe golven van pijn en verdriet maken dat onmogelijk.

Josh verlaat de kamer en ik voel Nelsons droefheid terwijl ik met mijn vingers aan een doorweekte tissue zit te plukken en probeer mijn gesnik onder controle te krijgen.

'Het spijt me,' zeg ik als hij naast me op het bed gaat zitten. 'Ik wou dat ik kon stoppen met huilen.'

'Het ergste wat een mens ooit kan gebeuren, is jou gebeurd,' zegt hij, en hij trekt me naar zich toe. 'Je mag zoveel huilen als je wilt.'

'Ik kan het niet geloven,' zeg ik, gebroken. 'Ik kan niet geloven dat Marnie...'

'Ik weet het,' zegt hij, over mijn haar strijkend. 'Ik weet het.'

Ik wil hem vertellen dat Adam al uren voor het feest begon van de crash afwist, maar iets houdt me tegen. Wat ik ook van Adam mag vinden, ik wil niet dat Nelson slechter over hem gaat denken.

Jess' stem bereikt me vanuit de gang beneden. Ik krabbel van het bed maar tegen de tijd dat ik de deur heb opengemaakt, is ze al naar boven gekomen.

'Livia,' zegt ze. En dan staan we in elkaars armen te huilen, want ze begrijpt mijn pijn, de pijn van een moeder die haar kind heeft verloren.

Nelson wurmt zich langs ons, zijn handen zwaar op onze schouders.

'Mike heeft theegezet,' zegt Jess ten slotte. Ze veegt haar ogen af. 'Kom, laten we naar beneden gaan.'

'Adam is daar toch niet?'

'Nee, die is in zijn schuur. Mike heeft net thee en geroosterd brood voor hem gehaald.'

'Het verbaast me niets dat Adam kan eten,' zeg ik bitter, want Jess wil ik het wel vertellen. 'Hij wist het, Jess, hij wist het al van Marnie en hij heeft het feest door laten gaan. Hij deed alsof er niets aan de hand was, en erger nog, hij heeft mij laten doen alsof er niets aan de hand was.' Ik schud mijn hoofd en er druppen verse tranen uit mijn ogen. 'Dat vergeef ik hem nooit. Ik vergeef hem nooit dat ik heb gedanst op de dag dat mijn dochter stierf.'

'Ik denk niet dat hij het zeker wist, van Marnie,' zegt ze aarzelend. 'Van Cleo heb ik begrepen dat hij vanochtend pas de bevestiging heeft gekregen.'

'Cleo? Waarom heeft Adam erover gesproken met Cleo?'

'Omdat ze wist dat Marnie thuis zou komen.'

'Cleo wist het?' Het duizelt me.

'Kom,' zegt ze. Ze loodst me mee naar de trap. 'Laten we een kop thee nemen. Cleo is nu bij Josh. Je kunt haar later wel spreken.'

17.00 – 0.00 UUR

Adam

Door de stilte heen ontsnapt er een gedempte snik aan Livia's lippen. We zitten in de keuken met onze onaangeraakte mokken thee.

'Sorry,' mompelt ze.

Ik verlang ernaar haar te troosten, maar ze wil mij niet, alleen maar Jess.

'Doe niet zo raar,' zegt ma, haar ogen glanzend van de ingehouden tranen. 'Je hoeft nergens sorry voor te zeggen.'

In de loop van de dag is Nelson om de zoveel tijd verdwenen om telefoontjes te plegen, waarna hij telkens terugkwam om te zeggen dat degene die hij zojuist had gebeld met ons meeleeft en indien gewenst bereid is om ons op wat voor manier dan ook te helpen. Het lijkt niet tot Livia door te dringen. Ze knikt niet eens. Ze heeft zich in zichzelf teruggetrokken, zich in een beschermende cocon gehuld. Ze wilde zelfs haar moeder niet zien.

We hadden helemaal niet meer aan Patricia gedacht tot eerder vanmiddag de deurbel ging. We lieten het aan Nelson over om open te doen, in de veronderstelling dat het een van de buren zou zijn.

'Livia, je moeder is er,' zei hij, eenmaal terug in de keuken. Maar Livia schudde haar hoofd en liet het aan Nelson over om het uit te leggen, van Marnie.

Ik loop naar de deur en kijk zonder iets te zien door het glas naar de tuin. In de woonkamer zouden we comfortabeler zitten, maar niemand heeft geopperd daarheen te gaan. We zijn het grootste deel van de dag hier geweest: Livia, Jess, pa, ma, Izzy, Ian en Cleo aan de tafel, en Josh, Amy, Nelson en ik leunend tegen het aanrecht met mokken hete thee waar niemand trek in heeft. Max was hier eerder vandaag, en Kirin ook, maar zij zijn nu weer vertrokken, met hun stille verdriet in hun kielzog.

Murphy sjokt naar me toe en blijft naast me staan. Max heeft hem vanochtend teruggebracht en sindsdien is hij nauwelijks van mijn zijde geweken. Mimi heeft zich stilletjes ergens teruggetrokken, alsof ze weet dat haar aanwezigheid ons aan Marnie herinnert. Ik weet niet meer precies hoe laat Amy aankwam. In de loop van de ochtend had Josh gevraagd of hij het haar mocht vertellen, van Marnie, en of ze mocht komen. Natuurlijk zeiden we ja. Hij heeft haar meer nodig dan ons, alleen zij kan hem troosten op de manier die hij nodig heeft. Op de manier die wij – Livia en ik – ook nodig hebben. Maar voor Livia en mij zit die troost er niet in.

Hoewel niemand het heeft gezegd, weet iedereen waarom ze niet met me wil praten. Ze weten dat ik het feest heb laten doorgaan terwijl ik al wist van de crash. Nelson weet ook waarom, maar wat de anderen betreft ben ik daar niet zeker van. Ik kijk naar hem. Het gesprek dat we vanochtend hadden, was troostend tegenover Livia's wrok.

'Ik kan me amper indenken hoe het moet hebben gevoeld, om zoiets in je eentje door te maken,' zei hij zacht toen hij naast me kwam staan nadat ik naar buiten was gelopen om wat lucht te krijgen. 'Waarom heb je het Livia niet verteld toen je vermoedde dat Marnie in dat vliegtuig zat?' Er klonk geen kritiek door in zijn stem, alleen maar belangstelling.

'Omdat haar leven er voor altijd door zou veranderen, zoals

dat van mij al veranderd was.' Ik leunde naar voren zodat hij mijn gezicht niet kon zien. 'Ik kan je niet vertellen hoe het voelt om te leven in de wetenschap dat je kind vrijwel zeker dood is. Ik wilde alleen maar tegenhouden wat er gebeurde. En ik gunde Livia haar feest, haar laatste gelukkige uren.'

'Jezus, Adam.'

'Als Marnie dood was...' Ik zweeg weer. 'Als ik eerlijk ben, denk ik dat ik dat al wist, want anders had ze wel gebeld. Ik dacht bij mezelf dat het voor Marnie geen verschil zou maken of Liv het al wist of niet. Livia heeft me een lafaard genoemd: ze denkt dat ik het noodnummer pas na het feest heb gebeld omdat ik het niet aandurfde en de moed niet had om het haar te vertellen. Misschien heeft ze gelijk. Misschien heb ik de hele tijd tegen mezelf gelogen.'

'Je had het me moeten vertellen,' zei Nelson.

'Dat heb ik bijna gedaan, toen we op het muurtje zaten, toen jij Rob uit de weg ging. Maar ik moest het Livia eerst vertellen, vond ik.'

Nu ik dat gesprek sta te overpeinzen schiet me een gedachte te binnen. Waar is Rob eigenlijk? Zou hij niet hier moeten zijn, bij ons in de keuken moeten zitten? Hij schittert door afwezigheid, en ik weet dat Nelson hetzelfde is opgevallen, want toen Jess de kamer zojuist even verliet, ging hij haar achterna en sprak op zachte toon met haar, maar niet zo zacht dat ik Robs naam niet hoorde. Sinds dat moment zit Nelson af en toe berichtjes te sturen, evenals Jess, met haar telefoon discreet onder de tafel.

Ze kijkt plotseling op, duidelijk opgelucht.

'Rob verontschuldigt zich en hij is onderweg hiernaartoe.'

Ik draai me om op mijn plek bij het raam en zie iedereen zwijgend knikken, behalve Nelson, die mompelt: 'Het zal tijd worden.' En Livia, die opstaat en stil de kamer uit loopt.

Het is de blik van haat op haar gezicht die de nachtmerrie terugbrengt, de nachtmerrie van vanochtend, toen ik haar probeerde te zeggen dat Marnie dood was en Livia dacht dat ik haar iets anders over Marnie ging vertellen. Iets wat ze al wist, iets over Marnie die een relatie had met... Ik doe mijn ogen dicht en probeer me haar exacte woorden te herinneren. 'Het spijt me, Adam, het is Max niet, maar Rob.'

'Gaat het wel?' Pa is opgestaan en loopt naar me toe. 'Wil je niet even gaan zitten?'

'Nee... Nee, dat hoeft niet.' Ik merk dat ik me aan de deurpost heb vastgeklemd; ik laat mijn arm zakken en trek de deur open. 'Ik heb alleen wat frisse lucht nodig.'

'Zal ik even meegaan?'

'Nee, het gaat wel.'

Maar het gaat níét, nooit meer. En al helemaal niet als het waar is, wat Livia me heeft verteld.

Marnie en Rob. Marnie en Rób? Ik ijsbeer op en neer over het terras om het te overdenken. Murphy kijkt onrustig toe vanuit de deuropening. Het kan niet waar zijn, dat kan niet. Ik bedoel: hoe kán het in hemelsnaam waar zijn? Livia zei iets over Rob die naar Marnie was gegaan terwijl hij eigenlijk in Singapore zou zitten, maar ze vergiste zich, dat moet wel. Marnie zou zoiets niet doen, nooit, en Rob ook niet – die heeft Jess. Hij zou het Jess niet aandoen, niet nu ze ziek is, maar ook niet als ze gezond was. Ik moet Livia spreken, ik moet haar vragen hoe ze erbij komt dat Marnie en Rob iets met elkaar hadden. Ik probeer me alles te herinneren wat ze heeft gezegd, maar het lukt niet. Ik herinner me slechts flarden, en ik weet niet zeker of ik die nog goed in mijn hoofd heb. Maar als Livia gelijk heeft... Ik probeer na te gaan wat dat zou betekenen. Maar dat lukt niet, want ik kan er met mijn verstand niet bij.

En dan hoor ik hem – Rob – over het pad aankomen. Ik

wacht hem op bij het zijhek. Met gebogen hoofd komt hij de tuin in lopen. Hij draagt een zonnebril, hoewel de zon niet fel schijnt. Hij haalt diep adem en recht zijn schouders, waarna hij opkijkt en me ziet staan. Even is het stil, maar dan: 'Man.' Hij loopt met uitgestoken armen naar me toe. 'Adam.'

Maar ik moet het weten, dus ik steek mijn hand uit en trek de zonnebril van zijn gezicht. Dat doe ik onverwacht en hij heeft geen tijd om zich te verschuilen. Ik kijk hem diep in zijn roodomrande ogen en hij staart terug. Ik zie het schuldgevoel en ik ruik de stank ervan, die uit zijn poriën komt sijpelen. Het maakt zijn huid rood en heeft een woordeloos effect op zijn mond als hij verwoed zoekt naar de ontkenning van wat ik overduidelijk kan zien.

'Adam, ik...'

Ik denk er niet eens over na, ik haal meteen uit. Mijn vuist beukt onder zijn kin en hij wordt een stukje opgetild, zodat hij opzij struikelt en hard tegen de muur valt.

'Oprotten.'

Livia

Mijn hart bonkt terwijl ik van achter het slaapkamerraam toekijk. Ik zie Adam naar het hek lopen. Ik moet mijn nek strekken en mijn gezicht tegen het raam drukken om hem te kunnen volgen tot de plek waar hij stilstaat, en hoewel ik misselijk word bij de gedachte Rob te moeten zien, wil ik weten of Adam iets heeft meegekregen van wat ik hem over Marnie heb verteld. Ik denk het niet. Ik weet nu dat de persoonlijke hel waar hij in verdween toen ik het hem vertelde niet te maken had met het idee dat onze dochter een verhouding had met Rob, maar met de verschrikking van haar dood. Dood. Ik kan het nog steeds niet geloven, hoewel het feit dat onze dierbaren aan onze keukentafel zitten me vertelt dat het waar is, want waarom zouden ze hier anders zijn?

Ik hoor de klik van het zijhek en zie Rob het terras op komen. Hij ziet Adam en zet met open armen een stap in zijn richting. Ik houd mijn adem in, want als ze hun armen om elkaar heen slaan, is mijn verhaal niet tot Adam doorgedrongen, wat zou betekenen dat hij het nooit te weten zal komen, van Marnie en Rob, tenzij ik het hem alsnog vertel. En dat ga ik niet doen.

Natuurlijk vind ik het een afschuwelijk idee om in de toekomst met Rob te moeten eten, praten en lachen, zijn omhelzingen te moeten ondergaan, zodat niemand zal vermoeden dat er iets mis is. Maar ik kan het me niet veroorloven om Jess en Nelson te verliezen vanwege Robs akelige geheim, want zonder hen beiden komen Adam en ik hier niet doorheen. Niet nu we elkaar niet meer hebben.

Als Adam de zonnebril van Robs gezicht pakt, denk ik in eerste instantie dat hij de bril niet wil beschadigen als ze elkaar omhelzen, rouwend om Marnie. Maar hij blijft Rob aanstaren, en ik ken die intense blik; ik weet dat hij diep in Robs ziel kijkt, zoals hij ook in de mijne heeft gekeken. Net als ik me afvraag wat hij daar heeft gezien, beukt hij Rob tegen zijn kin, waardoor hij tegen de muur valt, en terwijl Rob zich over het pad uit de voeten maakt, borrelt er een snik in me op, en dan moet ik huilen, vreselijk huilen, niet om mezelf, niet om Marnie, maar om Adam. Want hoewel ik hem nooit zal vergeven wat hij gisteren heeft gedaan, zou ik met heel mijn hart willen dat hij om zijn versie van Marnie had kunnen rouwen in plaats van de mijne.

Adam

Ik hoor het geschraap van de achterdeur die opengaat en Nelson die me roept terwijl ik over het gazon naar mijn schuur loop, mijn ogen afgewend van de foto's van Marnie op de schutting. Want hoe kan iemand ze, na wat er is gebeurd, weghalen, al zou dat misschien het beste zijn?

'Was dat Rob?' roept hij.

Ik draai me naar hem om. 'Ja.'

'Wilde hij niet binnenkomen?'

'Nee. Hij is er behoorlijk ondersteboven van. Maar het is goed dat hij langs is geweest. Ik ga even naar mijn schuur. Wil jij ervoor zorgen dat ik niet gestoord word?'

'Natuurlijk.'

Was het nog maar gisteren dat ik me ergerde omdat ik me langs de tent moest wurmen om mijn schuur binnen te gaan? Was dat mijn grootste probleem? Er moet iets ergers geweest, zijn, iets ernstigers of moeilijkers. Ik pijnig mijn hersens, maar kan niets bedenken. Zo'n fijn leven had ik dus.

In de schuur loop ik naar de dichtstbijzijnde muur, waar ik me op de vloer laat glijden. Ik leun met mijn achterhoofd tegen het warme hout en sluit mijn ogen. De knokkels van mijn rechterhand kloppen, mijn hartslag voelbaar door de scheuten van pijn. Het geeft een zekere rust en ik span mijn vingers, want ik wil meer pijn voelen. De beweging opent de snee over mijn handpalm en ik verwelkom de scherpe steken.

Het lijkt onmogelijk dat er iets is wat Marnies dood overschaduwt. Maar op de een of andere manier doet haar relatie met Rob dat toch. Ik herbeleef steeds het moment dat ik diep in zijn ziel keek, het moment waarop alles wat Livia me had verteld zo helder werd weerspiegeld in zijn ogen, dat ik wist dat het waar was. Het speelt zich telkens opnieuw in mijn hoofd af: Marnie en Rob, hun verhouding, zijn bezoekjes aan Hongkong. Hij ging niet met Cleo mee naar Hongkong omdat Jess haar niet alleen wilde laten gaan, hij ging om bij Marnie te kunnen zijn. Livia had hem op FaceTime uit de hotelbadkamer zien komen – naakt. Van het woord alleen al word ik misselijk.

Ik hoor iemand langs de partytent strijken, op weg naar de schuur, en mijn woede kookt over. Ik wil met rust gelaten worden.

'Ga weg, ga alsjeblieft weg,' smeek ik, maar wie het ook is, hij of zij negeert me, en omdat ik vermoed dat het ma is, of pa misschien, probeer ik mijn boosheid te beheersen. Er wordt tegen de deur geduwd, maar hij gaat niet open. Het vertrouwde geluid van schrapende poten tegen hout vertelt me dat het Murphy is, dus hijs ik mezelf omhoog en laat hem binnen. Hij volgt me terug naar waar ik zat en als ik weer op de vloer glijd, gaat hij tegen me aan liggen.

'Hoe is dit gebeurd?' zeg ik hardop. Murphy draait zijn kop naar me toe en likt over mijn gezicht. Ik sla mijn armen om hem heen en begraaf mijn hoofd in zijn vacht, adem zijn gronderige geur in terwijl ik de schokkende waarheid van Marnie en Rob onder ogen probeer te zien. Er waren wel signalen, realiseer ik me. Dat Marnie zich ongelukkig voelde in Hongkong. Dat Livia zich terugtrok uit onze vriendengroep omdat ze Rob niet in haar nabijheid kon verdragen, omdat ze Jess niet onder ogen kon komen. Er schieten allerlei vragen door mijn hoofd, die alleen maar meer verwarring veroorzaken. Waarom heeft Livia het me niet verteld? Was ze van plan het ooit te vertellen? Wist Marnie dat Livia ervan wist? Of wachtte Livia tot Marnie thuis zou komen en wilde ze er dan met haar over praten? Als dat haar intentie was, hoe zou Livia het dan hebben gevonden als Marnie onverwacht kwam opdagen op haar feest? Misschien zou het geen fantastische verrassing zijn geweest, maar een enorme schok. En de allerergste vraag: wie wilde Marnie werkelijk komen verrassen, Livia of Rob?

Ik weet niet hoeveel tijd er is verstreken voordat ma me komt vertellen dat zij en pa weggaan, samen met Izzy en Ian.

'Ze blijven een paar dagen bij ons logeren,' voegt ze eraan toe.

Ik knik. 'Lijkt me goed.'

'We komen morgen terug om jullie nog even te zien voor jullie naar het vliegveld gaan. Nelson zal jullie brengen.'

'Dat is aardig van hem.'

'Je kunt nu beter naar binnen gaan, Adam.'

'Ik ga zo.'

'Kan ik iets voor je doen?'

'Nee, dank je, ma. Zeg pa maar gedag van me.'

'Kom eens hier.'

Ik sta op en ze slaat haar armen om me heen.

'Het komt goed,' fluistert ze, me dicht tegen zich aan trekkend. 'Het komt goed.'

Ik doe mijn ogen dicht. Ik zeg niets, want dat kan ik niet. Het duurt even voor ze me loslaat.

'Tot morgen, Adam.' Haar ogen glinsteren van de tranen.

Ik leg een hand tegen haar wang. 'Dag, ma.'

Als pa en ma vertrekken, is het vast later dan ik dacht. Ik kijk uit het raam; het is buiten bijna donker, dus het zal ongeveer negen uur zijn.

Ik ga weer naast Murphy zitten en bedenk dat hij nog geen eten heeft gehad. Ik probeer de energie te vinden om met hem naar binnen te gaan als Nelson binnenkomt.

'Adam, ik ga. Jess en Cleo vertrekken straks en Livia is naar bed.' Hij laat een stilte vallen. 'Waarom kom je niet binnen? Alleen Josh en Amy zijn er nog en die gaan straks naar boven.'

'Ik kom er zo aan.'

'Wil je dat ik blijf? Dat kan, hoor, geen probleem.'

'Nee, dat hoeft niet, ga maar naar Kirin. Wil je iets voor me doen? Kun je Murphy wat te eten geven?'

'Uiteraard.'

Hij moet Murphy aan zijn halsband meetrekken om hem bij me weg te krijgen.

'Toe maar, Murphy,' moedig ik hem aan. 'Ik zie je later.'

'Probeer wat te slapen,' zegt Nelson vanuit de deuropening. 'Tot morgen dan maar.'

Wat zou hij zeggen als ik hem vertelde dat zijn achtendertigjarige broer Jess bedroog met mijn negentienjarige dochter? Hij zou er kapot van zijn, het zou zijn band met Rob en misschien zelfs onze band schaden. En al zou dat niet zo zijn, het zou nooit meer hetzelfde worden.

Er verstrijkt meer tijd. Na een bescheiden klopje komt Josh binnen.

'Pap?' Ik voel dat hij het donker in tuurt. 'Waar ben je?'

'Hier.'

'Zal ik het licht aandoen?'

'Nee, dank je.'

'Kom je binnen?'

'Nog niet.'

Hij wacht tot zijn ogen aan het donker gewend zijn en komt dan naast me zitten, in dezelfde houding, met zijn rug tegen de muur, zijn knieën opgetrokken en zijn bovenarmen rustend op zijn knieën.

'Zou je in een stoel niet prettiger zitten?' vraagt hij nadat we een paar minuten hebben zitten zwijgen.

'Waarschijnlijk wel. Maar ik zit liever hier op de vloer.'

'Mam is naar bed.'

'Ja, dat zei Nelson al.'

'Je vindt het niet erg als Amy blijft slapen, toch?'

'Nee, natuurlijk niet.'

We blijven nog wat langer in stilte zitten.

'We komen hier wel doorheen, toch?' vraagt hij.

'Ja, natuurlijk.'

'Ik bedoel, jij en mam...'

'Dat komt wel goed.'

'Ik snap het wel, pap. Ik snap waarom je het haar pas na het feest hebt verteld. Eerst begreep ik het niet, maar nu wel. Ik denk dat Marnie het zo had gewild.' Hij wacht even. 'Ik heb eens nagedacht... Misschien dat ik een motorrijbewijs wil gaan halen. Het zou fijn zijn om me met een motor door Londen te kunnen verplaatsen, en als ik in de weekends hiernaartoe kom, kunnen we samen eens een rit maken.'

Mijn ogen worden wazig, want ik weet wat hij doet, ik weet dat mijn zoon, die nog nooit enige interesse heeft getoond in motorrijden, al op zoek is naar een manier om de leegte die Marnie in mijn leven zal achterlaten te vullen.

'Dat zou geweldig zijn,' zeg ik. 'Maar zorg eerst maar dat je op streek raakt in Londen.'

'Ik hoef niet in Londen te gaan wonen, ik kan hier nog wel een tijdje blijven. Ik kan gemakkelijk heen en weer reizen vanuit Windsor.'

'Nee, je moet wél in Londen gaan wonen, met Amy. Je hoeft je plannen niet te wijzigen. Het is al genoeg dat je niet naar New York gaat.'

'Ik ben blij dat ik dat heb besloten,' zegt hij.

'Ik ook. Ga maar naar binnen, Josh, ik kom zo.'

'Het is oké, ik wacht wel.'

Ik weet dat hij niet zonder mij zal gaan, dus ik maak aanstalten op te staan. Ik ben zo stijf dat hij me overeind moet helpen.

'Dank je. Ik word oud, geloof ik.'

Hij omhelst me. 'Echt niet,' zegt hij fel.

We wurmen ons langs de partytent en lopen door de tuin.

'Ik ga maar eens douchen,' zeg ik als we binnen zijn. 'Welterusten, Josh, tot morgenochtend.'

'Trusten, pap. Probeer wat te slapen, goed?'

Ik volg hem langzaam de trap op en als ik op de overloop aankom, stop ik, want onze slaapkamerdeur is dicht, een waarschuwing er niet naar binnen te gaan. Ik douche in de andere badkamer, maar ik heb schone kleren nodig en ik verlang ernaar om met Livia praten. Onze slaapkamer is donker, op het maanlicht dat door het raam naar binnen valt na. Livia ligt onder de sprei, met alleen haar kruin erbovenuit. Ik weet dat ze wakker is; dat kan ik voelen. Ik kleed me zo stil als ik kan aan en ga dan op de rand van het bed zitten.

'Liv,' zeg ik.

Ik weet niet wat erger is: haar vijandige stilte of de wanhopige tranen van eerder. Ik hunker naar de aanraking van haar hand, ik heb haar nodig als nooit tevoren, omdat zij de enige is die Marnie kent zoals ik Marnie ken. Maar het lijkt wel alsof ik niet besta.

Livia

Ik lig in bed en vraag me af hoe het me gelukt is de dag door te komen. Nadat ik had gezien dat Adam Rob een klap verkocht, liep ik naar beneden om iedereen te vertellen dat ik even zou gaan rusten en trof ik een envelop aan op de mat bij de voordeur. Ik realiseerde me pas dat ik hem in stukken aan het scheuren was toen Nelsons vingers hem voorzichtig uit mijn handen wrikten.

‘Toe, Livia. Ik neem hem wel mee.’

‘Ik wil hem niet, ik wil hem niet zien,’ zei ik, een woeste snik terugdringend omdat iemand nu al een condoleancekaart door de brievenbus had gegooid.

‘Dat begrijp ik,’ zei hij, en hij pakte me bij mijn arm. ‘Probeer maar even te slapen, of op zijn minst even te rusten?’

‘Ik wil eerst afscheid nemen van iedereen.’

‘Wil je dat ik blijf?’ vroeg Jess toen Adams familie weg was en wij in de slaapkamer stonden. Cleo was in Josh’ slaapkamer, samen met hem en Amy, en Nelson was naar Adam gegaan, die zich nog steeds schuilhield in zijn schuur.

‘Nee, ik red me wel,’ antwoordde ik. ‘Ga maar naar huis.’

‘Ik begrijp niet waarom Rob niet is binnengekomen, waarom hij weer is weggegaan. En nu neemt hij niet op. Ik maak me zorgen.’

Ik draaide me van haar af, hopend dat Rob haar niets over hem en Marnie zou vertellen, vanavond niet. Nooit, bedacht ik, want wat maakte het nu nog uit?

Ze verliet de slaapkamer om Cleo te halen en Nelson kwam binnen. 'Wil je alsjeblieft naar Adam toe gaan?' vroeg hij. 'Hij heeft je nodig.'

'Nee. Ik kan het niet, echt niet.' Mijn ogen vulden zich weer met tranen van boosheid. 'Hoe kón hij, Nelson, hoe kon hij het feest laten doorgaan terwijl hij bijna honderd procent zeker wist dat Marnie in dat toestel had gezeten? Hoe kan hij hebben gelachen en gekletst alsof er niets aan de hand was?'

'Eerlijk gezegd denk ik niet dat hij onbekommerd liep te lachen en te kletsen.'

'Zelfs Cleo wist het eerder dan ik.' Ik kon de pijn in mijn stem niet verbergen. 'Wist jij het ook? Ik zag je met Adam praten en hij leek overstuur te zijn. Heeft hij het je verteld?'

'Nee, ik wist van niets. Ik wist dat er iets aan de hand was met Adam, en toen ik hem ernaar vroeg, zei hij dat hij iets verschrikkelijks had gedaan en dat jij het hem nooit zou vergeven.'

'Daar had hij dan gelijk in! Ik dacht dat al het gedoe – je weet wel, zijn migraine en dat hij steeds het huis in verdween – met mijn cadeau te maken had. Ik besefte niet dat hij gewoon te laf was om het me te vertellen, van Marnie.'

'Adam is niet laf, Livia. Hij is de sterkste persoon die ik ken. Kun je je voorstellen wat hij moet hebben doorgemaakt, vanaf het moment dat hij vermoedde dat Marnie misschien in dat vliegtuig zat tot het moment dat hij het bevestigd kreeg? Begrijp je wat hij in zijn eentje heeft doorstaan?'

Ik ontplofte van verontwaardiging. 'Als hij het me had verteld, had hij het niet in zijn eentje hoeven doormaken,' siste ik. 'Dan had ik het met hem kunnen delen. Hou óp hem te verdedigen, Nelson. Hij zat fout, dat weet je heel goed.'

'Maar...'

'Nee.' Ik sloeg met mijn hand op het bed. 'Ik wil het niet horen! Het gaat niet om Adam; het gaat om Marnie!'

Hij zweeg en gaf me een kus.

'Probeer wat te rusten, Livia,' zei hij vriendelijk. 'Ik ga nu weg, maar ik kom morgenochtend terug.'

Dat is nu vijf minuten geleden en ik wou dat ik hem had gevraagd om niet te gaan. Ik wil niet alleen zijn met Adam. En ik wil ook niet over Marnie nadenken, dus concentreer ik me op de geluiden die ik hoor: Nelson die afscheid neemt van Josh en Amy, dan hij en Cleo op de trap naar beneden, langzaam gevolgd door Jess. Twee auto's die wegrijden, eerst die van Nelson, dan die van Cleo. Daarna de stilte, die al snel te luid wordt, waardoor ik een toenemende paniek voel tot Josh' slaapkamerdeur opengaat en hij naar beneden loopt, zodat ik weer geluiden heb om me op te richten. De achterdeur die open- en weer dichtgaat, zijn voetstappen op het terras. Ik spits mijn oren; ik hoor hem de wand van de partytent niet opzijduwen terwijl hij zich een weg naar Adams schuur wurmt, maar ik zie het wel voor me. Maar dat is niet genoeg, dus ik dwing mijn oren om andere klanken op te pikken: Amy die zachtjes rondloopt in Josh' kamer, de buren die respectvol rustig de tuin verlaten voor de nacht. En later – ik weet niet hoeveel later – iets waar mijn hart sneller van gaat bonzen, het geluid van Josh en Adam die teruglopen naar het huis. Als ze de trap op lopen houd ik mijn adem in tot mijn longen pijn doen, want ik wil Adam niet zien. Hij loopt de andere kant uit, naar de andere badkamer, en mijn ademhaling komt een beetje tot rust terwijl hij een douche neemt. Maar dan is hij er weer, bij de deur, dus ik kruip weg onder de sprei en knijp mijn ogen dicht.

Hij kleedt zich zachtjes aan. Ga alsjeblieft weer weg, denk ik bij mezelf. Ik voel dat hij op het bed gaat zitten.

'Liv,' zegt hij, en ik krimp ineen bij de hunkering in zijn stem. Ik word er boos van, want waarom zou ik me schuldig voelen omdat ik hem niet kan geven waar hij behoefte aan heeft? Het is sowieso allemaal zíjn schuld, realiseer ik me met groeiende woede.

'Waarom moest je Marnie zo nodig laten overkomen voor mijn feest?' zeg ik, mijn boosheid getemperd door de sprei. 'Als ze toch al eind deze maand thuis zou komen?'

'Omdat ze je graag wilde verrassen,' zegt hij.

'En je kon het natuurlijk weer niet laten haar te verwennen.'

Hij lacht wrang. 'Als ik haar had verwend, zou ik erop gestaan hebben dat ze een directe vlucht zou boeken.'

'Waarom heb je dat dan niet gedaan?'

'Omdat Josh van mij ook geen directe vlucht naar New York mocht nemen.'

'O, dus nu is het Josh' schuld.'

Hij zucht vermoeid. 'Niet doen, Livia.'

Woedend gooi ik de lakens en sprei van me af. 'Vertel me nou niet wat ik wel of niet kan zeggen!' schreeuw ik. 'Ga daar nou niet zitten preken terwijl jij degene bent die Marnie dat vliegtuig heeft laten nemen! Als jij niet zo stom was geweest, zou ze nu niet dood zijn! En het dan ook nog aan niemand vertellen.' Met betraande ogen schud ik mijn hoofd. 'Ik zal nooit begrijpen hoe je hebt kunnen doen alsof er niets was gebeurd, nooit! Wanneer ben jij zo hard geworden? Je hebt geen enkele traan gelaten om Marnie. Wat is er met je gebeurd, Adam? Wanneer ben je verdomme zo gevoelloos geworden?'

Hij staat langzaam op.

'Hoelang weet jij het al van Marnie en Rob?' vraagt hij zacht. Ik kan zijn gezicht in het donker niet zien.

'Wat heeft dat ermee te maken?' zeg ik, plotseling benauwd.

'Alles.'

'Hoe bedoel je?'

'Jij weet al van hun verhouding sinds hij en Cleo in april naar Hongkong waren.'

'Dus?'

'Dat is zes weken geleden. Marnie heeft me drie weken geleden verteld dat ze terug wilde komen voor jouw feest. Als jij me meteen over hun verhouding had verteld, denk je dat ik haar dan thuis had laten komen?' Hij zwijgt even. 'Waarom heb je het me niet verteld, Livia? Van Marnie en Rob?'

'Omdat ik je wilde beschermen! Omdat ik wilde behouden wat we hadden!'

'Maar wanneer wilde je het me dan vertellen? Nooit? Of als je je feest had gehad?'

Ik reik naar achteren en pak een van mijn kussens. 'Ga weg!' roep ik terwijl ik het naar hem toe smijt. 'Ga wég en kom niet meer terug! ik haat je, hoor je dat? Ik háát je!'

Adam

Ik blijf aan de andere kant van de slaapkamerdeur staan luisteren naar Livia's hartverscheurende gesnik. Ik weet niet waar het vandaan kwam, wat ik tegen haar zei. Het was niet eerder in me opgekomen dat ik Marnie niet had laten thuiskomen als ik van de affaire geweten had, dus waarom zei ik dat dan? Waarom scheepte ik Livia op met een schuldgevoel over Marnies dood terwijl het allemaal *míjn* schuld is? Hoe kon ik zo wreed zijn?

Ik strijk met een hand door mijn haar en vraag me af wat ik nu moet doen, waar ik naartoe moet. Eerder zou ik misschien naar Marnies kamer zijn gegaan om daar troost te zoeken, maar dat kan ik nu niet. Ik weet niet meer wie ze is. Ik dacht dat ik haar kende, maar dat is niet zo. Ik dacht dat ze nooit tegen me zou liegen, maar dat heeft ze wel gedaan. Ik dacht dat ze nooit iets zou doen wat ik afkeurde, maar ze heeft het ergste gedaan wat ik kan bedenken, iets wat me meer pijn doet dan wat dan ook – om wie Rob is, om waar hij voor staat. Ze wist wat ik van hem vond, maar dat weerhield haar er niet van iets met hem te beginnen. Ik begrijp het niet; ik begrijp niet hoe ze dat heeft kunnen doen.

Ik loop naar beneden, eenzamer dan ik me ooit eerder heb gevoeld. Ik voel de aantrekkingskracht van mijn motor, maar na wat er – wanneer, gisteren? – is gebeurd toen Marnie nog de persoon was die ik kende, ben ik bang voor wat er nu zou kunnen gebeuren. De enige plek waar ik me veilig zal voelen is mijn schuur, dus ga ik naar buiten en loop over het gazon met de maan om me bij te lichten. Binnen steek ik automatisch een hand uit naar de lichtknop; het licht dat de ruimte in stroomt, verblindt me. Ik sta op het punt het weer uit te doen als mijn blik op het blok walnotenhout valt. Ik word overvallen door een duistere woede, grijp een bijl van de plank en begin het aan stukken te hakken.

Livia

Door het geluid stop ik abrupt met mijn luide, schuldbewuste gesnik – want diep vanbinnen, hoezeer ik ook probeer ze als tranen van verdriet en verontwaardiging te beschouwen, zijn het tranen uit schuldgevoel. Alles wat Adam zei was waar. Hoe hard ik ook probeer hem de schuld te geven voor wat er met Marnie is gebeurd, feit is dat ze niet in dat vliegtuig had gezeten als ik open tegen hem was geweest. Ik heb tegen Adam gezegd dat ik hem haatte, maar eigenlijk haat ik mezélf omdat ik niet had gewild dat Marnie thuis zou komen. Is ze gestorven omdat ik niet wilde dat ze hier zou zijn, omdat ik het leven dat ik leidde verder wilde leven?

Het geluid begint weer, van slagen op splinterend hout, gevolgd door een gekwelde schreeuw waarin zoveel pijn doorklinkt dat ik het bed uit spring en de slaapkamer uit ren, naar de trap. Josh' deur gaat open.

'Mam!' zegt hij angstig.

'Laat maar, ik ga wel,' zeg ik.

'Zal ik meegaan?'

Maar ik ben al weg.

Adam

'Hou op, pap, hou op!'

Ik hoor Marnies stem, maar ik sla er geen acht op, ik blijf met de bijl zwaaien.

'Alsjeblieft pap, hou op!'

Ik uit een brul van frustratie. 'Nee! Niet doen! Waarom zou ik ophouden terwijl jij een verhouding hebt gehad met Rob!' Ik beuk met de bijl op het grootste stuk dat er nog van het blok over is; de splinters vliegen alle kanten op. 'De broer van mijn beste vriend...' Ik hef de bijl opnieuw. 'Jess' echtgenoot...' Weer een slag met de bijl. 'De váder van je beste vriendin...'

'Pap, hou op!'

Ik draai de steel om in mijn hand en gebruik de botte kant als knuppel. De massa kapot hout vliegt rond in de schuur. 'Jij hebt niets over me te zeggen!' roep ik terwijl de stukjes van de muur terugkaatsen. 'Je hebt het recht niet! Hoe kón je, Marnie? Waarom heb je ons in de steek gelaten?'

'Adam!'

Livia

Hij stopt halverwege een zwaai en draait zich om. Een afschuwelijk moment lang denk ik dat hij de bijl op mij zal laten neerkomen. Dan gaat de woede in zijn ogen over in verwarring en kijkt hij me onthutst aan, alsof hij niet gelooft dat ík hier sta in plaats van Marnie.

Ik steek mijn hand uit. 'Het is oké,' zeg ik. 'Rustig maar.'

Hij brengt zijn arm omlaag en de bijl ploft op de grond. Zijn gezicht kleurt asgrauw. En dan zakt hij op zijn knieën, bedekt zijn gezicht met zijn handen en begint onbedaarlijk te snikken.

Ik hurk op de vloer tussen de splinters walnotenhout en probeer hem in mijn armen te nemen. Maar hij houdt me af, beschaamd om zijn tranen. Hij staat me niet toe zijn handen van zijn gezicht te trekken. Hij is gevangen in zijn eigen hel en ik kan hem alleen maar vasthouden, hem vertellen dat ik van hem houd, dat het me spijt, dat alles goedkomt, dat we hierdoorheen komen. Alles wat hij tegen mij heeft gezegd, alles wat ik tot nu toe niet bij machte was tegen hem te zeggen.

Op een gegeven moment kijk ik op en zie ik Josh in de deuropening staan, zijn armen langs zijn lichaam, zijn gezicht betraand. Als hij naar ons toe wil komen, schud ik mijn hoofd en glimlach even, om hem te laten weten dat Adam niet zou willen dat hij hem zo zag: gebroken, verpletterd, verslagen. Hij begrijpt het en glipt stilletjes weer weg.

Uiteindelijk slaat de vermoeidheid toe en kan ik Adam naar me toe trekken, over zijn haar strijken, de tranen van zijn ogen kussen.

'Het komt goed, echt waar,' zeg ik zacht. 'Het komt goed.'

Hij geeft geen antwoord, want dat heeft hij niet. Maar de zucht die vanuit zijn diepste innerlijk naar boven komt, zegt genoeg.

EEN JAAR LATER

8 JUNI 2020

Adam

We geven vandaag een feest – voor Livia en Marnie. Josh heeft het georganiseerd. Iedereen die vorig jaar op Livia's feest aanwezig was, is uitgenodigd, evenals Marnies vrienden en vriendinnen van school en de universiteit. Alle mensen die de afgelopen twaalf maanden een belangrijke rol in ons leven hebben gespeeld.

In de nasleep van Marnies dood, en op haar herdenkingsdienst, wilden veel mensen weten wat ze konden doen om te helpen. Daar hebben we over nagedacht. En wat volgens ons het meest zou helpen, was dat ze de herinnering aan Marnie levend zouden houden door aan haar te denken en met ons over haar te praten. En het heeft inderdaad geholpen om verhalen van anderen over Marnie te horen. Het is niet altijd gemakkelijk, maar het is beter dan het niet meer over haar te hebben.

Dat was een van mijn eerste fouten, dat ik niet over Marnie sprak om ongemak bij mensen te voorkomen. Als ik met klanten praat over het meubel dat ik voor ze ga maken, is het bijvoorbeeld gebruikelijk dat ze me foto's van hun huis laten zien, zodat ik het type hout kan adviseren dat het beste bij hun interieur past. Een gesprek over 'thuis' leidt onvermijdelijk tot een gesprek over familie, en als ik daarbij een vraag kreeg over mijn kinderen, had ik het aanvankelijk alleen over Josh. Maar dat voelde telkens als verraad tegenover Marnie. Dus nu zeg ik dit:

Mijn zoon, Josh, woont in Londen met zijn vriendin, Amy. En ik had een prachtige dochter, Marnie, maar zij is een aantal maanden geleden omgekomen bij een vliegtuigcrash – die van Pyramid Airways, misschien hebt u erover gehoord.

En als ze geschrokken kijken en mompelen dat ze het heel erg vinden, zeg ik:

Het was een verschrikkelijke tijd, en het is nog steeds heel zwaar, maar we proberen onszelf eraan te herinneren hoe fijn het is dat ze deel heeft uitgemaakt van ons leven.

Dat is meestal voldoende.

De eerste weken na Marnies dood was Liv beslist sterker dan ik. Zowel fysiek als emotioneel was ik een wrak. Ik was kapot van zowel schuldgevoel als verdriet, maar ook Marnies affaire met Rob speelde me parten. Ik kon de Marnie die ik kende niet verenigen met de Marnie die ze geworden was. Ik kon niet eten, ik kon niet slapen, en ik viel in korte tijd zes kilo af. Als ik dacht aan haar laatste momenten stelde ik me voor dat ze niet riep om Livia of mij, maar om Rob.

We zijn uiteindelijk niet naar Caïro gegaan. De nacht dat Livia me in de schuur had aangetroffen, toen het me allemaal veel te veel was geworden, vervulde de gedachte om een paar uur later aan boord van een vliegtuig te stappen me met zoveel angst dat ik wist dat ik het niet zou kunnen.

'Ik wil niet naar Caïro,' mompelde ik beverig, toen de zon begon op te komen. 'Ik wil het niet zien.'

'Dan gaan we niet,' zei Livia zacht. 'Ik wil het ook niet zien.'

In de nasleep van het vliegtuigongeluk was het Nelson die de officiële kant voor ons afhandelde en ons op de hoogte hield van het onderzoek naar de crash. Ik zat gevangen in een diepe, donkere tunnel met ogenschijnlijk geen licht aan het eind ervan. Ik was niet in staat iets te doen.

Het keerpunt kwam ongeveer zes weken na Marnies dood, toen ik op een ochtend de keuken in kwam en een briefje van Livia zag liggen met de mededeling dat ze de deur uit was. Josh leek ook niet thuis te zijn en ik herinnerde me vaag dat hij en Amy voor een paar dagen zouden weggaan. Het was de eerste keer dat ik alleen was sinds Marnie was gestorven, en hoewel ik me zo ver in mezelf had teruggetrokken dat ik amper sprak, begon hun afwezigheid op me te drukken tot ik het niet meer kon verdragen. Ik probeerde Livia te bellen, maar ik kreeg steeds haar voicemail.

Ik belde Nelson.

'Ik kan Livia niet te pakken krijgen,' zei ik, bijna in tranen. 'Ik weet niet waar ze is. Wat als ze een ongeluk heeft gehad?'

'Nee, wees gerust.'

'Hoe weet je dat?'

'Ze is naar het park,' antwoordde hij, verwijzend naar Windsor Great Park. 'Ben je net op?'

'Ja,' gaf ik toe, want het was al bijna middag.

'Ga dan douchen en scheren en ga naar haar toe.'

'Nee,' zei ik, weer in mezelf kerend. Ik was het huis weken niet uit geweest, niet sinds Marnies herdenkingsdienst, en ik wilde niet naar een plek waar zoveel herinneringen aan haar lagen.

'Je moet.'

'Waarom?'

'Wat voor datum is het?'

'Dat weet ik niet.'

'Het is 24 juli.'

Marnies verjaardag. 'Dat kan niet,' stamelde ik, want ik kon niet geloven dat juli grotendeels aan me voorbij was gegaan.

'Je moet je vermannen, Adam,' zei Nelson streng. 'Zo kun je niet doorgaan.'

Ik voelde een opwelling van woede. 'Mocht je het zijn vergeten, mijn dochter is dood,' zei ik op kille toon.

'Ze was ook de dochter van Livia. Ga haar zoeken. Ze heeft je nodig, Adam. Ze kan jou niet blijven opvangen.'

Op dat moment haatte ik hem. Maar toen ik naar de badkamer liep, richtte mijn haat zich op de schim van een man die me aanstaarde in de spiegel. Ik herkende mezelf nauwelijks en dat joeg me angst aan. Hoe kon ik mezelf zo hebben verwaarloosd? Het was niet Nelsons stem die me vertelde dat ik me moest vermannen, maar die van Marnie. Ze zou het vreselijk hebben gevonden om me in deze toestand te zien.

Terwijl ik me voor het eerst in weken schoor, dacht ik aan wat Nelson had gezegd, dat Livia mij had opgevangen, en voelde ik een groeiende schaamte. Ik kon me de laatste keer dat ik haar echt had aangekeken of een gesprek met haar had gevoerd niet heugen. Door mijn allesverterende schuldgevoelens had ik Marnies dood om mezelf laten draaien.

Ik nam aan dat Livia via de Cambridge Gate het park in was gelopen. Ik hield mijn hoofd gebogen terwijl ik er door de straten naartoe liep, bang dat iedereen me zou herkennen als de man die zijn dochter bij de vliegtuigcrash was kwijtgeraakt. Toen ik bij het hek kwam, aarzelde ik. We deden hier altijd de Long Walk met Marnie, en ik wist niet of ik het zonder haar kon. Maar toen gebeurde er iets vreemds. Toen ik daar stond te dralen, mijn hoofd gevuld met herinneringen aan Marnie, voelde ik ineens dat ik voorwaarts werd gedreven. Ik was er zo zeker van dat ik werd geduwd dat ik mijn hoofd omdraaide om te kijken wie dat deed. Maar er was niemand. En toch ook weer wel, want ik voelde dat er iets of iemand met me meeliep.

'Dag, Marnie,' mompelde ik. 'Gefeliciteerd met je verjaardag.' Een lichte bries bracht de lucht om me heen in beweging en voor het eerst sinds Livia's feest, glimlachte ik.

Ik was niet bang dat ik Livia niet zou vinden. Ik wist dat ik, als ik bleef lopen, haar uiteindelijk zou tegenkomen op haar weg terug naar de Cambridge Gate. Het duurde even voordat ik haar in het vizier kreeg. Ik schrok van haar magere, vermoeide gestalte en vroeg me af hoe ik zo egoïstisch had kunnen zijn.

Ze zag me niet, want ze liep met haar hoofd gebogen. Terwijl ze aanstalten maakte om opzij te gaan, pakte ik haar arm.

'Livia.'

Het duurde een ogenblik voor ze besefte dat ik het was. Maar toen ze het zich realiseerde, zakte ze tegen me aan en barstte uit in tranen van opluchting en uitputting.

Nu hoor ik vanuit de keuken Josh en Amy boven rondlopen terwijl ze zich aankleden. Ik heb Livia laten slapen, maar ik heb de douche horen stromen, dus ze zal zo wel beneden komen. Ik doe de achterdeur open en Murphy wordt wakker in zijn mand. Hij komt naast me staan en samen lopen we de tuin in om daar op Livia te wachten.

Ik mis Marnie elk moment van elke dag. Er is een pijnlijke leegte in me die nooit gevuld kan worden – want ik ben een deel van mezelf kwijt. Maar Livia en ik zijn in een jaar tijd een stuk verder gekomen, dankzij de liefde en steun van onze familie en vrienden. Zij heeft Jess, Kirin en haar moeder, en ik heb Izzy, Ian en mijn ouders. Vooral aan mijn vader heb ik veel. Zijn zesde zintuig voelt het aan als ik bijna verdrink en dan werpt hij me een reddingsboei toe; meestal gaan we samen wat drinken of lopen we met Murphy langs de rivier – het is maar net waar ik behoefte aan heb.

Ook heb ik Nelson, die op een dag ineens in de deuropening van mijn schuur verscheen. Ik zag aan de blik op zijn gezicht dat hij erachter was gekomen, van Marnie en Rob. Hij was er kapot van, woedend dat Rob bereid was geweest alles wat hij had op het spel te zetten voor iets wat nooit goed had kunnen gaan.

'Hoe haalde hij het in zijn hoofd?' bleef hij herhalen. Het was dezelfde vraag die Livia en ik onszelf telkens weer hadden gesteld als het ging om Marnie en haar aandeel. 'Ik vind het zo erg, Adam.'

Ik probeerde hem te troosten, zei dat er twee nodig zijn voor een relatie. Ik was blij dat hij niets wist van de baby die Marnie had verloren. Ik zou bijna willen dat ik daar ook geen weet van had, maar Livia wilde niet dat er nog geheimen tussen ons in zouden staan. Soms probeer ik me voor te stellen hoe het was geweest als Marnie de baby niet had verloren en ze niet was gestorven. Het is hartverscheurend om daaraan te denken. Maar ik weet ook dat het uiterst moeilijk zou zijn geweest om aan die nieuwe situatie te wennen.

Nelson vroeg hoe Livia en ik ermee wilden omgaan; hij zou het begrijpen als we Rob nooit meer zouden willen zien. In andere omstandigheden zouden we daar inderdaad voor gekozen hebben. Maar we moesten ook aan Jess denken. Als we Rob uit ons leven zouden bannen, zou ze willen weten waarom. En ik moest rekening houden met Livia. Ook nog haar beste vriendin verliezen na het verlies van haar dochter zou te veel zijn. En Cleo en Josh waren er ook nog. We wilden niet dat zij van de affaire zouden weten.

Uiteindelijk was het Livia's besluit. En zij zei dat ze op de oude voet wilde doorgaan, alsof het niet was gebeurd, alsof we nergens van wisten. Dus dat doen we. Het is ongelooflijk moeilijk, en hoewel we ons best doen, voelt het niet hetzelfde als we elkaar ontmoeten. Als Jess – of Kirin, want Nelson heeft het haar niet verteld – merkt dat Rob zich in onze nabijheid ingetogener gedraagt, zal ze dat waarschijnlijk beschouwen als een reactie op Marnies dood. Normaal zou Kirin er misschien dieper in zijn gedoken, maar ze heeft haar handen vol aan de nieuwste leden van hun gezin, Rose en Bertie, die nu zes maanden oud zijn.

Ik geloof dat het Livia gemakkelijker afgaat dan mij. Er zijn dagen dat het gewicht van het geheim bijna te groot wordt; dan verdraag ik het amper in dezelfde ruimte te zijn als Rob, dezelfde lucht in te ademen als hij. Maar ik doe het voor Livia – om alles wat ze heeft moeten doorstaan, om de manier waarop ze met het verlies van Marnie omgaat, om de manier waarop ze mij die eerste weken heeft opgevangen door haar eigen verdriet opzij te zetten en er voor mij te zijn. En omdat ik nu meer van haar houd dan ooit.

Livia

Ik vouw de kaart die ik heb gelezen dicht en leg hem terug in mijn la, onder de gedroogde rozen van Marnies boeket. De kaart arriveerde op de dinsdag na haar dood, de dag nadat we naar Caïro zouden vliegen. Het was de verjaardagskaart die ze me had beloofd te sturen. In de envelop had ik een haastig geschreven briefje gevonden.

Ik moet je iets vertellen, mam. Ik denk dat je wel vermoedt dat ik iets voor je geheim heb gehouden, maar ik hoop dat je niet weet wat het is, want ik wil het graag persoonlijk uitleggen, zodat je misschien kunt proberen het te begrijpen. Ik denk niet dat je dat kan, en pap al helemaal niet. Je zult teleurgesteld zijn, je zult je voor me schamen, maar ik wil dat je weet dat ik nooit de bedoeling heb gehad het te doen. Het gebeurde gewoon. En nu het dus is gebeurd kan ik alleen maar hopen dat je het kunt opbrengen mij te vergeven.

Terwijl ik het las, was ik blij dat ik wist waar Marnie over schreef. Als ik niet van haar affaire met Rob had geweten, zou ik mezelf voor altijd hebben gekweld met de vraag wat ze in godsnaam had gedaan waarvoor ik haar moest vergeven. Maar er zijn andere dingen die me wel kwellen. Ik vermoedde dat Marnie het briefje vlak na ons telefoontje had geschreven, toen ik haar had geprobeerd over te halen nog niet naar huis te komen. Had ik haar maar weten te overtuigen, was het maar niet ons laatste gesprek geweest. Ik kan me niet herinneren of ik heb gezegd dat ik van haar hield, zoals ik gewoonlijk aan het eind van een telefoontje deed, en ik kwel mezelf met de gedachte dat ik dat misschien niet heb gedaan.

Ik neem een douche en kleed me aan. Ik weet niet goed wat ik van het feest van vandaag moet vinden, hoewel ik dat Josh nooit zou vertellen. Wat mij betreft hoeven we mijn verjaardag nooit meer te vieren. Ik weet dat het nergens op slaat, maar soms vraag ik me af of Marnies dood een soort straf was voor de extravagantie van mijn feest van vorig jaar. Het lijkt bijna weerzinwekkend dat ik zoveel waarde hechtte aan zoiets materialistisch.

Het zal vreemd klinken, maar ik vind dat ik me gelukkig mag prijzen met waar ik nu sta en wat ik nu heb. Allereerst Adam. Na Marnies dood was ik een paar verschrikkelijke weken lang bang dat ik ook hém zou verliezen. Er waren dagen dat ik dacht dat hij nooit meer zou opkrabbelen uit de droefheid en schuldgevoelens die hem verteerden. Als Josh en Amy er niet waren geweest, had ik me geen raad geweten.

Op Marnies verjaardag, toen ik er helemaal doorheen zat, liep ik de Long Walk in Windsor Great Park. Van tevoren had ik gehoopt dat Adam met me mee zou gaan, maar toen de datum naderde, durfde ik hem daar niet aan te herinneren, voor het geval hij erdoor op de rand van de afgrond zou komen te staan. Terwijl ik verder liep, joeg mijn uitputting me angst aan, want ik wist dat ik zo niet lang meer kon doorgaan.

'Alsjeblieft, Marnie,' smeekte ik, bijna in tranen. 'Breng je vader alsjeblieft bij me terug. Ik kan dit niet aan zonder hem.' En toen keek ik op en stond hij daar. Hij hield me vast en ik huilde tranen van opluchting, bij mezelf denkend dat Marnie me op de een of andere manier had gehoord. Ik praat nu elke avond tegen haar – in de stilte van de slaapkamer als Adam nog beneden is of een wandeling maakt met Murphy. Dan lig ik op het bed, met Mimi tegen me aan genesteld, en vertel haar over mijn dag. En ik weet dat ze luistert.

Ik ben ook dankbaar dat ik mijn moeder weer heb, die een rots in mijn branding bleek als het ging om mijn besluit aangaande de situatie met Rob. Ik nam ongeveer drie weken na Marnies dood contact met haar op, om haar voor de herdenkingsdienst uit te nodigen, en vanaf dat moment dronken we een keer per week koffie in de stad. Misschien hadden we minder snel een band gekregen als Marnie nog had geleefd, maar ik had iemand nodig die niet dicht bij Marnie had gestaan, want het was zwaar om behalve mijn eigen verdriet ook met dat van anderen om te gaan. Mijn moeder was verdrietig om Marnie, en ze huilde ongetwijfeld haar eigen tranen van spijt. Maar ze had haar niet gekend, wat het op de een of andere manier gemakkelijker maakte om met haar te praten.

Omdat Adam niet in staat was om over de dingen te praten, bleef de affaire van Marnie en Rob een etterende wond tot de dag dat Nelson hem een paar weken na Marnies verjaardag kwam opzoeken. Rob had eindelijk bekend waarom hij ons vermeed, en Nelson was uiteraard woedend. Daardoor konden Adam en ik eindelijk praten over wat er was gebeurd. Maar we hadden geen idee wat we moesten doen. We wilden niet dat Rob er zomaar mee weg zou komen, maar we wisten niet of we het Jess moesten vertellen.

Op een dag, toen Adam weg was om een potentiële klant te bezoeken, kwam Nelson bij me om een goed woordje voor Rob te doen. Hij zei dat Rob heel veel spijt had van wat hij had gedaan, dat zijn affaire met Marnie impulsief was begonnen toen hij gedeprimeerd was geraakt na Jess' diagnose. Hij had een paar keer geprobeerd de relatie te beëindigen. Het ergste van alles vond hij de pijn die Jess erdoor zou lijden, als de waarheid boven tafel kwam. Hij hoopte dat Jess hem zijn misstap zou vergeven, want hij hield echt van haar. Hij vroeg of we het aan hem wilden overlaten het haar te vertellen.

Ik verachtte Rob om de manier waarop hij onder zijn verantwoordelijkheid uit probeerde te komen. De woorden die hij niet uitsprak – *Marnie is ermee begonnen* – waren voelbaar achter elk berekenend woord dat hij had gezegd. Ik wilde Nelson zeggen dat zijn broer een leugenaar, een lafaard en een verachtelijke man was. Ik probeerde me de scène voor te stellen waarin Rob Jess' hart zou breken, maar dat kon ik niet.

Ik vroeg Nelson om Rob te vragen nog niets tegen Jess te zeggen tot ik erover had nagedacht. De volgende dag ging ik met mijn moeder koffiedrinken in het Castle Hotel. Ik vertelde haar over de affaire en vroeg haar om advies. En zij wees me op iets wat noch Adam noch ik had bedacht, namelijk dat Jess ervoor zou kunnen kiezen bij Rob te blijven – omdat ze genoeg van hem hield om het hem te vergeven of omdat ze liever met hem was dan alleen. En als wij de boodschap brachten, zou dat grote spanningen in onze vriendschap veroorzaken. Dat niet alleen: als wij het haar zouden vertellen, zou Jess het gevoel kunnen krijgen dat ze Rob moest verlaten omdat wij dat van haar verwachtten. En als ze niemand anders tegenkwam, ging ze dan een moeilijke toekomst tegemoet. Bovendien zou Rob, zei mijn moeder, als we het Jess niet vertelden, zich ongetwijfeld als een toegewijd echtgenoot gedragen om de affaire goed te maken, maar ook omdat hij – zoals hij Nelson had verteld – echt van haar hield.

Ik heb erover gesproken met Adam, en daarna weer met Nelson. En ten slotte hebben we besloten om Robs affaire met Marnie voor onszelf te houden. Al met al denk ik dat we, gezien Jess' ziekte, het juiste besluit hebben genomen. Rob is haar beslist toegewijd en hoewel het voor ons vreselijk moeilijk is om met hem om te gaan, doen we het voor Jess.

Ik kijk uit het slaapkamerraam en zie Adam in de tuin lopen, met Murphy aan zijn zijde, en ik voel een vlaag van iets wat ik heel lang niet heb gevoeld, iets wat ik niet durf uit te spreken, omdat het niet gepast lijkt. Ik haast me naar beneden en als Adam me over het gazon ziet lopen, steekt hij zijn handen naar me uit.

'Gefeliciteerd,' zegt hij, en hij geeft me een kus.

'Dank je.' Ik sla mijn armen om hem heen. 'Je bent al vroeg op.'

'Nou, het is dan ook een belangrijke dag.'

Hand in hand lopen we naar het muurtje, waar we tegenover Marnies schutting gaan zitten. In het huis wordt gelachen, en ik glimlach om het geluid van een stoeiende Josh en Amy.

Ik draai mijn gezicht naar Adam en zie dat hij ook glimlacht.

'Ben je gelukkig?' vraag ik zonder na te denken. En dan voel ik me verschrikkelijk, want hoe kunnen we gelukkig zijn? Ik werp Adam een bezorgde blik toe en hij trekt me naar zich toe.

'Ja,' mompelt hij met een kus op mijn kruin. 'En jij?'

'Ja,' zeg ik zacht.

Het is niet het geluk van voorheen. Want hoe zou dat ooit kunnen? Maar het is ons geluk en het is genoeg.

Woord van dank

Na vier boeken ben ik tot de conclusie gekomen dat het woord van dank moeilijker te schrijven is dan de roman zelf. De lijst van mensen die ik wil bedanken wordt nog steeds langer en 'bedankt' voelt vaak ontoereikend. Deze keer wil ik, naast de meest toegewijde en hulpvaardige agent die ik me zou kunnen wensen – Camilla Bolton – en mijn redacteuren in het VK en de VS – Kate Mills, Jennifer Weiss en Catherine Richards – ook graag mijn uitgevers in het buitenland bedanken: Aleksandra Saluga (Polen), Bertrand Pirel (Frankrijk), Fernando Paz Clemente (Spanje), Haris Nikolakakis (Griekenland), Jennifer Boomkamp (Nederland), Siren Marøy Myklebust (Noorwegen), Sigrún Katrín en Egill Arnarsson (Denemarken en Zweden), Barbara Trianni (Italië), Jana Drápalíková en Kateřina Hájková (Tsjechië) en Hülya Balci (Turkije). Dank voor de uitnodiging om jullie prachtige landen te bezoeken, dank voor de gelegenheid mijn geweldige lezers te ontmoeten en voor het warme welkom dat ik telkens heb ervaren. Ook zou ik mijn andere uitgevers wereldwijd willen bedanken voor hun aanhoudende steun en enthousiasme, met name Ásmundur Helgason in IJsland, en alle vertalers van mijn boeken, met een speciale vermelding voor Ireen Niessen in Nederland vanwege haar oog voor detail.

Alle teams die achter gesloten deuren keihard werken, soms – ongetwijfeld – tot ze gebroken zijn, om mij terug te brengen naar mijn bureau, waar ik me buig over het dilemma van wat ik vervolgens zal schrijven. De bloggers die hun kostbare tijd wijden aan het lezen en recenseren. De lezers die boeken blijven kopen en auteurs zo een publiek geven. Mijn medeauteurs voor jullie steun en aanmoediging. Bedankt.

Mijn speciale dank gaat uit naar mijn familie en vrienden, in het bijzonder mijn man en mijn dochters, die geduldig luisteren en advies geven als ik ze weer eens verveel met nieuwe verhaallijnen, die mijn eerste lezers zijn, mijn eerste redacteuren, mijn eerste supporters. Jullie zijn geweldig. Extra dank aan Calum, voor de eindeloze autoritten waarin ik zwijg omdat ik in mijn hoofd aan het schrijven ben, en omdat je me nooit vraagt achter mijn computer vandaan te komen, behalve voor het eten. Zonder jou zou ik verkommeren van de honger.